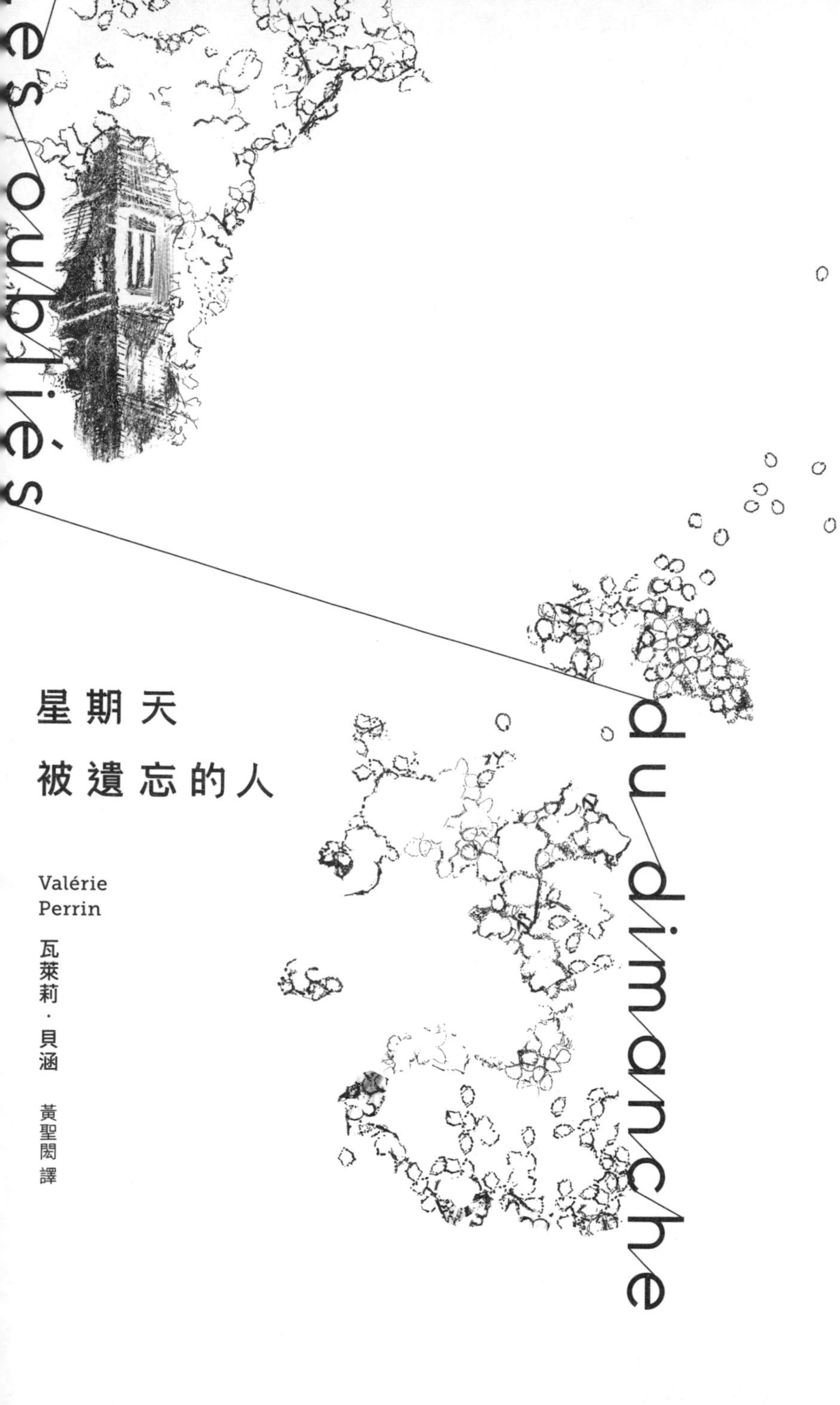

星期天被遺忘的人

Valérie Perrin

瓦萊莉·貝涵

黃聖閎 譯

獻給瓦倫汀、泰絲、艾瑪和嘉柏麗。

「老，是比別人年輕的時間還久。」

——菲利浦．格律克（*Philippe Geluck*）

1

我去老布斯特書店一趟買筆記本，選了一本藍色的。我不想在電腦上寫海倫的故事，我想放在工作袍的口袋裡，邊走邊想。

回到家，我在封面上寫下「海灘夫人」。翻開第一頁寫：

海倫・希爾活了兩次，一次是一九一七年四月二十日，她在勃艮地的克萊曼鎮出生；另一次是一九三三年立夏，她遇見呂西恩・貝涵的那一天。

寫完，我把藍色筆記本藏在床墊與床座中間，就像爺爺週日晚上收看的節目「午夜經典電影」播映的黑白片那樣。

之後我回去工作，因為那天輪到我值班。

2

我叫曲絲汀．奈雪，二十一歲，在繡球花安養院當了三年的照服員。通常，安養院都以樹命名，例如：椴樹或栗子樹，但我們這兒種滿繡球花，就算離森林很近，也沒人想用樹命名。

我愛生活中的兩件事：音樂，和老人。每三週星期六，我會去天堂俱樂部跳舞。「天堂」距離「繡球花」要三十公里，是鋼筋水泥方型建築，在草皮正中央，有座臨時停車場。好幾次，凌晨五點多，我還在停車場跟全身酒味的男人舌吻。

當然，我也愛我弟曲樂（事實上他是我堂弟），也愛我的爺爺奶奶（我過世爸爸的雙親）。曲樂是小時候家裡唯一的玩伴，我在「隔」代教養下長大，直接跳了一「格」。

我把生活切成三等分：白天照護，夜間聽老人講故事，週六晚上去跳舞，平復一九九六年上一代害我失去的無憂無慮。

上一代，指的是我爸媽和曲樂的爸媽。他們不曉得哪來的餿主意，在某個星期天早上一起出車禍死了。我在奶奶收集的剪報上看到新聞，這則剪報被藏起來，應該是不想被發現，但是車禍照片還是被我看到了。

由於這樣的緣故，小時候曲樂和我每週會到小鎮的墓園，到墳上換一束鮮花。他們的墓碑很大，被兩隻小天使圍繞，中間有爸爸和伯父的結婚照。照片裡的兩位新娘，一位棕色頭髮，一位金髮，前者是我媽，後者是曲樂他媽。照片裡，兩位新郎倌長得很像，連西裝、領帶和微笑都一樣。爸爸和伯父是一對雙胞胎，兩個一樣的男人怎麼會愛上不一樣的女人？兩個不一樣的女人又怎麼愛上一樣的男人？至今，每次走出墓園，這個問題仍會浮現我腦海。只是，再也沒人能回答我了，興許這是我不再無憂無慮的主因，因為克里斯和桑德琳、亞倫和亞妮特都無法回答我了。

墓園裡，舊的死者全在地底下安息，新來的都在偏僻的小塔位，好像他們活該晚來似的。幸好我的家人安眠於小鎮高處，離爺爺奶奶家只有五百公尺。

我住的酩意鎮，約有四百位居民，要拿放大鏡才能在地圖上找到的地方。鎮上有條商店街，叫尚饒勒斯街，中間有個羅馬式小教堂和廣場。但商店街有個問題：除了老布斯特雜貨店外，只剩下一間彩券行、一位修車師和一位理髮師。理髮師去年把店收了，因為他受不了每天只做染燙。街上的服飾店或花店早換成銀行或是醫事檢驗所；再不然，有的店面已貼滿報紙，有些則換成住家，原先展示長褲的櫥窗，現在也換成住家的白色窗簾了。

鎮上的「售屋」看板幾乎快跟住屋數一樣多。最近的高速公路距離七十多公里，而最近的火車站在五十公里外，根本沒人想來這裡置產。

還有一所小學，是曲樂和我以前的學校。

要去國、高中上學，或是看醫生、上藥局、買鞋子，全都得搭公車。

自從理髮師離開鎮上，就換我幫奶奶燙頭髮。她常常頭髮全濕的坐在廚房裡，把髮捲一個接一個遞給我。我把她的斑白頭髮繞上髮捲，用塑膠髮夾固定住。上完捲子，我包上髮網，開烘罩吹乾。不消五分鐘，她就開始打盹。等吹乾，拆掉髮捲，造型就能撐到下一週。

自從爸媽過世，我從不曾覺得冷，家裡的溫度也從未低於四十度。至於他們死前發生的事，我什麼也不記得。對此，我稍後再提。

從小，我弟和我都穿過時的衣服，雖然過時，但很舒服，因為會用柔軟精洗過。從小，不會有人打我們屁股，也不會有人賞我們耳光，如果我們覺得在打蠟的地板上安靜滑壘很無聊，還可以到地下室用混音器和黑膠唱片製造噪音。

我也想當個夜貓子，指甲縫裡卡髒污垢，到空地閒晃擦破膝蓋，兩眼閉上滑腳踏車下坡。我也想感覺痛楚，想尿床，但只要奶奶在，這一切都不可能，因為她手裡永遠拿著一瓶紅藥水。

在我們的童年裡，奶奶除了用棉花棒幫我們掏耳朵，每天戴上沐浴手套幫我們洗兩次澡，禁止我們做所有危險的事，例如：獨自過馬路。我想，自從雙胞胎兒子過世，她就開始期待，期待曲樂或我哪天會長得像我們的爸爸。可惜事與願違，曲樂長得像他媽媽，而我，長得跟誰都不像。

即使被叫作爺爺奶奶，我的祖父母還是比「繡球花」大部分的房客年輕。雖然我不曉得從幾歲開始算老，但護理長勒卡繆女士說，從他們無法獨自打理家務那一刻開始。起初，他們會乖乖把車停在車庫裡，因為終於認清自己開車出門已是「公共災害」；最後，會因為股骨頸骨折而不得不服老。不過，我覺得老了，是因為開始感覺孤單，尤其是伴侶離開後，不管他是去天堂，還是去找另一個人。

我同事喬兒說：「老，就是變得囉哩八唆，這種病年輕時就會互相傳染。」另一個同事瑪莉亞倒覺得，老了就是開始重聽，每天找十幾次鑰匙。

我二十一歲，每天找十幾次鑰匙。

3

一九二四年

海倫借著燭光在父母親的裁縫鋪裡工作到很晚，直至入夜。

她一個人在成套的西裝洋裝堆裡長大，沒有兄弟姊妹。

她習慣在店鋪牆上比畫手影，把兩手掌心靠攏，做出一隻鳥在手心裡吃東西的樣子。鳥喙是用右手食指比出來的，看上去像是隻海鷗。當鳥想飛走時，女孩會把大拇指交扣，張開手指振翅。

她習慣放走海鷗前，把自己的願望托付給牠，請牠帶到天上給主。

4

「奶奶？」

「嗯。」

「爸媽走的那天早上，他們準備去哪裡？」

「去觀禮受洗。」

「誰的受洗？」

「妳爸爸兒時玩伴的小孩。」

「奶奶？」

「怎麼。」

「他們為什麼發生車禍？」

「我跟妳說過好幾次。當時地上結霜，應該是打滑。還有……當時那棵樹。沒有那棵樹的話……他們就不會……好了，別再提這件事。」

「為什麼？」

「什麼為什麼？」

「為什麼妳從來不想提這件事？」

5

我著迷於老人，最初是受到我的法文老師波蒂女士啟發，她有一天帶著國中八年級全班同學到「三杉安養院」陪老人度過午後，當時酩意鎮還沒有「繡球花」。那天，在學生餐廳吃完飯，我們就搭巴士去，車程約一個小時，我記得自己在牛皮紙袋裡吐了兩次。

抵達「三杉」時，老人家已在餐廳等候，裡頭有股濃湯混著乙醚的味道，讓我又開始作嘔。和老人們吻頰打招呼時，我憋著氣不敢呼吸，他們的臉摸起來刺刺的，臉上的毛髮整個失控爆炸。

我們班準備表演ABBA合唱團[1]的〈*Gimme ! Gimme ! Gimme !*〉，我們身上穿萊卡質料的白色表演服，頭上戴著從學校戲劇社借來的假髮。

表演結束，大家坐下來和老人家一起吃可麗餅。他們個個手腳冰冷，抓著餐巾紙不放。從那一刻起，我對老人深深著迷：他們講著自己的故事。老人家沒事做，開始聊起往事。無人能比，比看書和看電影還精彩，實在無人能比！

那天起，我開始懂了，只要摸摸長輩，握握他們的手，他們就會開始講故事，像在沙灘上挖洞，海水自然從洞口湧現。

而我，在「繡球花」也有偏好的故事。她叫海倫，住在十九號房，是唯一能讓我真正放鬆的人。如果了解老年醫學服務的日常照護，就會明白遇見她是多麼奢侈的一件事。

院內職員私下都叫她「海灘夫人」。

剛到職時，有人跟我說：「她會在海灘的遮陽傘下待一整天。」而且，自她搬來，有隻海鷗也飛來「繡球花」的頂樓住了下來。

酩意鎮位於法國中部，從來沒有過海鷗，不過烏鶇、麻雀、烏鴉、椋鳥倒是很多，就是沒有海鷗，除了住在頂樓那一隻以外。

海倫是我唯一會直呼名字的房客。

每天早晨梳洗後，我們把海倫安頓在面窗的躺椅上。我發誓，她看到的風景絕不是小鎮的屋頂，而是美得無與倫比的東西，像一抹淺藍色的微笑。其實，海倫淺色的雙眼跟其他房客一樣：都有褪色床單的顏色。每次我心情不好，都會祈禱命運賜我一把遮陽傘，像海倫的那把一樣。她的遮陽傘叫呂西恩，是她的先生……好吧，應該說是半個先生，因為他沒真的娶她。海倫向我傾訴過她全部的人生故事，說全部，其實是拼出來的，好像是她送給我家裡頭最珍貴的東西，只不過送我前，她不小心把禮物摔成碎片。

幾個月來，她的話變少了，彷彿人生唱片轉到尾聲，音量漸弱。

---

1 阿巴合唱團（ABBA）：瑞典流行樂團，於一九七二年成立，一九八二年解散解，其單曲《給我！給我！給我！》（Gimme! Gimme! Gimme!）錄製於一九七九年，收錄在《阿巴熱門精選輯二》（ABBA Greatest Hits Vol. 2）。

每次我離開她的房間，會在她雙腿上蓋條毯子，她老是對我說：「我要中暑了。」海倫從不感到冷，即使在最冷的冬天，所有人離不開「繡球花」短路的暖氣機時，只有她一人恣意享受著太陽下的溫暖。

據我所知，海倫唯一的家人是她女兒羅絲。她是位繪圖師，也是設計師，畫了許多爸媽的炭筆肖像，還有海景、港口、公園和花束的寫生。海倫房間的牆上掛滿了她的畫。住在巴黎的羅絲，每週四搭火車到車站，再租車到酩意鎮。每次來都上演同樣的劇碼：海倫遠遠望著她，或者說，從她幻想的地方望著羅絲。

「您是？」

「媽，是我。」

「小姐，我不懂您的意思。」

「媽，是我，羅絲。」

「可是……我女兒只有七歲，跟爸爸去玩水了。」

「是喔，她去玩水。」

「對呀，跟爸爸。」

「妳知道他們什麼時候回來嗎？」

「等一下就回來，我在等他們。」

羅絲接著會翻開小說，唸幾個段落給海倫聽。通常她都挑愛情小說，每次讀完都把書留給我。這是她向我道謝的方式，謝謝我將她母親當自己媽媽一樣照顧。

上週四約莫下午三點，我遇上人生最瘋狂的事。我推開十九號房門，看見他，正坐在海倫的躺椅旁邊。牆上掛有幾幅呂西恩的肖像。是他本人！我像傻子一樣看著他們，站在原地不敢動：呂西恩握著海倫的手。而海倫的表情讓我差點認不出是她，好像她發現什麼不可思議的事。他露出一抹微笑對我說：

「您好。是曲絲汀嗎？」

我心想，噢，呂西恩竟然知道我的名字，這也很正常，畢竟鬼都知道人的名字，也應該知道很多我們不曉得的事。我也終於明白，為什麼海倫願意在海邊癡癡地等，讓自己的時光暫停。只消一眼就秒懂，這種男人的出現，就像命運用頂級的宅配服務把對的男人一次送上門。他的雙眼……有我不曾見過的藍，就算翻遍奶奶的郵購目錄也從未看過。

我支吾問道：

「您是來接她的嗎？」

他沒回答我。海倫也沒作聲，只像中邪一樣盯著他看。她的眼睛哪有什麼褪色床單的顏色，那一瞬間，全－部－消－失。

我走近他們，輕吻海倫的額頭，她的臉比平時來得燙。我的心情像天候一樣，宛如俗語說「惡魔嫁女兒」：天空終於放晴，我的心底卻下起雨。這可能是我最後一次見到她，呂西恩終於玩水歸來，準備帶她去天堂。

我緊握海倫的手。

「您會帶海鷗一起走嗎？」我問呂西恩，語帶哽塞。

從他看我的表情，我想他聽不懂我在說什麼。原來我面前的這人不是鬼。

當下，我覺得人生好恐怖，這傢伙確實活著。我腳底抹油，像個小偷般轉身溜出了十九號房。

6

呂西恩．貝涵在一九一一年十一月二十五日於酩意鎮誕生。

他的家族從父到子都是盲人，這是只發生在家族男人身上的遺傳病，但他們並非生來眼盲，而是慢慢成為失明者。他們在很小的時候視力就開始模糊，幾個世代以來，沒有一個人看過自己的生日蛋糕上插滿二十支搖曳的燭火。

呂西恩的父親——艾廷恩．貝涵——遇見妻子艾瑪的時候，她還只是個女孩。他認識她時視力還正常，一段時間過後，艾瑪才從他的視界漸漸消失，恍如眼睛被蒙上薄霧。他對她的愛只能憑藉過往的記憶。

為了拯救自己的雙眼，艾廷恩不惜做各種嘗試，什麼都往眼裡滴。他試過許多靈丹妙藥、法國各地的泉水，還有魔法粉末、蕁麻葉煮汁、洋甘菊煮汁、玫瑰水、矢車菊水、冰水、熱水、鹽巴、茶、聖水。

呂西恩的誕生是意外。他的父親從不希望有小孩，他不想冒險讓眼盲的詛咒延續下去，所以當他得知呱呱落地的孩子是男孩而不是女孩時，他深感絕望。

艾瑪告訴他：「孩子的頭髮是黑色的，還有一雙水藍色的大眼睛。」

在貝涵氏家族裡，沒有人的眼睛是藍色的。他們出生時眼睛通常是黑色，黑到連虹膜和瞳孔都難以區分，隨著時間，眼睛的顏色逐漸變淡，直到變成如同粗鹽般的淺灰色。

艾廷恩這才開始期待，呂西恩的藍眼珠能保佑他不受眼盲詛咒的影響。

艾廷恩與他的曾祖父、祖父和父親一樣，都是管風琴演奏家與調音師。當地的人常請他在彌撒時演奏巴哈曲目，也會請他幫各地方的管風琴調音。週間，艾廷恩會教點字，他的點字書是請同樣眼盲的堂兄，幫他在巴黎第五區的小工作室印刷的。

一九二三年的某天上午，艾瑪離開了艾廷恩。當時他忙著照顧一位學生，沒聽見她離開時輕聲關上了門。他也沒聽見一位男子在對街人行道上等自己妻子的聲音。倒是呂西恩，他親眼看著母親離開。

呂西恩沒有上前挽留。他心想，她一會兒就回來了。她只是搭上男子漂亮的車去兜風，這是很正常的事，畢竟父親這一輩子都無法帶她去兜風，她當然有權利讓自己開心一下。

7

奶奶有自殺的毛病，經常一個月相安無事，有時候時間能撐更久一些。但轉眼間，她會吞掉三盒藥、把頭伸進烤箱、從二樓跳下去、跑到儲藏室上吊。她經常對我們說完「小朋友，晚安」，兩小時後，曲樂和我就會聽見救護車和消防隊衝抵我們家的聲音。

她選擇晚上自殺，像在等所有人入睡後才做個了結，卻忘了爺爺失眠的頻率與他每天找眼鏡的次數不相上下。

奶奶上一回自殺是七年前的事，她順利讓一名代理醫師幫她開兩盒鎮靜劑處方。醫生沒注意到奶奶病歷上有用紅色簽字筆標的註記：「長期憂鬱症，有經常性自殺傾向。」地方藥局的人都曉得，沒有爺爺陪同，不能幫奶奶按處方配藥。

老布斯特雜貨店也知道不能把鼠藥、水管疏通劑，或其他腐蝕性產品賣給奶奶，她只能用白醋打掃家裡，可不是為了環保，而是我們太怕她喝掉一整罐洗碗精或烤箱清潔劑。

上回自殺，奶奶真的差點走了，不過當她看見曲樂流下眼淚（我當時太吃驚了哭不出來）就答應我們不再自殺。儘管如此，浴室的藥櫃裡還是不放純度百分之九十的酒精和剃刀片。

奶奶看過幾次心理醫生，可是酪意鎮最近的心理諮商診所距離五十多公里，每次預約要等上好幾個月。她說，死後去天堂看還比較簡單，她保證這輩子絕不再犯：「小朋友，我們一言為定，如果能自然死，我會時辰到了再走。」但她從不對爺爺做任何承諾，只對我們——她的孫子——做保證。

我爸媽過世的第十年，奶奶跑到比平常高的地方跳下去。所幸代價很輕，只是髖骨骨折，變得有點瘸腳，以及這輩子得拄一根拐杖走。

我剛剛幫奶奶燙好頭髮。曲樂在隔壁廚房，把一整罐能多益榛果巧克力醬塗在長棍麵包上吃光。爺爺坐在餐桌對面翻閱《巴黎競賽週刊》。餐廳的電視對著無人沙發大聲狂吠，好像沒人聽得見似的。

「爺爺，你認識海倫．希爾嗎？」

「誰？」

「海倫．希爾，一九七八年以前，經營老路易咖啡館的女士。」

爺爺向來話不多，一副心事重重的樣子。他闔上雜誌，咂咂嘴，吐了幾個字，用當地ㄢㄤ不分的口音說：

「我沒去過咖啡ㄍㄨㄤˇ。」

「你每天去工廠上班會經過吧。」

爺爺咕噥了幾句。自從雙胞胎過世，奶奶雖然不時想自殺，但她仍期待看見曲樂和我長得跟她的兒子們很像；反倒是爺爺，他在兒子死後，開始對任何事都不抱期待。我沒看過他笑，可是從爸爸和亞倫伯父小時候的照片發現，爺爺會穿不同顏色的泳褲，樣子吊兒郎當的。別看他現在頂上稀疏，他們仨在某年七月的星期天去酩意鎮附近攀岩時，他可是頂著一頭帥氣髮型。我很喜歡這張照片，背後寫著：「一九七四年，七月。」爺爺當時三十九歲，有著豐厚黑髮，穿紅色T恤，臉上的笑容有如廣告明星。爺爺當爸爸時很帥，他身上唯一留有年輕時的模樣，就是一九三公分的身高，他長得如此高大，堪稱人體跳水臺。

他繼續翻閱《巴黎競賽週刊》，但他真的在乎雜誌寫什麼嗎？對他來說有什麼用？他離世界、離我們，甚至離他自己這麼遠。就算發生地震，他在乎是發生在中國或是家裡的廚房嗎？

「我記得有隻狗，很像一隻ㄌㄢˊ。」

牝狼……爺爺記得牝狼。

「你既然記得牝狼，應該還記得海倫吧！」

他起身離開廚房。他討厭我問他問題，討厭回憶，因為回憶裡盡是孩子們的點點滴滴。而在他親手埋葬他們的那一天，也把回憶一起埋進棺裡了。

我想問他，還記得小時候有一隻海鷗住在鎮上嗎。不過，我猜他會回我：「海鷗？我怎會記得一隻海鷗……這地ㄈㄢ沒有海鷗。」

8

每個星期天，老母馬「寶寶」載著呂西恩和他父親到圖爾尼、馬貢、歐坦、聖文森德佩或是夏隆去。隨著季節更換地點，冬天喪禮多，婚禮少。

呂西恩陪著父親到各地彈大管風琴，成為父親的白手杖，負責指引，安頓他坐在琴鍵前。這從前是艾瑪的工作，但自從她搭車去兜風，就再也沒回來了。

呂西恩參加過各種彌撒、婚禮、洗禮和喪禮。

艾廷恩彈琴或調音時，呂西恩會靜靜待在一旁，觀察人們禱告、吟唱。

呂西恩不是信徒，他認為宗教只不過是音樂優美，一種要人屈服的東西。他不敢把這想法跟父親說，每晚只是照例把餐前祝禱背好唸對而已。

艾廷恩不願教兒子學點字和彈琴，他怕自己帶厄運給他。所以求呂西恩去做些盲人沒法做的事，希望破除盲眼詛咒，讓詛咒消失。為了讓父親安心，呂西恩只好開始騎腳踏車、跑步和游泳。

呂西恩和其他孩子一樣到鎮上的學校學讀習寫，但他與艾廷恩看法不同，他感覺這些有一天都會變得無用，所以開始自學點字，偷聽艾廷恩上課。

約十三歲時，呂西恩陪父親到巴黎堂兄的小工作室添購點字書。停留巴黎期間，呂西恩找了專科醫生仔細檢查眼睛。醫生確認：呂西恩沒有遺傳父親的疾病基因，他遺傳了母親的雙眼。艾廷恩對此欣喜若狂，呂西恩也假裝自己很高興。

總有一天，會輪到他持白手杖走路，這是當初母親離開的原因；總有一天，人家不會再叫他「盲人的兒子」，而是直呼他「盲人」。他終究得仰賴另一個人幫忙大小事。這也是為什麼他沒有告訴其他人自己開始學點字。

自從母親離開，呂西恩學會打理所有事，他閉著眼也能洗碗、擦地、打水、除草、上菜園、劈柴、提瓶罐上下樓。他和父親住的房裡總是一片漆黑，這也是植物全枯死的原因，畢竟缺少陽光。呂西恩會悄悄拉開窗簾，不讓父親聽見。

巴黎回來後，皮箱裝滿新的點字書。呂西恩沒有改變他的習慣，仍繼續瞞著父親一本接著一本自學點字。

9

「講個故事來聽。」

「我以為你不喜歡聽我講老人的事。」

曲樂對我做鬼臉，吸口菸，朝牆上壁紙吐煙圈，一邊放班．克拉克[2]的〈Subzero〉給我聽。「他是柏林夜店伯格罕的DJ。」他說。我覺得，自己好像跟外星人住在一起。

我找到「繡球花」的工作時，曲樂罵了我一頓。那是他第一次罵我。在我們家，除了電視機，沒有誰會對誰大小聲。

最令他生氣的，我想是我工作地點只離家五百公尺。對他來說，人生勝利組就是要離開酩意鎮。九月高中會考結束，他就要前往巴黎，最近他講話三句不離：巴黎。

「開窗啦！受不了你的菸味。」

一八七公分的他，起身稍微拉開房間的窗。我很愛他，雖然有時會想，他應該覺得跟我們也就是他的家人住在一起很丟臉，但我還是愛他。他的一舉一動都讓我更加愛他。他像個舞者，有雙能彈琴的玉手，像是從天上掉下來，讓爺爺在院子裡撿到似的。他不屬於酩意鎮，倒像在大都會長大的小孩，有個天文學家老爸和富文學素養的老媽。他如此優雅，周遭的一切彷彿隨他起舞。這已超過姊弟之情。也許正是因為，他本就不是我親弟弟。不過，他走路腳步聲很大，從不整理東西，很自私，個性陰晴不定，自以為是，活在自己的世界，像個老菸槍，尤其愛來我的房裡抽。

我想，就算我沒生小孩也沒差，我有他就好。他帥到不行。我常對他說：「真的得禁止長得太帥。」我不時會親他，把爺爺奶奶沒親的份一次補齊。在我們家，只有在交換禮物、過生日或是過耶誕節，才用唇尖互點臉頰，沒事不會吻頰，這都是因為曲樂和我長得跟該死的雙胞胎不相像所害。還有，我猜，爺爺奶奶的眼裡容不下亞妮特——曲樂他媽媽。奶奶最討厭金髮女子，每次在電視上看到，她會竊竊冷笑，從不外顯，但家中一切，怎可能逃過我法眼。

曲樂兩歲時失去爸媽。他覺得，他爸比我爸有錢，他要去巴黎唸書的錢是我伯父亞倫——曲樂的假想英雄——死後留在銀行裡給他的。事實上，亞倫伯父沒留半毛錢，曲樂的學費是我在「繡球花」工作存下來的。不過這事我寧可累死也不想讓他知道。我的月薪是一千四百八十歐元，比照顧小孩的月薪多一點。每個月我存六百歐元，現在已經存了一萬三千八百歐元給曲樂，另外五百歐元是給爺爺奶奶的孝親費。第十三個月的薪水是我去天堂俱樂部的開銷。

曲樂想成為建築師，我很清楚等他蓋過城堡以後，他就不會回來看我們了。若他一年回來一

---

2 班・克拉克（Ben Klock，一九七二－）：德國極簡電音DJ，為柏林知名夜店伯格罕（Berghain）的駐店DJ。〈零下〉（Subzero）一曲收錄在他二〇〇九年的專輯《在一之前》（Before One）。

次，也只是為了自己，不是真的想來看我們。我太了解他，就像他肚子裡的蛔蟲一樣。

曲樂不眷戀任何事。他活在當下，不在乎昨天，也還不對明天感興趣。每天早上出門去高中上學，就把我們拋在腦後。而當他傍晚回到家，雖然開心見到我們，也從不會想念。

我們永遠不曉得，那天是誰的老爸開的車，救護人員應該無法分辨兩個男人誰是兄，誰是弟。我們永遠也不曉得，究竟是什麼東西，在那個星期天失靈了。他們兄弟倆開同一輛車，我們永遠都不會曉得，究竟是誰害死了對方。

曲樂躺回到床上看著我，一副「快講呀！」的表情。我便開始說：

「愛普丁女士在她的狗過世那天，決定搬回『繡球花』。因為那天起，她覺得自己不中用了。她對我說，什麼大風大浪她沒見過。她經歷過戰爭與剝削，見過人們對德軍的恐懼，更走過一場痛徹心扉的愛情。對她來說，狗的離世是壓垮駱駝的最後一根稻草。她的狗叫梵谷，牠的前一個主人為了清除牠耳朵上的刺青，索性把牠耳朵給剪掉。」

「真是渾蛋。」曲樂邊罵邊點了根菸。

「這就是今天的故事。」

「就這樣？」他問

「沒——還沒結束呢。我接著問她：『愛普丁女士，想跟我講講痛徹您心扉的愛情故事嗎？』這逗得她樂不可支，還用大拇指頂住笑到快掉的假牙。『他叫米榭爾。』『很美的名字呢，米榭爾！』我回答道，『不過我得走了，我現在超趕。』她用疑惑的眼神看著我：『超什麼？』『超趕，我早上該做的事都沒做。您下午再跟我講米榭爾的故事，好嗎？』我說。她點頭說好，我便離開四十五號房，留下她和令她心痛的愛情與狗。傍晚當我再去巡房，她的沙發和床已經清空，她突然一個中風，人就走了。看吧，我的工作日常就是如此，隨時得張大耳朵待命，隨時都有事發生。」

「馬的，真慘！」

「雖然如此，每天還是有笑不完的事啦。」

「幫人換尿布和推輪椅嗎？」

我噗嗤笑了。曲樂沒再接話，他站起身來，彷彿受人崇拜的王子那樣，他沒意識到自己活在自己的世界裡。他靠窗把手上的菸頭丟到院子去。我唸了他一頓，因為窗開著，很冷。

10

一九二六年。

好心的天主沒有實現她的願望，海倫仍不識字。

今晚，她決心赴死。她聽人聊過自殺，去年鎮上有個男的就是服毒自殺。對海倫來說，有毒的東西就是教室的大黑板。

放學後，她躲進了放粉筆、墨水、紙和驢子帽[3]的雜物間。她心跳得很快，耳朵聽著同學們離開教室，而班導師提布先生在清喉嚨，接著他收拾東西，扣上大公事包，走下講臺，最後離開時把門帶上。

等走廊和操場安靜下來，海倫把驢子帽收進口袋，走回空無一人的教室。她感覺很怪，雖然她對無人的教室其實不陌生，畢竟她經常因為被處罰或因功課沒寫，在下課時間被留在教室裡。不過，通常外面還是會有同學的嘈雜聲。但今晚，她全然沒入寂靜中。

她仔細看著導師講桌旁整齊劃一的書，心中升起強烈的欲望，想把書的每一頁扯掉、撕爛、砸到牆上去。這些書排得整整齊齊，如此自命不凡。不過，她不敢真的動手。

她站在黑板的前面，抱著最後一絲希望，試把提布先生以不同顏色粉筆寫的一段文章第一句話唸出來，幾個字底下還畫著重點線：她打破了小罐的牛奶瓶。

ㄊㄉˇ ㄆㄛㄌㄒㄠˇ ㄉㄢㄡˊㄋㄟ

這就是海倫唸出來的句子。

提布先生已經放棄矯正她的閱讀方式。剛開始時，他試過要幫她，強調每一個音節，讓她把同一個字重複寫十次。但海倫好像什麼都記不住，過目的字像不斷被風吹亂一樣。

今年，他要海倫坐到教室最後一排的座位。一個人坐。誰想跟連筆記都沒辦法抄的同學一起坐？之前，導師還會拿驢子帽給她戴，現在更慘，她覺得他在可憐她，而且對她不抱任何希望。當他還願意處罰她，表示他相信她還有救、還抱有一絲希望。

ㄊㄉˇ ㄆㄛㄌㄒㄠˇ ㄉㄢㄡˊㄋㄟ

她不覺得鼻酸，因為悲傷早已見底。她在第一年上學時，就哭乾了眼淚。

她把嘴貼到黑板上，然後像小動物一樣開始舔。她起初墊著腳尖，不過她發現第一行字實在太高，就站到導師的椅子上舔。不論紅色、藍色或綠色，她都要全部舔掉，用這來毒死自己。她朝粉筆字吐口水，方便自己往喉嚨裡吞，不斷用嘴唇抹掉一個個大寫的字母、句點與逗號。

3 驢子帽（bonnet d'âne）：裝兩個驢子的耳朵的帽子。法國學校裡，早期老師處罰吵鬧或成績不好的學生時，讓他們戴的帽子。

黑板被抹得乾乾淨淨，海倫的嘴巴沾滿五顏六色。她回到自己的座位，坐在教室盡頭，燒柴暖爐的對面，靜靜等待死亡。她乖乖坐著，等著剛才狼吞虎嚥的粉筆毒死她，讓她永不超生，結束在第一天上學就想做的事。

她身上穿著漂亮的紅色小洋裝。「好像童話故事的小紅帽喔！」她站在縫紉機前對母親這麼說。但她萬萬沒料到，大野狼竟以大黑板的模樣出現在她眼前。

死亡並未接踵而來。ㄊㄉˇ ㄆㄛ ㄌㄒㄠˇ ㄉㄋㄡˊㄋㄟ也沒有神奇的毒力。她本以為，這跟鄰居每年從豬後頸劃一刀就結束了一樣快。

若沒死，她是絕不會離開教室的。

她決定把放在教室桌上的墨水瓶全喝光，老師桌上的那瓶，最後再喝。如此一來，她一定會死。如果還不夠，她就吞掉裁縫針，那是她一直收在口袋的針。每次她肚子痛得受不了，就拿針插自己的大腿。

海倫站起來，打開第一張桌子上的墨水。這是法蘭辛．沛綠雅的桌子，她是全班最優秀、第一名的學生。她不管做什麼都很厲害，從來不用被矯正，更是提布先生永遠微笑以待的學生。她寫的作文如行雲流水，她說的話是優美的旋律，她朗讀文章從沒犯錯，不吃螺絲。

就在海倫的嘴唇碰到法蘭辛的墨水瓶那一刻，她突然意識到，還有其他二十七瓶要喝。這時，一個突如其來的聲音嚇了她一跳。有東西撞上了教室窗戶，很像有人朝她丟小石頭。有人在監視她。海倫心一驚，立刻放下法蘭辛的墨水，鑽到導師的講桌底下躲起來。

過了十分鐘，沒有任何動靜。

她從桌底下爬出來，走近窗戶看。沒看見外頭有什麼。操場上空蕩蕩，幾片枯葉從高大的橡樹飄落。海倫盯著其中一片葉落下。當葉子落地時，天色也暗了。落葉撫過一汪白色的水窪。海倫定睛一看，發現那不是水窪，是隻鳥躺在地上。牠還在動。海倫急忙向操場跑去，穿過無人的掛衣間走廊。為了不讓人放學後發現她的行蹤，她今早出門故意不穿斗篷。

她跑到橡樹下，先停在離鳥兒幾公分的地方觀看。那是隻海鷗，她的海鷗！那隻從小形影不離，跟著她的海鷗；那隻她每次讀不出來，想把字句從眼睛洗掉，飛在天上看她的海鷗；那隻在裁縫鋪牆上，用手影比畫的海鷗。牠確實存在，不是她想像出來的。

受傷的海鷗還活著。牠盯著海倫看，鳥喙微張，呼吸急促，像心臟跳得過快非常痛苦的樣子。突然間，海倫明白了。牠為了讓她離開可惡的學校，所以刻意去撞教室的窗戶。但也有可能牠跟她一樣，只是一心想尋死罷了。

海鷗與海倫彼此看著對方。海倫跪在海鷗面前，不敢碰牠，因為她怕會讓牠的疼痛加劇，可是又不能拋下牠不管。海倫已經沒有兄弟姊妹了，她無法再對自己的分身置之不理。

最後，她小心翼翼用雙手捧起牠，輕輕放進外套內的大口袋裡，緊貼著她的心臟。

11

十九號房。

藍眼珠的「鬼」在房裡，坐在海倫旁邊，他剛讀完書給她聽，正把書闔上。

「上次很抱歉，我以為您是呂西恩。」

「我偶爾也會認錯人。」

我誤以為他是一百零二歲的呂西恩，他竟不覺得怪。他用手撥了一下頭髮。我第一次看到他做這動作，心想，這應該是他的習慣。

「要怎麼知道，海灘現在是白天還是黑夜？她今天一句話也沒說，我以為她睡著了。」

「在海倫的海灘，沒有晝夜之分，永遠都是白天。」

「她一直在那嗎？嗯——我是指在……」

「在度假嗎？我第一次見到她，她就在那了。我猜，那是她跟呂西恩一九三六年一起去的海灘。」

他看著她好一會兒，眼神忽然轉向我。我敢用人頭保證，海倫在沙灘上看到的海洋，一定跟他的藍眼珠是相同的顏色。難怪她永遠不想回來。

「您怎麼知道？」

「她跟我說過好多事。」

「她還說了些什麼？」

「在沙灘上吧……有爸爸在玩球，有媽媽在喝消暑的飲料，有年輕人張大耳朵聽流行音樂排行榜或倒轉卡帶……偶爾，她會忽然腳趾一縮，喃喃說道：『哎，今天的石子好燙。』或說：『唉唷，吃到沙子了。』偶爾，她會提高嗓門跟路人聊天，冰淇淋小販啦，或是把海灘巾鋪在她旁邊的女子。海倫會問：『您常來嗎？』通常她只會問，很少回答。」

「鬼」沉默了好一會兒。我一邊把冷開水倒入玻璃壺。

「不該唸書給她聽的，她要自己讀才是。」他說。

我覺得他的想法很好笑，但是沒笑出來。這得歸咎於他的藍眼珠，害我念念不忘。不是習慣成自然嗎？怎麼遇見他正好相反，他愈看著我，我心神愈是蕩漾。

「但……她在海灘做什麼？」

「讀愛情小說，一邊等玩水的呂西恩和女兒回來。」

他一臉驚訝，沒想到我能回答問題。他應該只是隨口問問，像人對著牆壁說話那樣。

「女兒？」

「羅絲，您母親呀。咦——羅絲是您母親吧？」

「是。」

我餵海倫小口喝著水，一邊猜想，他應該覺得這兩個女人都怪怪的。

「她會讀哪些愛情小說？」

「每次您母親唸給她聽的那幾本。」

「聽您這麼說，照護變得好詩情畫意。」

這麼聽來，我們在同溫層囉：都不相信眼睛所見，一群憨傻、天真、樂觀的同溫層。

12

海倫推開父母裁縫鋪的店門，有位女士正在試衣間裡，母親蹲在女士面前幫她標記裙襬的長度。父親坐在收銀檯後面，一見到海倫進門的模樣，差點失聲叫出來。

海倫對他撒了謊。壞學生都愛撒謊，他們說謊不會臉紅。不過也因此，他們的想像力總比其他人豐富。她跟父親說，班上同學矇住她眼睛，逼她吃粉筆。她不想再去上學了。每個人都很殘忍。就算逼她上學，她也不會去，她會好好在店鋪工作。但他若拒絕，她就去死。

她讓父母繼續在她背後吵架，好做個決定。她很清楚他們在吵什麼，因為她早就偷聽到父母倆的竊竊私語：

「提布先生說，她是永遠拿不到畢業證書了……即使留級……也不可能……她到現在還不會看時間……都九歲了……」

海倫正準備爬樓梯回房間時，感覺海鷗在口袋裡動了一下。她用手去摸，牠的身體是熱的，心臟正常跳動，翅膀沒有折斷。海倫拿麵包沾牛奶餵牠吃。她從沒見過如此美麗的橙喙白鳥，連樹木都沒那麼美，新娘婚紗也相形失色，就算是偶爾搭香車來裁縫鋪，有一雙標緻小腿和洋娃娃臉蛋的伯爵夫人也比不上。沒有任何風景比這隻鳥還美。海倫把房間窗戶打開，準備放牠自由。

「你飛去天上時，能不能幫我問主？請祂治好我的眼睛，讓我學會識字。拜託你了。」

海鷗撲翅飛到空中盤旋。在滿月的月光裡，牠像顆星星般閃耀。

13

一早，「鬼」在十九號房門口等我，我不是很友善，有時候，太藍、太美的東西會讓人焦慮，而且我不喜歡被打擾。我隱約覺得，他會讓我陷入一團亂。有種男人就是手敲兩下，別人所有習慣都得配合改變。

「早安，曲絲汀。能占用您五分鐘嗎？」

我感覺喬兒在背後竊笑。我正準備回話，她搶先一步說：

「去吧，曲曲。之後的事我來就好。」

曲曲。她居然叫我曲曲！遜斃了。果然有喜歡的人時，平時再要好的朋友都會變得討厭。愈不希望喜歡的人遇上要好的朋友，就愈會在意想不到的時刻發生。

「不能太久喔，早上的時間我們排得嘟嘟好。」

她說完「嘟嘟好」，我的臉就紅了，差點還撞上護理車，連站都站不穩。好糗，真的好糗。

我向他提議到員工休息室，在辦公室旁邊。那裡有咖啡機、烘烤式微波爐、冰箱、桌椅。通常來說，房客或家屬不能進休息室，但「他」不一樣。他只要有那張臉，一輩子都有豁免權。

我們走過三條走廊、爬兩層樓。我領他進休息室。

早上，走廊鬧哄哄的，所有房門都開著，護理人員忙進忙出。有時候，「受照護者」譫妄症發作，會聽見他們對著牆壁大罵或叫救命。從房門的門縫也會瞥見有些老人如幽魂一般，兩眼無神盯著窗外。

波特萊爾[4]曾描寫過，夜晚降臨時，瘋人院裡傳出的叫聲陣陣令人毛骨悚然；安養院則正好相反，幽魂在白天開始躁動不安。

休息室沒有人。我把咖啡粉倒進濾紙，注水。他找位子坐下。我拿兩個缺角而且無把手的杯子斟入咖啡，手沒抖。

「您要加糖嗎？」

「不用，謝謝。」

我放了兩顆糖在自己的咖啡裡，面對他坐下來。他瞧了一眼牆上的幾張海報和二〇〇七年的舊月曆，上面是有好理由裸露的消防猛男。

「您記得我外婆的床頭櫃放了什麼嗎？單憑印象，您有辦法列出床頭櫃上面和裡面有哪些東西嗎？」

我閉上眼說：

「有呂西恩、羅絲、珍妮・蓋諾[5]的照片，一支玻璃瓶，她不吃的巧克力，水晶花瓶插著幾枝繡球花。」

「珍妮・蓋諾是誰？」

我還閉著眼，感覺他的目光像陽光一樣掃過我的眼皮。

「女演員，一九二九年拿過奧斯卡獎。」

「抽屜裡面呢……您記得有哪些東西嗎？」

「一疊用髮圈捆的樹葉、一個頂針、一張牝狼照片、一片羽毛、幾張紙巾，還有一張四十五轉的黑膠唱片，是喬治・巴頌[6]的《海倫的木鞋》（*Les Sabots d'Hélène*）。」

「您願意把這些故事寫下來嗎？算是為了我？」

我睜開眼。他的眼睛藍得好深邃，無邊無際。而我，滿臉羞紅。

「許個願吧。」

「為什麼？」

「有根睫毛掉在您的臉頰上。」

我輕輕撥了左臉頰，睫毛落到桌面。

這時，護理長勒卡繆女士氣喘吁吁走進休息室，有意無意瞄了我們幾眼，快步走向咖啡機。

她一邊啜飲咖啡，一邊嘟噥：

4 夏爾・波特萊爾（Charles Baudelaire，一八二一－一八六七）：法國詩人、作家。

5 珍妮・蓋諾（Janet Gaynor，一九〇六－一九八四）：美國女演員。

6 喬治・巴頌（Georges Brassens，一九二一－一九八一）：法國詩人、歌手、香頌作詞與作曲人。

「又來了。家屬就在樓下，他們要求解釋，我哪會什麼解釋。又來了……」

我詢問勒卡繆女士，是否又有人打匿名電話。

她盯著有好理由裸露的消防猛男月曆，目光落在二〇〇七年一月一日。她深吸一口氣說：「昨晚又有人打電話，而且還在晚上十一點！說是傑哈先生肺栓塞過世了。」

「鬼」用疑惑的眼神看著我，一邊把咖啡喝完。我向他解釋，有人會打電話給這些星期天被遺忘的老人的家屬，讓家屬以為親人死了。他的眼神仍充滿著困惑，我沒再搭理他。

離開時，他看我的眼神好像我在變魔術，把他外婆關進一個魔術切割箱一樣。他留我和護理長繼續待在休息室，護理長仍癡癡看著月曆的一月一日，和一位消防猛男壯碩的胸膛。

從去年耶誕節開始，勒卡繆女士每天都像在往終點線衝刺的感覺。她因為太操煩，每天上氣不接下氣，穿梭在房客的房間和護理站之間，眼睛對著蒼白的天花板前進，彷彿日光燈能告訴她真相。

這件事起於去年十二月二十五日，有三戶人家被電話通知，他們住在院裡的親人過世了。二十六日一早，三戶人家趕來院裡處理喪儀，哪曉得他們的親人還面露微笑出來迎接，很開心他們突然到訪。

從那時起，院內主管開始調查這些「要不得的電話」是從哪裡撥出。告示上是這麼寫的，所以護理室、等候室、辦公室、員工更衣室全都貼滿告示。那次之後，還發生過五次相同事件。

電話是從二十九號房撥出，那是保羅先生的房間。但這三年來，他大多時間都在睡覺，醫生斬釘截鐵說：「臨床上看來，保羅先生不可能打這些電話。」可是沒有人發現不尋常的事，也沒人瞧見有誰溜進二十九號房，悄悄打電話給家屬。不過，這幾戶人家有個共同點是：從沒來過院裡探望親人。好像冥冥中，有人在計算房客的探訪次數，然後拿起電話，讓沒有收過花的房間充滿笑聲。

每個人都在懷疑對方，有種克莉絲蒂[7]的偵探小說裡竟然沒有屍體的錯覺。想想，如果瑪波小姐[8]在小說裡要調查一樁沒人被殺的凶殺案，應該是搞笑吧……

瑪波小姐如果要調查我，她會怎麼說？說我為了記憶的圖書館和這些故事付出了太高代價？說我太年輕，不適合照顧老人？

---

7 阿嘉莎·克莉絲蒂（Agatha Christie，一八九〇－一九七六）：英國偵探小說作家，被譽為謀殺天后。

8 瑪波小姐（Miss Marple）：克莉絲蒂筆下著名的偵探角色之一。

14

一九三〇年。

呂西恩在家裡的院子對一大朵紅玫瑰深深吸了一口氣，這是他最喜歡的味道，玫瑰讓他想起母親。

從前，艾瑪每天清晨會拿棉花，用自製的玫瑰水沾濕，為呂西恩擦臉。她習慣採秋天的玫瑰花瓣，把花瓣放進白釉盆裡泡一年。當小細頸瓶裡的玫瑰水用完時，她會將瓶子整個浸入盆裡，讓香氣芬馥的萃液裝滿瓶子。

有時，呂西恩會將雙手與前臂浸在滑溜的萃液裡，幾片零星的花瓣會像萎縮的星星般黏在他皮膚上。父親馬上會嗅到他灑了香水，什麼都瞞不了盲人，連謊言也都有氣味。父親跟他說：「只有女生才噴香水，男生沒在用。」

他很想念他的母親。

呂西恩睜開眼，仔細端詳血色般的紅玫瑰。因為紅才讓玫瑰花散發美好的香氣嗎？母親身上流的血，也有玫瑰花香嗎？

他真的遺傳了她的雙眼？遺傳了那個選擇離開的人的眼睛？呂西恩覺得，母親會離開他和父親，是因為跟盲人一起過的生活並非真的生活。人終究還是想跟看得見自己的人生活。

15

「繡球花」有駐院醫師三位、特約醫生數名，還有物理治療師二位、庶務人員一名、女廚師二名、照服員十二位、護士五位以及護理長一人。打電話的「烏鴉嘴」可能是外面來的人：牧師、急救員、葬儀師、理髮師、有服務時數的志工；也有可能是房客的兒女打的電話。他們大部分人在酩意鎮住了一輩子，彼此相識。電話也可能是護士打的，她們最會按鈴要我們陪老人如廁，把我們當下人使喚。

相較於照服員，護士要負更多醫療責任。我還是比較喜歡我做的事，因為手把手牽著房客的，是我們。

照護人員會穿不同顏色的制服，方便家屬辨認有事可找誰。粉紅色的是護士，白色是護理長，而照服員是綠色——垃圾桶的顏色。

我酷愛我同事喬兒和瑪莉亞，我們三個在同一組工作，勒卡繆女士都叫我們「繡球花三劍客」。

九號房的摩露小姐都叫我們：三隻小瓢蟲。因為我們手上常有紅藥水或伊紅染色液的斑點，她以計算斑點，猜我們的年紀為樂。喬對她說：「這會給我們好運喔。小瓢蟲沒有天敵，而且牠們的翅膀味道很苦，連鳥吃了都會吐出來。」

從小失去雙親的我，想來是苦上加苦，才會遭到命運拋棄。自我來這兒工作，同事幫我取了外號，叫我「曲小花」。我心思太細，還做了許多無償性加班。剛開始，每有住戶過世，喬兒看到我掉眼淚，都會勸我：「把眼淚留給家人吧！免得他們到時走了沒人哭。」然而好久以來，我早就為他們哭過好多次。

熱浪來襲，持續三天。十一號房的奧黛女士受不住，撒手走了。命運真是諷刺。之前，我們還笑稱她是『氣象姐』，只要在走廊遇到她，她就對著我們大叫：「高氣壓來了！」命運實在捉弄人。萬萬沒想到，一場熱浪就把她給帶走了。

她的兒女一早趕來院裡。雖然太遲，來不及道別，但這不能怪他們。我想，時辰到了，老人家會提早做好準備，做最後衝刺，沒人預測得了。

從奧黛女士的手，喬兒沒料到有這一波高氣壓。喬兒天賦異稟，會看手相算命，院裡的房客常找她問事。不過喬兒說，老人的手相沒辦法看，因為他們的掌紋像三十三轉的老黑膠唱片一樣，她只好憑空杜撰。

我會按摩、喬兒懂算命，牧師用禱告不斷向人們重述：「珍惜，把握生命！」但這些民俗療法都無法打消老人想家的念頭。他們會逃出安養院，而我們也不能把鐵門上鎖，別人會認為我們虐待住戶、軟禁他們。

許多老人逃出安養院後，都不知道能上哪裡。他們早已忘記回家的路，而「家」也已變賣用來支付「繡球花」的每月開銷。家裡的花盆早被清空，貓咪也托付他人。「家」只是留在腦海中的印象，放在記憶的圖書館裡。我喜歡花時間流連在這些回憶的圖書館。

我難過的是，每天看他們在早上十點全部擠到服務處，盯著入口的兩扇自動門，開了又關，關了又開。

他們在等待。

遇上好天氣，我們會把無法自理的老人帶去公園，到椴樹下乘涼，讓穿梭林間的風、蝴蝶、蜜蜂和鳥彌補他們落空的等待。也會拿麵包給他們餵麻雀和鴿子。有人喜歡，有人害怕，有人用腳把鳥趕走。為此，他們會吵得不可開交，不過一旦開吵，他們就忘了自己在等待。反正只要天氣好，無論到哪都好。

每當我感到累，就爬上頂樓坐著，讓背伏貼在能眺望小鎮屋頂的落地窗。我會閉上眼，睡個十分鐘。當天空放晴，陽光直曬後頸，這是我最享受的事。

通常，海鷗會飛到天上盤旋，從空中觀望我。

再返回工作崗位，我常常忘了自己排的是早班、午班或晚班。我不是愛加班，只是不想回家。不想看到爺爺悶悶不樂，他眼中投射出來的無時無刻都像是冬天；也不想看奶奶在我臉上尋找爸爸的影子；更不想去敲曲樂的門。他常常自我封閉，不是在玩線上遊戲，就是瀏覽Beatport，一個能下載電子音樂的平臺。

我習慣先幫海倫把彈性褲襪褪去，再幫她按摩腿和腳。她會跟我聊她身旁那位高挑的金髮女子，她身穿一件式泳衣，正在把莫諾伊油[9]順著身體抹到頭髮。

每當我受夠了日常生活，就去找海倫。尤其當工作陷入無限輪迴，又遇上其他照服員請假的日子，我們整天要不斷重複：照護、如廁、清潔。如果有住戶對我破口大罵、給他什麼他都不要，或故意對我撒尿，一邊指著我鼻子笑，我覺得自己快要爆炸了，就會請同事接手，或溜到十九號房待個五分鐘，請海倫跟我講呂西恩或咖啡館客人的事。波特萊爾是最常出現在她回憶裡的人。

這位外號叫波特萊爾的人，於巴黎出生。祖母過世後，他繼承了她在酩意鎮的房子，但直到近四十歲才搬到這裡獨居。他受鎮長請託，每週幫鎮上孩子上幾個鐘頭的課。他熟悉所有詩人的作品——無論哪個國家的詩人，對於夏爾·波特萊爾的詩更是倒背如流。只是這男人有兔唇，毀了他的臉。有些孩子會嘲笑他，有些覺得很可怖，孩子的家長要他自提離職。他到老路易咖啡館來，經常意志消沉，一待就是幾個鐘頭。他雙肘靠著吧檯，唸著自己喜歡的詩。

他成天啜飲時的喃喃自語，海倫唸給了我聽：

往往為了消遣，船上的船員
捉住信天翁，龐大的海鳥

9 莫諾伊油（huile de monoï）：將大溪地梔子花浸泡於椰子油內製成的皮膚保養品，為法屬玻里尼西亞群島的傳統特產。

沿途追隨，悠哉慵懶地陪伴
船舶，漂蕩在苦海的航道。

方才放牠們立於舺板，
藍天王者，卻顯拙態窘樣，
宏偉雪翼，竟可憐垂擺，
如兩道拖垮身體的划槳。

羽翼的旅人竟卻已遲鈍怠廢！
從前如此耀眼，如今滑稽醜類！
有人舉起菸斗灼燒牠的嘴喙，
有人模仿牠殘跛且插翅難飛！

詩人有如青雲王者，
歷經風暴笑看亂箭，
放逐江湖身陷奚落，

巨翼令其舉步維艱。[10]

10 〈信天翁〉（Albatros）為夏爾．波特萊爾寫於一八五九年的詩，爾後被收錄在一八六一年二刷出版的《惡之華》（Les Fleurs du Mal）中，放在「憂鬱和理想」（Spleen et idéal）為題的詩組。

16

一九三三年，立夏。

克萊曼鎮辦婚禮這天，教堂廣場上擺滿了鋪上白色桌巾的大餐桌。鎮民們齊聚廣場，慶賀鎮長的兒子雨果和釘蹄師的女兒紅髮安潔兒結為連理。

由於吉勒·賀納爾[11]的小說《胡蘿蔔鬚》，安潔兒覺得自己的紅髮很丟臉。她請裁縫師海倫·希爾縫了高厚緞的頭紗，遮住她的大蓬髮，還拿縫紉粉土往臉上塗，好蓋住雀斑。

今天應該是安潔兒人生最美的一天，但她卻不自在，不是因為頭髮或雀斑，而是因為雨果的堂哥菲德立克不斷盯著她看。她感覺他一直在獻殷勤。雖然她很想多喝幾杯來忘記這件事，但每次朝那兒看，就會對上他意謀不軌的眼神。即使今天是她的大喜之日，他仍繼續對她獻殷勤。

這情形已有好幾個月。他陰魂不散地在她家樓下等她，或在街上等她回頭。雖然她佯裝冷漠，但他還是會湊過來，對她說：「早安，您好美。」、「晚安，我好喜歡您的頭髮。」、「早安，真巧！」、「晚安，您的眼睛真美……」

安潔兒從不敢跟雨果提這件事，她甚至擔心菲德立克在婚禮上鬧場。雖然他不可能這麼做，但她內心仍忐忑不安。

菲德立克趁雨果離開座位時向她走來，安潔兒來不及抓住丈夫的手讓他留在身邊。菲德立克繞過幾個客人，面帶微笑走來，一副不懷好意的樣子。她閉上眼，灌下一大口酒，感覺酒精流過喉嚨的灼熱。她張開眼睛，他已經站在她面前。她很想給他一巴掌，拉他、扯他頭髮。她多希望自己是男人，有力氣揍他。她聽見他輕聲說：

「比起頭紗，我更喜歡您的紅髮。」

安潔兒立刻站起身想逃走，但婚紗卻勾到尖物從腰間撕開。她頓時腦子一片空白。她盯著婚紗像一塊皮膚被人撕裂但沒有流血，幾顆粉白色的珍珠掉落地上。她的心跳開始加快。她抬起頭，口氣像是拜託菲德立克似地說：

「給我滾。」

安潔兒請母親找裁縫師來。她住離教堂不遠處。

等候時，她待在修士的住所裡。幸好沒人看見，雨果也不知道。安潔兒的母親熟悉鎮上裁縫師的店，她知道今天是週日沒開，直接從半闔的門廊進去，穿過走道往後院去。裁縫鋪就在那兒，有一整面的落地玻璃窗。

---

11 吉勒・賀納爾（Jules Renard，一八六四—一九一〇）：法國作家，《胡蘿蔔鬚》（*Poil de carrote*）是他一八九四年的作品，描寫一個臉上有雀斑，紅棕色頭髮男孩不受寵的童年故事。

海倫在店鋪裡，像男人一樣盤腿坐在木桌上。她跟某個人在說話，安潔兒的母親隱約只看到那個人的背影。

她敲門，驚動一隻鳥飛起。透過玻璃門，她看見海倫不經意瞄了她一眼，很像突然被打斷但仍繼續講話。海倫示意請她進來。

她剛才以為的背影，其實是人型模特兒。她發覺店裡只有海倫，但她敢發誓，海倫剛才真的在跟誰說話。

一個鐘頭後，安潔兒的婚紗煥然一新，海倫把每個接縫重新縫起。她們倆面對面站在狹窄廊道上，旁邊有一面掛鏡。海倫將修士住所的門打開，讓光線透進來。年輕的安潔兒對海倫魔法般的手藝感到佩服。

「海倫，我要向您道歉。」

「道歉？道什麼歉？」

安潔兒仔細端詳海倫的臉。她比自己小三歲，很難說她看起來比自己老還是年輕。她的肌膚白裡透紅，髮髻鬆脫，藍色眼眸深邃，大嘴唇、顴骨高聳。這種斯拉夫女人的美，有人喜歡，有人討厭。她臉上的一切比常人都大了一號，眼睛甚至長到接近太陽穴。在克萊曼鎮上，人人都說海倫．希爾有問題，連小孩都提防著她。

安潔兒握住海倫的手。

「試婚紗時，我不是很喜歡您。是我母親堅持讓您做裁縫……因為我會怕您。」

「很正常，我也怕我自己。」海倫回答。

安潔兒對海倫露出笑容，海倫看似心不在焉的樣子。確實，海倫有種吸引力，卻也讓人有顧慮。她的眼神藏著不安，從來不笑，即便對人說好話也不笑。安潔兒仔細觀察海倫的手。

「您有仙女的巧手。」

海倫低下了頭。安潔兒給她一個溫暖的擁抱，穿上全然一新的婚紗回到會場。她的眼神巡視人群，確定菲德立克已經離開，內心不禁微笑，鬆了一口氣。

海倫一個人在走廊上，細瞧自己的手指，然後開始收拾她的裁縫用具。她離開時，沒有關上修士住所的門，因為她喜歡讓所經之處灑進陽光。

海倫決定從墓園沿著教堂走回到裁縫鋪，邊走邊試著唸出墓碑上的名字。她推開教堂側邊小門，教堂裡沒有人。海倫跪下來對主禱告，口中重複唸著：「教我識字」。

「妳在幹嘛？」

我嚇了一跳，曲樂嚇到我。我立刻闔上藍色筆記本。

「我在寫東西。」

「妳以為妳是莒哈絲[12]喔。」

12 瑪格麗特·莒哈絲（Marguerite Duras，一九一四－一九九六）：法國作家、編劇、導演。

「你從哪裡知道莒哈絲？」

「法文課啊，無聊死了。妳可別跟她一樣。」

「不用你擔心。開窗啦。」

「妳心情不好？」

「沒啦，你明知道，我不喜歡你在我房裡抽菸。」

「是不喜歡我抽菸吧……又不是我媽，管真多。」

曲樂打開窗，俯身向外，似乎有點生氣。我接著說：

「昨晚『繡球花』又有人打電話了。」

他回過頭。我看不見他的眼睛。

「這次是誰？」

「你該剪頭髮了。這次是迪奧黛女士，那位矮矮的，紫色頭髮，以前賣裁縫用品的老太太。我上禮拜跟你提過。」

「我記得。」

「之前，她常來會客室打發時間，參加工作坊，但從今年夏天開始，她跟其他人一樣擠在服務處。結果，她的家屬紅著眼、一身縞素趕來院裡時，她人還好端端的在服務處等著。」

曲樂手一伸，把菸蒂彈出窗外。爺爺明早一定在後院邊撿邊唸。他會把菸蒂集中丟進水盆，再用盆裡的水澆玫瑰花、除蚜蟲。

他回到我床邊坐下。

「家屬看到她……還活著，有說什麼嗎？」

「你能想像他們多驚訝嗎？但我覺得，他們有點失望。」

「失望？怎麼會。」

「長輩一走，愧疚感就沒了。這挺複雜的，就是哀傷卻又鬆了一口氣的感覺。」

「老太太呢？看到他們，有什麼反應？」

「她剛開始沒認出來他們。不過，她還是很開心，尤其家人中午帶她到外面餐館用餐。你知道嗎，通常家屬來訪的當下，老人家的脾氣會很拗，但探望過後，有些事會有好轉，老人家也較不焦慮。總之，那天下午，迪奧黛女士又重新回到會客室。她整整三個月一步都沒踏進來過。」

「妳看，這匿名玩意兒還是蠻管用的。」

「勒卡繆女士剛才召集所有人，宣布警方展開院內調查，」為了逗曲樂笑我還模仿勒卡繆女士的聲音，「準備破解匿名電話之謎。」

結果曲樂沒笑。

「刑警真的會介入？」

倒是我笑了出來。

「你覺得哩。當然是史塔斯基與亨奇[13]來調查呀！」

曲樂噗哧笑了出來。史塔斯基與亨奇是人稱「牛仔」的鎮公所職員，再過幾年就要退休，沒有接班人。好像從以前大家就是這麼叫他們，至少在我出生前就是。他們倆，一位褐色頭髮，一位金髮，但那是以前，現在兩人都滿頭白髮。爺爺說，若發生不幸，千萬別第一時間打電話跟他們求救。酩意鎮的人很討厭他們。討厭很難解釋，但在他們臉上就寫著這二個字。他們很自大，不和人招呼，伸手就是罰單，罰什麼汽車妨礙通行。但在酩意鎮，誰會礙到誰？路上又沒有人。我呢，不覺得他們那麼可笑，因為他們身上有配槍。雖然曲樂說是玩具槍，但我不相信。

「妳覺得電話是誰打的？」曲樂問。

看著他俊俏的側臉，就算他頭髮太長，也沒見過比他更帥的臉。

「不知道，誰都有可能。總之，一定是能查到家屬資料的人，而且這個人對『星期天被遺忘的人』的名字和習慣都相當熟悉。」

「蛤——妳說什麼的名字？」

13 史塔斯基（David Michael Starsky）與亨奇（Kenneth Richard Hutchinson）：美國警匪推理電視影集《警網雙雄》（Starsky et Hutch）中兩位主要偵探刑警的角色。

17

星期天

六天的熱浪終於結束。好累，快被榨乾。我本來打算放過工作時數，當危機出現，反倒是工作時數不放過我。

我早上八點上班，其實我昨晚沒睡，因為我去「天堂」跳舞跳到清晨五點。我須要補充年輕的感覺，買醉放縱，畫個妝勾引男人，穿上低胸洋裝閉眼亂舞，感覺自己很靚。

去年秋天起，我常在同一個男人的懷裡過夜。他年紀比我大，好像二十七歲，我不記得叫什麼名字。除了他，我還有其他一夜情對象，不過他算是比較常見面，大約兩個月一次。

星期天是探親日，但不是所有人都適用。我得喝掉五杯咖啡，才有辦法照顧沒人探望的老人。星期天絕不能輕忽，因為充滿了哀傷。這兒雖然每日都像星期天，長輩沒事好做，但就像生理時鐘，一到週日，老人就是曉得今天是星期天。

早上盥洗後，老人一邊看電視轉播主日彌撒，一邊享用廚房「精心設計」的餐點。廚房會把備好的蝦子配酪梨改名稱叫「大海の驚喜佐美乃滋」，巧克力泡芙叫「美味的甜在心」。

每日菜湯也是，雖然味道淡如水，他們會把一樣的湯每天取不同名字：週一「季節時蔬湯」、週三「田園濃湯」，週五「蔬菜百鮮湯」。房客很愛看每週菜單，甚至把菜單當成藏寶圖，這是除了《索恩－羅亞爾日報》的訃聞，他們唯二還感興趣的讀物。

週日中午，來點基爾酒[14]和葡萄酒能排解老人上午的哀傷。但要注意不讓誰偷喝別人的酒，否則很快就吵成一團，他們為了酒，會不惜大打出手。院裡的餐廳就像學校操場，房客都在這裡用拳頭喬事情，連我都吃過幾記拳頭。

週日中午，同事也會鋪上白桌巾，拿出高腳杯用，像極了在餐廳吃飯。

午餐過後，有些老人下午有家人來訪，或想看米榭・杜凱[15]節目的，就會回房間去。繼續留在會客室的，我們會找些事陪他們一起做：準備小表演、唱卡拉ＯＫ、刮樂透、玩橋牌、放映電影等等，視情況而定。我很愛放卓別林的電影，因為能逗得他們哈哈大笑。

我也愛拿麥克風出來，接上兩顆喇叭，讓他們唱〈消失的小舞會[16]〉。這是他們最喜歡的歌。大家會輪流拿麥克風高歌，有時還會跳舞。雖然我們跳得不像電影《熱舞十七》，但我們有十七歲熱舞的心。

下午，我們請魔術師來。其實每次都是同一個——院裡的志工男孩，住在我家附近。他背來一籮筐鴿子和小白兔，手裡大包小包的。不過他很不靈光，表演幾乎都失敗，道具就像眼睛長在臉上，三兩下就穿幫。但對星期天被遺忘的人來說，只要看見帽子蹦出小白兔或鴿子，他們就感到驚奇不已，上午沉重的心情便忘得一乾二淨。

約莫下午兩點，我感覺「鬼」的藍眼珠在我背後盯著我。我忙著安頓房客觀賞魔術。甫聽見他說了一聲「您好」後，一隻鴿子從男孩的袖口掉了出來。

他站在我身後，對我微笑。他對我微笑。他對我微笑？他對我微笑！他手裡拿著一本書，身上穿牛仔褲和一件稍微過大的T恤。

「您好。我來讀書給奶奶聽，想先跟您打招呼。」

可以確定的是：我一看到他，整個魂都飄走了。

他連淺淺的笑都好溫柔，皮膚淨透，十指尖尖和女生一樣秀氣。相較之下，曲絲汀算哪根蔥，我好普通，一個土包子，動不動滿臉漲紅。我太清楚，像他這種男人，只把我當成小女生，愛聽他奶奶講海邊發生的故事罷了。

「您好。」我回他，「您人真好，也祝您閱讀愉快。」

語畢，我立刻轉身，假裝跟魔術師一起找溜走的鴿子。但我感覺他熾熱的眼神還在我背後盯著我。他想幹嘛？想跟頂樓的太陽一樣灼傷我後頸嗎？

表演結束，我上樓到海倫的房間。我敲了敲門，他還在，手裡捧著本翻開的書，高聲唸著：

---

14 基爾酒（kir）：白葡萄酒摻黑醋栗香甜酒調成的雞尾酒，為法國勃艮地地區傳統的餐前開胃酒。

15 米榭・杜凱（Michel Druker，一九四二－）：法國電視及綜藝節目主持人與製作人。

16 〈消失的小舞會〉（Le Petit Bal perdu）於一九六一年由茱麗葉・葛芮柯（Juliette Gréco）演唱，爾後也曾有多位歌手演唱過。

「他們上午會在吃早餐的地方碰面。先起床的人可以慢慢吃，讓另一個人有時間赴約。祖母每天都懷疑負傷的軍人是否已不告而別，或者厭倦了她的陪伴而換坐到別張桌子，經過她面前只是冷淡打個招呼，就跟前幾年週三的那些男人一樣……」

他的聲音嘹亮飽滿，十分好聽，就像指尖在琴鍵上，從低音滑到高音。呃——講歸講，我對鋼琴根本外行，更別奢望理解他這種外來生物。他跟曲樂很不同，曲樂是我弟弟，我就算把他頭髮弄亂都不用怕。

他一見到我便停止朗讀。

「您唸什麼書給她聽？」我看著自己的腳問道。

「《熾戀》[17]。」他回道。

我不敢跟他說，她其實唸過這本書了。噢，我指的是，羅絲唸給海倫聽過了。我抬頭看海倫，她從海灘那裡對我微笑。我看著牆壁說：

「她好像很喜歡。」

他點了點頭。呃，我想是吧。

我悄悄退開，反正他在的時候，我等於不存在。稍晚，我就沒再碰到他。我往頂樓瞄一眼，海鷗還在原地，似乎在睡覺的樣子。他把《熾戀》留在床頭櫃，擺在珍妮．蓋諾和呂西恩的照片中間，附上用鋼筆寫下的名字。好美的字跡，我從沒見過「曲絲汀」寫得這麼美。

「贈 曲絲汀」。

署名「羅曼」。

他叫羅曼。千真萬確。

晚上九點，我全身腰痠背痛。華雍先生稍早請我幫他按摩手，「今晚幫你。」我答應他。結束後，我也去按摩海倫的手。我挺喜歡華雍先生，他才搬來不久，但他在院裡並不快樂。他每天都跟我說，他很想家，比想念妻子更甚。結束華雍先生和海倫的按摩療程，我開始巡房，幫所有睡著的老人把電視機關掉。

然後，我重讀了《熾戀》，才把藍色筆記本拿出來寫。先前因為熱浪停筆了好幾週。

17 《熾戀》（*Mal de pierres*）：義大利女作家米蓮娜·亞格斯（Milena Agus）以義大利文書寫的小說，二〇〇六年出版，二〇〇七年翻譯成法文版。二〇一六年翻拍成電影。

18

一九三三年，立夏。

這天早上，艾廷恩在一場婚禮上演奏巴哈的《G弦之歌》與《C大調前奏曲》。這是他第一次在克萊曼鎮的教堂演出。

呂西恩一如往常，牽著父親的左臂，引他到管風琴前。

他閉著眼睛聽父親演奏。他習慣把音符對應成院子裡玫瑰的顏色，這是在母親離開前就有的習慣。他沒睜開眼觀察教堂長椅上的新郎、新娘和賓客，他盡量不用眼睛去看身邊發生的事，喜歡讓自己去感覺。

在家裡，他不捻亮天花板的燈。他讓自己習慣在黑暗中生活，但他得小心不讓艾廷恩發現他這麼做。

他二十二歲，雖然視力很好，但他仍默默覺得，自己終有一天會變成盲人。他常常心想，現在只是眼疾還沒發生罷了。

婚禮結束後，艾廷恩與呂西恩在教堂廣場的宴席裡找位子坐了下來。

呂西恩喜歡參加婚禮有兩個原因：他和父親能一起享用婚宴餐點；然後，父親能與其他成年人社交，不需要兒子陪在身旁。

呂西恩仔細聽著身邊的嘈雜聲，人們酒醉的笑聲，他聽見艾廷恩也跟別人在做一樣的事。呂西恩狼吞虎嚥，開心享用人們端來的各種菜餚，時不時會確認口袋裡的點字書是否還在。他繼續瞞著父親偷讀點字書。

他身旁的胖女人試圖跟呂西恩搭話，但他不太想說話。每次他跟父親獨處時，他得身兼二職，不斷地叮嚀：小心腳步。在你右邊。不，往左邊一點。開始變天了。這裡漏很多水。這扇門要重漆。野草蓋過石頭了。秀桑女士正走過柵欄。你的水杯是滿的。這很燙你別碰。白襯衫收在左邊架上。麵包切成片狀。蘋果蛀蟲了。你的學生走去院子了。小心，會很大聲。因此，呂西恩只是禮貌性地對胖女人微笑，點頭附和她說的話，其實他沒在聽。

他永遠不會結婚的，因此不須在妻子的無名指套上婚戒，不須要求妻子發誓對他忠誠，尤其在父母發生那樣的事之後，不會有人來參加他的婚禮。他父親常說，他是反政府份子，因為他老是在批評軍隊、政治人物、死刑、神父和婚姻。

賓客們或吃、或喝、或笑，只有呂西恩聽見像是布料撕裂的聲音，就連艾廷恩也沒注意到。呂西恩今天第一次抬起頭，尋聲看見了新娘，她驚慌地望著自己身上裂開的婚紗。這個時候，有個男人走過去關心，她卻連忙躲開。

呂西恩看著這名男子離去。新娘在穿淡紫色洋裝的女士耳邊說了幾句話後，這名女士便趕緊往鎮上奔去。新娘緊掐婚紗，快步走往教堂後方。除了他之外，沒有任何人注意到這件事。

幾分鐘過後，呂西恩看見淡紫色洋裝的女子從鎮上回來，身旁跟著一位年輕女孩。她低著雙眼走路，手裡提個裁縫箱。兩人一起往教堂後方走去。

自從母親離開，這是他第一次全身感到莫名的悲傷，很是劇烈的惆悵，彷彿秋日傍晚低沉鬱悶的天空，絲毫無光線透入。他自忖，如果他變成盲人，就再也看不到低著雙眼走路的女孩。他到時如何認得她的優雅？就算聽巴哈的樂章來做顏色的聯想，也很難找到對應。

他感到鼻酸時，忽然有個東西滴到他頭上。他伸手摸了摸頭髮，看著自己手上沾到油亮的液體，白白黏黏，還熱熱的。沒錯，是鳥屎。他抬頭看天空，沒看見任何東西。他離開座位，走去廣場中央的噴泉清洗。

他整個頭浸入冰涼的水裡。抬起頭時，他瞥見剛才婚紗撕裂時，在新娘面前的那位男子：他抽著菸，看著呂西恩的一舉一動。

「您是新娘的弟弟？」

「不是，我是管風琴師的兒子。」

「那位盲人？」

「對。」

「您認識安潔兒嗎？」

「誰？」

「安潔兒，新娘。」

「不認識。」

「我愛她。可惜新郎不是我。」

呂西恩沒作聲。他心想母親嫁給父親時，是否已經愛上另一個人？他心想，愛情怎麼接上線的，有無可能同時接上很多條？他上過幾個妓女，但除了玫瑰花、書、音樂，他從來沒愛上誰。他讀過許多關於愛情的書，最近一本《易賀先生的未婚妻們[18]》更是讓他欲罷不能。他目送男子往鎮上離去。

回教堂的路上，呂西恩遇見新娘。太陽很大，他躲進涼爽的教堂裡，在昏暗的告解室坐下，打開他的書。他不用擔心被修士打擾，因為修士也去參加婚宴與舞會了。今天不是人懺悔的日子。呂西恩用指尖開始閱讀：

「神在事件裡將祂顯而易見的本願託付給人，這是用神祕語言寫成的晦澀文字。人當場進行轉譯，卻成了各種倉促、不正確，充滿錯誤、疏漏及誤解的翻譯。甚少智者真正了解神的語言。」

在喃喃自語的節奏下，呂西恩很快就睡著了。他發現自己赤腳在海邊，晴空萬里，陽光明媚，帆纜下的海水波光粼粼。一位年輕女孩走在他身旁，握著他的手，對著他微笑。他感覺很舒服，

18《易賀先生的未婚妻們》（*Les Fiançailles de M. Hire*）：比利時作家喬治．西默農（Georges Simenon，一九〇三—一九八九）於一九三三年出版的偵探小說。

不再對黑暗感到恐懼。年輕女孩低著雙眼，他也不再害臊看著她。

偶爾，她會用纖細的手指撫摸他的掌心。他們身邊有孩子在嬉鬧，遠處有孩子在游泳，兩個人再走幾步就會碰到浪花。呢喃聲愈來愈近，是海浪的呢喃，是呂西恩的父親從未在教堂演奏過的音樂。

呂西恩醒了過來。他在漆黑的告解室裡，年輕的女孩已消失無蹤，他的書掉落在地。他再把眼睛閉上，想回到夢裡，但行不通，人無法像讀書那樣自由地進出夢裡。教堂裡傳來一陣窸窣聲。起初，他以為是昆蟲的翅膀拍打教堂玻璃的聲音，但仔細一聽，是呢喃聲，像海浪的呢喃，像夢裡聽見的呢喃。有人在喃喃自語。呂西恩打開告解室的門，瞧見幾公尺遠的地上有個跪著的人影。

他走上前，像在夢中往海邊走去似地靠近人影。愈接近，呢喃聲愈清楚：

「教我……教我……教我識字。教我識字。」

呂西恩站在祈禱女孩的背後。她轉過頭來，看著他許久。她是夢中的年輕女孩，是剛才走在淡紫色衣服的女人身旁，低著雙眼走路的年輕女孩。她的臉隱約被三根蠟燭照亮，其中一根蠟燭就快燒完。她長得有點像歐坦鎮妓院的一個女孩，呂西恩不曉得為什麼他現在會想起這個女孩。他人在教堂，但心裡卻想著那間外表看似民房的妓院，窗戶兩旁種著花。在那兒，他目不轉睛盯著女孩們的身體，就像他盯著面前跪著的女孩一樣。

他不敢直視她的雙眼，深怕眼睛被灼傷。他只好盯著她交握的雙手。

「妳為什麼拜託教堂的蠟燭教妳識字？」

19

「紀賀多先生，今天都還好嗎？」

「我的老伴先走了。」

「她過世很久了。」

「您知道嗎，失去生命中的摯愛，每天醒來，心都很痛。」

「杜克洛先生，今天好嗎？」

「閉嘴，臭婊子。」

「噫——一早就來硬的啊！」

「您想怎樣？」

「像夏天的尾巴那樣。」

「可憐吶，白癡。」

「我真的滿白癡的。來，我扶您起身。」

「搞什麼東西！」

「幫您梳洗啊，杜克洛先生。」

「滾開。」

「噢，蠻有意思的。」

「操你的！」

「好喔，我來研究看看。」

「貝彤女士，今天都還好嗎？」

「安妮剛才往生了。」

「噢，安妮是誰呢？」

「我女友。以前，她一來我家就說：『幫我倒啤酒，小杯的就好。』您覺得天堂有小酒館嗎？」

「如果真的有天堂，那一定有小酒館。」

「愛黛兒小姐，今天都還好嗎？」

「都好。我孫女今天會帶貝涅餅[19]來看我。」

「您真有福氣，有個小孫女幾乎每天來看您。」

「是啊。」

「穆杭先生，今天都還好嗎？」

「我兩條腿好疼……疼到整夜無法入眠。」

「我請醫生上午來一趟，好嗎？」

「您決定就好。」

「要幫您打開電視嗎？」

「不用了，晨間節目都是給婦人看的。」

「米琪女士，今天都還好嗎？」

「有人偷我的眼鏡。」

「哎呀，您有先找找看嗎？」

「找遍了。我確定是伍德諾太太偷的。」

「伍德諾女士？為什麼她要偷您的眼鏡？」

「咕，不就想找我麻煩。」

19 貝涅餅（beignet）：用麵團油炸而成，可撒糖霜做成甜點或鹹食，也稱為法式甜甜圈。

「德可迪先生，今天都還好嗎？」
「這是哪裡？」
「這是您的房間。」
「不是，這不是我房間。」
「是，這是您的房間。我們幫您梳洗，然後如果您願意的話，我們帶您下樓走走。」
「您確定這裡是我房間？」
「是啊。您瞧牆上掛著您兒孫的照片。」
「媽媽呢？媽媽在哪？」
「她在休息了。」
「爸爸跟她一起去了嗎？」
「是啊，他陪她去休息了。」
「他們下午會來看我嗎？」
「也許吧，但如果他們太累，明天才會來看您。」

「早安，莎彭女士。我把藏在櫃子裡的乳酪和火腿拿出來，否則您可能會食物中毒，而且味道也不好聞。」
「一定是德國人，他們什麼都要徵收。」

「別擔心，莎彭女士。德國人撤退很久了。」
「您確定？我昨天晚上才看到他們。」
「哦，在哪裡看到？」
「在浴室裡。」

「早安，艾絲曼女士，新聞有什麼好事嗎？」
「噢，可憐的小女孩。真希望我能代替這些孩子。」
「哪些孩子？」
「我們這些老人還活得好好的，但《索恩－羅亞爾日報》每個月都有小孩的訃聞，這不正常吧。」
「沒辦法，人生就是如此。」
「老天大可來安養院趕業績，反正我們不中用了。」

「我美麗的海倫，都還好嗎？」
「呂西恩看見我在教堂祈禱的那天，是安潔兒結婚的日子，他問我為什麼要拜託教堂的蠟燭教我識字。他一張娃娃臉，我還以為是合唱團的小孩。他長得很帥，比我還高，我得抬頭看他。

起初，他沒看我的眼睛，只是對著我的手說話。等他的眼神與我對上，我才看見他眼眸有著普魯士藍，跟我的某一款縫紉線同樣顏色，我鮮少用上。他盯著我，彷彿看到江湖術士或有問題的人。我隨手拿了一本放在長椅上的經書，翻到某一頁，邊讀邊唸出聲音。我原本要唸：『這就是神的旨意』，卻唸成『ㄓㄜㄐㄧㄛㄕㄙㄉㄜㄓㄧ』。

「他把我手裡的經書闔上，對我說：『我不是上帝，但我可以教妳用手指讀點字。』他用『妳』對我說話，好像我們認識很久。我想起剛才安潔兒說的話，想起自己仙女般的巧手。竟然在一個鐘頭裡，有兩個人不約而同提到了手。我好久沒跟同齡的人聊天，所謂同齡，是能聊衣服內裡或鑲邊以外事情的人。自從不去上學，我與別人的青春歲月離得好遠好遠。

「我們在教堂祭壇前的長椅上坐下。他打開手裡的書，上頭一個字也沒有，他說這本是雨果[20]的《悲慘世界》。他把書放到我手上，這跟學校的書長得不一樣，內頁是空白的，我看著竟不覺得緊張。

「呂西恩握住我的手，讓我摸書的內頁。感覺像嬰兒的皮膚，上面布滿小而結實的點。他把我的食指放在某個點上，問道：『妳有感覺到a嗎？』然後，再把我的指尖移到m，我感覺指腹下有三個點，接著再移到o，然後u，翻了幾頁摸r，然後從頭再來一次。我的手沒弄混這些字母，那是我人生第一次讀懂自己在看的書。奇蹟總算發生了。

「三天後，呂西恩來光顧我父母的裁縫鋪。他站在全身鏡前，眼眸恢復天藍色，烏黑的頭髮抹上髮油，一撮不聽話的瀏海垂在額頭，如眉宇間的逗號。他見到我便露出微笑，我也微笑回應。他有害羞的人假裝不害羞的文雅。

「他用豐厚的唇說，他想訂製一套法蘭絨西裝。通常，我不接男仕西服，那是我父親負責的。但我堅持，母親也立刻答應，因為她心底明白這位英俊的年輕人是為我而來。她沒料到，竟然有人會對不識字、不打扮的女兒有意思。

「我父親仍請他先付訂金，因為他看起來實在像個小孩。他從口袋裡掏出三張揉得皺巴巴的鈔票。

「我拿樣冊讓他挑選款式。他摸著布料，一邊低聲問我是否願意跟他上床，唯有如此，他才不會變成盲人。他跟我說，從上週日起，他一心只想著我；我也對他說，從上週日起，我一心只想著雨果的《悲慘世界》，還去一趟學校找以前的班導師提布先生，問他是不是真有這本書。

「呂西恩挑了一款海軍藍的法蘭絨布料。

「我問他會不會娶我。他說不會，因為結婚對他家來說會觸霉頭。我回說：『那我願意跟你上床，但交換的條件是你教我點字。

「隨便和男人上床的未婚女子，人們都說是蕩婦，但只要能識字，我不在乎當個蕩婦。在一九三三年，人們不太討論這類私事。女人月經來了，人們以為是從尿尿的洞流出來的；女人婚後肚子變大，人們不曉得父母在房裡做了什麼；在學校，總有學姊愛跟學妹分享如何跟男生舌吻，但我又不去上學。所以，當我遇見呂西恩前，我一直以為自己這輩子都會是『老處女』。這

20 維克多・雨果（Victor Hugo，一八〇二－一八八五）：法國作家、小說家、劇作家、詩人，為人熟知的小說如《悲慘世界》（Les Misérables）、《鐘樓怪人》（Notre-Dame de Paris）。

是克萊曼鎮上的人對未婚女子的稱呼，而且我以為那些『老處女』跟我一樣都不識字。

「我請他把鞋子脫掉，背靠牆壁，腰桿挺直。我拿布尺替他量尺寸，從腕圍開始，接著量臂長、肩寬、背長、頸圍、臂圍、臀圍，然後腰至膝長、腰至地長、脖後根至頸肩線長，還有胯圍、褲長、褲襠、大腿圍和小腿圍，花了很長時間。我還發明一些用不著的尺寸，因為我怕他改變心意，不教我識字。我站在小板凳上，他緊閉雙眼，似乎不想讓我看見他眼睛的顏色。我的手感覺到他在發抖。我這輩子都在幫人量身長，週三那天，卻彷彿我第一次量一樣。一八一、四〇、八〇、九七、八一、三六、一三，我記得的他好像一首詩。

「幾年後他向我坦承，量尺寸那一天，他在布尺下有失去童貞的感覺。

「我當時也不敢問：『你習慣擺哪邊？』這是所有裁縫師會問男客人的問題，好調整褲檔的車縫。我猜，他應該是『擺』左邊。

「隔週日，我跟他約在克萊曼鎮的教堂碰面。他跟我約下午四點，教堂沒有人的時間。呂西恩因為父親是管風琴師，所以很熟悉地方上所有的教堂，每一間教堂最多人的時段也都一清二楚。他說得沒錯，當我推開教堂大門時，裡頭除了他之外，空無一人。

「他坐在我們上次一起讀經書的長椅上，等了好幾個小時，等到雙手都冰冷。他握住我的手，送給我一塊刻著點字的木頭。我馬上認出是 a。從來沒有人送過我這麼美的禮物。我親了他一下，那是我第一次親男生。他對我說：『我想摸妳。拜託，讓我碰妳。』我解開洋裝的扣子。是的，我解開了扣子。那是我母親從前的白色洋裝，我重改了腰身。他盯著我，像在欣賞一覽無遺的春色。教堂裡，冰冷的空氣讓我變得硬挺，但我曉得，他能感覺我的溫軟。我握住他，讓他的手在我身上輕輕游移，緩緩靠近我的唇。」

「羅佩茲女士，今天都還好嗎？」

20

我看著浴室的鏡子，一點都不覺得自己漂亮，我的眉毛好直。正常來說，應該要像珍妮·蓋諾，眼睛上有兩條柳月眉才是。

我的臉可能還沒有長好，還在繪製中。我常常心想，自己五官不好看的部分，終有一天會遇見懂得欣賞的人。愛我的人會像畫家一樣，接手完成我這幅畫；如果遇上一段轟轟烈烈的愛情，我會從草圖變成曠世巨作。每個人的生命中都有屬於自己的米開朗基羅，但前提是，得先遇見這個人。

曲樂說，我太多愁善感，想事情的方式太像一本書。

的確，跟小鮮肉上床時，我像一本書在想事情，但這不是每一隻手都能翻閱的書。

我從沒跟自己夢想中的小鮮肉上過床，抱在我懷裡的，從來不是我真正想抱的。我一直在幻想別人，應該說，我幻想很多人，劇情不斷改變，但頂多五個，五個人一起躺在我遐想的床上。這樣的幻想通常發生在我精神好的時候，但不可能發生在現實生活中，更遑論發生在我身上。

我覺得愛情很美好，但每次做愛又覺得無聊，腦中得一邊幻想其他事情。總有一天，我要擺脫這些大肚腩，和我夢想中的鮮肉上床。

呂西恩第一次吻海倫時，他感覺像是有雙翅膀在拍動他的唇。我也在等願意被我雙唇拍動的小鮮肉出現，但可遇不可求，有些人花一輩子在等待這樣的拍動。

昨晚，我又跟那二十七歲的傢伙做了愛，那個叫「我不記得什麼名字」的人。

我自己訂了一個規矩：絕不跟酪意鎮的男人上床。這像和同事有染一樣，每天一定會見到對方。「我不記得什麼名字」就住在「天堂」附近，距離安養院三十公里。遇見「我不記得什麼名字」之前，我其實有第二個規矩是：不重複睡同一個人。但這一點，我沒做到，因為我已經跟他睡了一段時間，連電話號碼都給了。這位小鮮肉常常惹怒我，可是不惹怒我的時候，又覺得跟他在一起很自在。自從我們倆開始上床，他會找問題問我。

按照慣例，「一夜情」結束後，我會自己默默穿上衣服；不過按照慣例，我都在車上做這件事，畢竟我不是自住。但跟他的話，他有個小套房，每次做完愛，他不會離開，也不會點菸抽，只是盯著我看，問我一堆問題。

「妳做什麼工作？」「如果能夠重來，妳想做什麼？」「……喔，是嗎？不會吧！」「妳之後再播給我聽？」「……妳跟爸媽住？」「噢，我很抱歉。」「怎麼會這樣？」「所以妳自己一個人住？」「我見過妳弟。」

「他不是我親弟弟，他是我堂弟。」

「但他長得跟妳很像。」

「是嗎……我以為我誰也不像。可能因為我們倆的爸爸是雙胞胎，也可能因為我們從小一起長大。他爸媽車禍時，我爸媽也在車裡。」

「哇塞，好扯，妳的人生怎麼像悲劇片。妳想念妳爸媽嗎？」

「每天都想啊。」

「妳還記得他們？」

「不記得，也想不起來。」

「很想念的話，怎麼辦？」

「想念我爸的話，就放他收藏的大衛・鮑伊[21]和阿蘭・巴頌[22]的專輯。想念我媽的話，我會聽維若妮克・桑頌[23]和法蘭絲・蓋兒[24]的歌。我會搜集女人身上的味道，她身上塗的乳液。我一直在找印象中我媽用的乳液，但怎麼也想不起來。我試過世界上各種乳液，直到現在，我還繼續搜集各種乳液樣品。有時候……我也說不上來，就希望再聞到她的味道。」

這是我第一次跟「一夜情」聊這麼私密的事。這些事，以往我只跟曲樂說，若鬱悶到不行，我也會找喬兒訴苦。

我沒有愛上「我不記得什麼名字」。這一點我很清楚，因為我平時完全不會想到他。對他，只是當下玩玩。我說不出到底認識他多久，不記得過去有特別的事，更遑論未來有任何打算。我從來沒對他說過：明天見、下週見、下次見、再見、再打電話之類的話。

21 大衛・鮑伊（David Bowie，一九四七－二〇一六）：英國搖滾樂男歌手、作詞作曲人及演員。
22 阿蘭・巴頌（Alain Bashung，一九四七－二〇〇九）：法國香頌與搖滾樂男歌手、作詞作曲人及演員。
23 維若妮克・桑頌（Véronique Sanson，一九四九－）：法國流行音樂女歌手及作詞作曲人。
24 法蘭絲・蓋兒（France Gall，一九四七－二〇一八）：法國女歌手。

21

一九三三年，大暑過後。

呂西恩的父親再婚，全因他在聖文森德佩的教堂演奏巴哈《賦格的藝術》〈對位三〉的緣故。那天彌撒結束後，一位女子希望能與將樂曲詮釋得淋漓盡致的男子見上一面，便逕自走上往管風琴方向的樓梯。一個鐘頭過後，她向艾廷恩求婚。他說好，他會跟她一起搬去里爾住。

艾廷恩將房子、家具、寢具、碗盤和點字書都留給不願離開的呂西恩。他問兒子為什麼想留點字書，呂西恩回說：「因為想留著你的指紋。」他看父親坐上新婚妻子漂亮的轎車，滿臉幸福洋溢。他吻了一下父親的臉頰，最後一次為父親說明自己看到而他永遠看不見的事情：

「你看起來很幸福。」

自從父親離開後，呂西恩開始在老路易咖啡館工作，這是酩意鎮唯一的咖啡館。他幫忙做外場，裝卸酒箱和啤酒桶，每天晚上把喝酒醉的男人一個個送回去給他們的老婆。他也要拖地、擦窗戶、洗杯子，客人多的時候，也得充當老路易的助手，不過這目前倒是還沒發生過。

自從在裁縫鋪量完尺寸後，呂西恩固定每週六搭火車到克萊曼鎮與海倫碰面。有時候，他會騎腳踏車去，但每次都一定穿著法蘭絨西裝。他會直接赴約，中途不逗留別處。進教堂時，他會看一眼第一次見到海倫禱告的雕像，然後躲進告解室裡。海倫大約下午六點來與他會合，接著兩人便安靜地等待入夜一起被關在教堂裡面。

呂西恩把每週的小費投進捐獻箱，點燃蠟燭照亮海倫的身體，引導她的手讀點字，任由自己的手去愛撫。海倫喜歡閱讀在海邊發生的故事，雖然她從沒見過海。

他們倆相遇以後，海倫有了很大的轉變。閱讀解放了她，就像陽光終於照進她的身體，從她皮膚的每一個毛細孔上散發光芒。她的舉手投足，像是隆冬過後終於穿上輕盈洋裝的女子。

當睡意來襲，她聊起自己的童年，彷如在唱搖籃曲，也聊自己唸過的女校、發燒的日子、那些拒絕入眼的文字、自己失控亂吐的嘴、被人孤立的絕望感。她也會聊在認識他之前，她唯一會做的事：洋裝和長褲。

她告訴他，那天晚上她去舔黑板的粉筆字，以為自己能中毒死掉。小海鷗為了救她，捨身衝撞教室窗戶。她篤定地說，每個人身邊都有隻守護鳥，有些人的守護鳥是同一種。只要仔細觀察天空，就能發現自己的守護鳥在不遠處。她說，鳥不會死，牠們會全心全意守候，但若是把鳥關進籠子，會害牠守護的人發瘋。

呂西恩說自己很喜歡這個故事。他從來沒聽過像海倫這麼美的聲音。

「繼續說……」

她說著話，呂西恩一邊深吸她的氣味。她身上有玫瑰花與山楂花的味道，一種融合溫馴與野性的香味。當她靜下來，他會再點燃蠟燭，看著自己讓她高潮的模樣。

星期天，他們一早離開教堂，主日彌撒八點就要開始。若呂西恩搭火車，海倫會陪他去車站，若騎腳踏車，海倫會目送他遠去，直到地平線吞沒他身影。

剩她獨自一個人時，她會直接回家，不去裁縫鋪。她愈來愈少到鋪裡工作。自從認識呂西恩，她經常向父母撒謊，就像當年那個愛說謊的壞學生一樣。她謊稱自己頭痛欲裂，只把自己關在房間，花好幾個鐘頭用指尖閱讀。

她不愛呂西恩，只是很感謝他。他讓她走出宣判無期徒刑的牢籠。多虧有他，她才感覺風吹過髮梢、陽光灼熱皮膚、嘴角牽動微笑。他是她最好的朋友，是她這輩子沒有的哥哥，是她的真命天子。多虧有他，她才這麼好運。他固定每週六帶好運來給她。

呂西恩的俊俏、能力和溫柔讓她自然達到高潮，不是因為愛。這跟她想像的愛不同，不是令人神魂顛倒的那種。呂西恩不是迷人的王子，而是一個王國，不管他做出什麼要求，她都願意獻出一切。

他瘋狂愛上了她，每天只想著她，不論白天黑夜都想聞她。聞她的雙腿、私密處、手臂，皮膚、還有她的眼睛、嘴唇、腰、屁股，雙手、指頭和聲音。她能取代一切，甚至能取代他對眼盲的恐懼。他看不下書，聽不下音樂，更不去游泳了。他食不下嚥，成天抱著那套法蘭絨西裝。

在咖啡館，他每天刷好幾次已經乾淨的磁磚和杯子，讓雙手不閒下來，也讓自己不瘋掉。他一心只想著週六，想著她走進教堂時，他馬上認得的腳步聲。她會用手沾聖水，劃十字聖號向主祈禱，然後拉開告解室的門，對他露出微笑，拉起裙擺，內心只期盼：他帶來新的點字書。

他在妓院付的是錢，跟海倫付的是書。他很清楚她並不愛他，只是像歐坦鎮的妓女提供身體給他罷了。愛情，是學習自私的藝術。

一九三三年的最後一個星期六，某個十二月三十日，呂西恩·貝涵和海倫·希爾兩個人私定終身。

22

「阿孟，在看你的星座運勢？」

爺爺聳聳肩。曲樂繞到他背後，探頭看。

「牡羊座，會遇見重要的人。」

爺爺又聳了肩，嘴裡嘟噥著：

「鬼扯，我才不ㄎㄤˋ。」

曲樂繼續說：

「就算不看，還是會遇見重要的人。」

奶奶接著曲樂的話，沒好氣地說：

「吃你的馬鈴薯，別煩爺爺。」

曲樂回餐桌坐在他的位子上，拿起番茄醬淋荷包蛋。我們家吃晚餐的時間是六點三十分，跟養老院一樣早。我很討厭這句話，小時候，朋友都拿這句話笑我，但她們其實不是我朋友，只是來隔壁鄰居家度假的人。

在家裡吃飯，我都坐同一個位子，對面是奶奶，左邊是曲樂，右邊是爺爺。就這樣，沒人會換位子，否則爺爺會碎碎念。以後，如果我有個家，我要在粉色的矮桌上吃飯，才不要鋪防水桌巾，也不要坐同樣的位子。在我們家，家具全是橡木製的，一律深咖啡色。爺爺說這樣很美，因為橡木很貴氣。我覺得很醜。而且，我們家什麼都要覆蓋、保護好：沙發要罩上墊子，躺椅蓋上毯子，每張桌子鋪桌巾，搞得家裡有藏寶物似的。

每天晚餐後，曲樂會上樓回房間溫習功課。我如果沒有值班，就回房間打開藍色筆記本寫小說。爺爺會待在電視機前。奶奶則上樓回房間，打開她一年才讀得完的丹妮爾．斯蒂[25]的小說，她常常翻兩頁就打瞌睡。我每年都在耶誕節送她好幾本斯蒂的小說，書封通常都是粉色的——跟我未來家裡的矮桌同色，書名大多是《現在與永遠》、《熱戀的季節》、《卡珊卓的指環》之類的。我實在不曉得是什麼撩起奶奶的幻想，也許是封面。

我約莫六歲才發現，爺爺奶奶其實有名字，爺爺叫阿孟，奶奶叫歐珍妮。曲樂都直呼名字：「歐珍妮，沒有酸黃瓜了！」「阿孟，我找到你的眼鏡。」

跟爺爺奶奶的相處上，曲樂比我還沒有禮貌。

看著他們結婚照裡年輕的模樣，感覺很奇怪，尤其看奶奶身上穿凹凸有致的婚紗更是奇怪。她的腰身隨著歲月流失，原本的黃蜂腰變成拉布拉多犬，腰線整組消失，像砍了半截的樹幹，腰

25 丹妮爾．斯蒂（Danielle Steel，一九四七－）：美國作家，著有上百本暢銷小說，以愛情題材見長。

併胸部、髖骨併屁股，全部合而為一。奶奶不是胖只是整個膨脹。即使大熱天，她也穿著防靜脈曲張的彈性襪，這讓她的小腿和腳看起來很繃，兩隻手又粗糙得像一輩子沒人碰過。我無法想像爺爺追過奶奶，也無法想像爺爺把奶奶推倒在床上，更不相信奶奶會幫爺爺口交。可是，每當海倫跟我聊起呂西恩的事，我卻又充滿各種想像。

爺爺和奶奶幾乎不交談，只會一起去買菜。他們從來不吵架，好像彼此心照不宣，井水不犯河水。我沒見過他們接吻，就算是耶誕節，也只親一下臉頰，謝謝對方送的禮物。有些人因別人在場會害羞，選擇私下接吻，但他們連私下也沒有任何互動。

他們對我和曲樂並沒有不好，只是無心照顧。他們常常是人在家，心不在，連一起在餐桌上吃飯，也不在乎吃什麼。

晚上，爺爺固定晚上十點三十分回房間，但週日除外，因為週日晚上，爺爺固定會收看法國第三電視台的節目「午夜經典電影」。通常，爺爺看完電視回房間，奶奶已經睡下。她會把拐杖靠在床櫃，假牙用清潔錠泡在水杯裡，頭上包著髮網。我發誓，這場景真的很恐怖。小時候，我覺得夜裡去他們房間是超級恐怖的事。就算高燒到四十度，我都寧願等到早上，奶奶變回有牙齒的樣子再去找她。

我無法想像，成天想自殺、床底有夜壺的奶奶，也曾有過年輕歲月。

兩年前，某一天，我比平常早回家。爺爺上午去馬貢確認社會保險是否有百分之百退費，那是他人生度過的第七十五個春天的生日禮物。一進家門，我聽見樓上浴室有動靜，是鐵槌的聲音，像有人在敲水管。我心想應該是水電工，因為早上從淋浴間到洗手檯的地方大漏水，磁磚不斷滲水。

我走進浴室，撞見穿藍色工作服的奶奶躺在地上，頭在洗手檯底下，兩條腿套上繃緊的藍色棉褲。她把拐杖靠著浴缸，腳上穿著我沒見過的鞋子，很像男鞋，卻是她的尺寸。旁邊有個半開的工具箱，她的手不斷在水管和工具箱之間來回，出乎意料地敏捷。我看著她不發一語，熟練拿起各種扳手，還有其他像螺絲起子的工具。她躺在洗手檯底下，所以沒看見我。而我像個小女孩，發現奶奶原來是雙面人：除了喜歡看愛情小說，還兼做水電工。更讓我訝異的是看到她穿長褲，兩腿張開，如此靈活，毫不讓人覺得她已上了年紀。我的訝異和尷尬，堪比撞見她跟情夫躺在床上。我往後退了幾步，悄悄走出家門。我到彩券行喝杯咖啡，一個小時後才回去，進門時還故意發出聲音。她已經在廚房，換上她三年前在「任意門郵購」買的灰色圍裙。我看著她的腳，她一定心想，我幹嘛直盯著那雙破舊的室內拖鞋。

浴室全修好了。

晚上，曲樂問能不能在樓上洗澡。我聽見奶奶騙說：「可以，早上水電工有來，漏水都修好了。」爺爺問奶奶花了多少錢，她回答：「不開發票，三十歐元。」我曾到處找過奶奶那套工具箱，但無論是院子裡的雜物間、家裡的儲藏室或地下，室全找不到。我心想，也許自己眼花，也許我想像力太豐富，不然就是酩意鎮的水電工長得太像奶奶了。

自從我買了藍色筆記本寫小說，就再也沒到地下室聽音樂。曲樂也只好溫習功課或「假裝」

溫習功課，一邊玩線上遊戲和下載電子樂。

幾年過後，我覺得跟音樂道別，就像學會和爸媽告別。我想，當初學混音，是為了讓四周有他們的聲音：所有唱片都是爸媽的，他們以前開了間唱片行。

爸媽過世後，爺爺奶奶把爸爸在里昂租的店面退掉。他們不曉得如何處理這批黑膠唱片和CD，只好堆在地下室，放在紙箱裡，直到曲樂和我發現它們。我們先買了唱盤來聽三十三轉的黑膠，幾年之後才有混音器。混音器是曲樂的外公馬格努斯和外婆愛妲送我們的，曲樂當時還跟他們有聯絡。

明年開始，曲樂就不住家裡了。我實在無法相信這件事，就像我無法相信爺爺即將遇見重要的人一樣。

23

我走進十九號房。羅曼坐在海倫身邊。

「您好。」

他站起來。

「曲絲汀好。」

他用眼神向我示意《熾戀》。是我把書放在床頭櫃，讓他來時順道取回。

「您喜歡嗎？」

「何止喜歡。」

他露出笑容。

「沒讓您太虐心吧。」

我頓時臉紅。

「讓人很想去薩丁尼亞。」

他看著我。

「我在那裡有間小房子，在島的南方，靠近穆拉韋拉。如果您想去，我可以把鑰匙借您。」

我低下頭。

「真的嗎？」

「真的。」

沉默了一會兒。

「會在那裡遇見書裡的人嗎？」我問。

他看著我。

「每天會遇到。」

我看著他。

「也會遇到負傷的軍人？」

「會遇到負傷的軍人。」

他拿起小說，旋即又放下，站起身。

「我要遲到了。得走了，不然趕不上最後一班火車。海倫今天都沒說話。」

我看著海倫，一邊想著薩丁尼亞的房子，回答他：

「有機會的話。」

他一副很難過的樣子對我說：

「好，有機會再說。再見。」

「再見。」

每次他離開，房裡好像忽然有燈暗掉。他從沒問過我，是不是開始寫小說了。

海倫轉過頭來對我微笑。

「怎麼了，我美麗的海倫，今天海灘上都沒有人嗎？」

「呂西恩選在酩意鎮和我私定終身，那天是一九三四年一月十九日，下著大雪。他故意選冬天最冷日子，讓人無法來參加……曲絲汀？」

「嗯？」

我靠近她，握住她的手。

「妳知道為什麼呂西恩不肯娶我嗎？」

「怕戒指會勒住手指，影響血液流往心臟。」

她咯咯笑了起來，像個小女孩。

「是左手無名指。」

我靠近她坐下。她繼續說：

「我們假借老路易的房子充當鎮公所。那棟大房子有四層樓，格局方正，對面是火車站。呂西恩拿梯子，把藍白紅國旗掛在屋簷的排水槽旁，把手寫的『鎮公所』招牌掛在門上。我父母沒來過酩意鎮，沒察覺異樣，剛好大雪也覆蓋一切。

「那天路上都沒有人。我們站在假的鎮公所前，等我父母從火車站出來。我身上穿著很簡單的白色婚紗，沒有蕾絲。

「有人跟我父母說，我們會選個好日子再到教堂補辦婚禮，到時才會用蕾絲和頭紗。我媽媽很失望，因為克萊曼鎮裁縫師的獨生女，竟然在大喜之日穿這麼簡單的婚紗。倒是呂西恩，很驕傲穿著生平第一套藍色法蘭絨西裝。他瘦了不少，我還幫他改過尺寸。

「他挽著我的手步入假的鎮公所，眼神深情地望著我。那天交到他手上的，不是我的手，而是我的人：我不用他的幫忙，已經開始能自己讀點字了。一切都是我虧欠他的……曲絲汀？」

「嗯。」

「妳知道虧欠一個人是什麼意思嗎？」

「我知道，但我沒遇見能讓我虧欠的人。」

沉默了一會兒。

「老路易把一樓的家具全撤走，只放一張大的辦公桌和幾把椅子。呂西恩在牆壁上貼假的鄉鎮公告，在生鏽的門上寫假的戶政資訊。老路易很高興能扮鎮長，而且扮得很認真，但他不懂為什麼呂西恩要花這麼多力氣，只是為了假裝娶我。儘管呂西恩跟他解釋，結婚會影響血液流往心臟，害世上的男女因無法信守承諾而成為背信之人，但老路易還是不懂。

「老路易很胖，嗓音很有磁性，他在胸前披條國旗肩帶，對我們宣讀《民法》的婚姻條款。

『二百一十二條：夫妻應忠誠互助。二百一十三條：夫妻應共同承擔家庭物質與倫理責任，提供子女教育，為子女未來做準備。』

「我父母在儀式結束後就離開。他們不想夜歸，因為冬日天黑得早。」

她突然停下來。

「海倫？」

「嗯。」

「為什麼您今天不跟羅曼說話？」

她聳了聳肩，表示不是有意的。回海灘前，她最後又說道：

「親吻雙方後，假扮證人的波特萊爾唸了一首詩：

我的寶貝，郎的妹，
想想該有多甜美
一同到那裡生活！
愛得多悠遊自在，
相愛與死亡都在
那與妳近似之國！[26]」

26 〈邀遊〉（L'invitation au voyage）為夏爾・波特萊爾的詩，收錄在一八五七年初版的《惡之華》（Les Fleurs du Mal）中，放在〈憂鬱和理想〉（Spleen et idéal）為題的詩組。

24

一九三五年，呂西恩和海倫買下老路易咖啡館。雖說買，其實是老路易用象徵性的價格讓他們頂下來的。他們沒有換掉咖啡館的名字，沒有必要，畢竟叫習慣了。換名字就像換湯不換藥，他們只重新粉刷了牆面。

咖啡館很明亮。客人從木框玻璃門進出，毛玻璃上閃著紅、藍、綠的光澤。裡頭有兩扇大窗戶面對街道，另一扇面向羅馬式教堂的廣場。地上鋪著深色木頭，四條柱子貼滿鏡子，像個萬花筒，反射出吧檯邊客人的身影。

吧檯後方有個小空間放雜物，右邊有四道階梯通往另一個房間，裡頭有洗碗槽、爐灶、一張桌子和兩把椅子，可以當成廚房或浴室。

房間裡有個陡直的木階梯，爬上去是個簡單整理過的臥室。

海倫對酒的名稱倒背如流，但她記不住酒標上的名稱，只好認上面的圖案、酒體的顏色和瓶身的形狀。

起初，都是客人向她解釋哪些杯子裝皮爾酒[27]、聖拉斐爾酒[28]、卡柏單苦酒[29]、艾爾布茲酒[30]，哪些用來裝多寶力香甜酒[31]、龍膽草苦酒[32]、苦艾酒，哪些又是給櫻桃白蘭地、茴香酒、馬瓦西聖安德烈酒[33]用。

沒有客人會計較酒倒多少、付多少錢或杯子容量，連吧檯的常客和拗客，現在也點起檸檬蘇打和橘子氣泡水。海倫雙眼的光芒如同苦艾酒一樣，讓整個小鎮熱鬧了起來。

---

27 皮爾酒（Byrrh）：由法國布商維歐烈兄弟（Pallade et Simon Violet）以葡萄酒為基底，添加奎寧、咖啡、可可、接骨木花、洋甘菊製成的開胃酒，曾因其唸法近似啤酒（beer）而大受歡迎。

28 聖拉斐爾酒（Saint-Rafaël）：法國的開胃酒，以未發酵的葡萄汁或白葡萄汁為基底，加入奎寧、苦橙、香草、可可仁及多種香料植物釀製而成，分別有紅色與琥珀色兩款酒。

29 卡柏單苦酒（Amer Cabotin）：柑桔製成的開胃酒，常見於早期法國咖啡館與餐館。

30 艾爾布茲酒（Eau d'Arquebuse）：以三十三種藥草釀製的蒸餾酒。據法國民間說法，該酒有多種療效，曾用來治療槍傷的病人。

31 多寶力香甜酒（Dubonnet）：由法國化學家約瑟夫．多寶力（Joseph Dubonnet）於一八四六年發明，最初用來治療瘧疾。他將尚未發酵的葡萄及白葡萄汁混合，加入純度百分之九十六的酒精抑制發酵並保存其果香味。為蓋掉奎寧的苦味，他加了多種藥草及香料，至今藥草與香料比例仍屬商業機密。

32 龍膽草苦酒（Gentiane）：以龍膽草的根浸泡製成的蒸餾酒，是帶有苦味的開胃酒。

33 馬瓦西聖安德烈酒（Malvoisie Saint-André）：法國早期老餐館提供的一種葡萄酒。

25

老人通常很臭，又不喜歡洗澡，彷彿即使邋裡邋遢上天堂，他們也不在乎。我們早上幫老人洗澡時經常挨罵，連提醒行動自主的老人洗澡，一樣挨罵。儘管如此，我們還是得堅持。

至於海倫，她一點也不臭，聞起來像嬰兒一樣。

我第一次跟海倫獨處是在某個耶誕夜。當時我進「繡球花」工作剛滿一個月，那天正好輪到我值班，護士跟我交代，海倫有點發燒，要多注意。我上樓量她體溫時，忽然她握住我的手，讓我差點哭了出來。從來沒有人這麼溫柔地對我，那是我從未感受過的母愛，連小時候奶奶幫我搓澡都是隔著手套。

「海灘的天氣如何呢？」我問她。

「很好。現在是八月，人好多。」

「記得做好防曬。」

「我有戴一頂大帽子。」

「風景漂亮嗎？」

「前面是地中海。地中海一直都很迷人。妳叫什麼名字？」

「曲絲汀。」

「妳常來嗎？」

「幾乎每天來。」

「妳想聽我講呂西恩的故事嗎？」

「好。」

「那妳過來，我在妳耳邊說。」

我彎下腰靠近她，耳朵彷彿聽見貼近貝殼的聲音：那是我們的心念。

26

他們的咖啡館從一九三六年八月二十日暫停營業，直至八月三十一日。呂西恩在一大塊招牌上寫：

休假中，暫停營業。

整整十一天，酩意鎮上的男人被迫自己喝悶酒，去修漏水，到後院翻土砍柴，幫打井水的齒輪上油，或陪老婆做彌撒。

海鷗也從屋頂消失了。

這是咖啡館成立至今第一次暫停營業，連老客人也記不得咖啡館開了多少年。

九月一日清早，呂西恩和海倫開門營業，波特萊爾已經在門口踱步，手裡拿著從雜誌剪下來的珍妮・蓋諾照。他拎著這位新女友走進咖啡館，宛如新郎挽著新娘步入禮堂。

九月一日這一天，所有客人都像在鬧彆扭，生海倫的悶氣，怪她暫停營業那麼久。所有男人都不說話，只在互相傳閱珍妮．蓋諾照片時，故意大聲對海倫說，這個是全世界最美的女人，有人吶，應該要學學，把自己打扮得好看一點。海倫沒理會他們，繼續做自己手邊的事，重新幫口袋或袖肘破洞補丁，忽略照片上她的女敵手。

晚上，咖啡館關門一個多小時後，海倫發現珍妮．蓋諾的照片被丟在吧檯角落。「她識字嗎？」這是她看到照片，心裡冒出的第一個問題，也是每次遇見別人，心裡浮現的第一件事。

她十六歲才學會識字。當手指初次碰到字母，她感覺自己如獲新生，重新學會了呼吸。漸漸的，她開始讀懂單字，然後句子。她第一次讀懂的句子一輩子也忘不了，是莫泊桑[34]小說《女人的一生》擷取出來的一段話。從那時起，這本小說海倫讀了二十次，也許三十：「很小的時候，她既不漂亮，也不活潑，沒有人會親吻她。她經常安靜地乖乖待在角落。」

海倫每每讀到書裡淒涼之處，如，「她四周景色潮濕凝重，葉子哀傷墜落，天空滿布烏雲。被如此厚重的悲傷包圍，她只好回家，不讓眼淚不爭氣地落下」，她反而異常興奮。她不會因為閱讀感到悲傷，每個字句都像小口小口的熱情，她可以開心地細細品味。學會閱讀前，海倫就像莫泊桑小說的女主角珍妮，被關在修道院裡。

海倫覺得自己跟人事物總帶有距離，但閱讀對她來說，就像咬了一口渴望多年的水果，終於感覺香甜的汁液流經嘴巴喉嚨裡，迸濕她的雙唇與手指。

34 莫泊桑（Guy de Maupassant，1850－1893）：十九世紀法國寫實主義文學的代表性作家之一，有短篇小說之王美名。《女人的一生》（Une vie）為其長篇小說，於一八八三年起在報紙上連載，爾後出版成書。

學會閱讀前，生活對她而言不過是日常的習慣動作。一天結束後，就像筋疲力盡的輓馬陷入熟睡，但現在，她在夢裡能感覺到各種角色、音樂和風景。

海倫端詳照片裡的珍妮．蓋諾，她迷人的眼神像在沉思，有一點不在意卻又撩人。她的眉毛完美、嘴型完美、髮型完美、頸線一覽無遺。海倫不敢丟掉照片，索性夾在兩瓶馬瓦西聖安德烈酒中間。

之後，珍妮．蓋諾的照片被黏、被釘或用膠帶貼在吧檯後面，在瓶裝檸檬蘇打和高腳杯中間，同樣的位置放了好幾年，最後才被掛在咖啡沖煮壺上，那是戰後隨瓶裝可口可樂一起送來店裡的咖啡壺。每次煮咖啡時，波特萊爾總笑說，蒸氣有點弄亂珍妮的頭髮。

27

立秋。今早去上班前，我先去了墓園。自從這不是週日的例行公事以後，我喜歡自己到墓園走走。

墳上蓋滿落葉，遮住了日期。有一天，我會比爸媽還老，他們將永遠停留在三十歲。我開始想像，三十歲的我在做什麼？結婚了嗎？有小孩嗎？曲樂過得好嗎？去過穆拉韋拉嗎？海倫還在嗎？會遇見屬於我的呂西恩嗎？奶奶還是每天打掃兩次客廳，一邊聽廣播嗎？

我可不想知道答案。有時候，喬兒會問我要不要算命，她說當笑話聽聽也好。我總是跟她說，未來不是拿來笑話用的，我都二十一歲了。

我從不參加房客的喪禮，我只照顧他們在世的生活，無法在他們去世後，繼續陪到「另一個世界」。

稍早，羅絲和羅曼到院裡探訪。這是第一次他們倆一起出現。

海倫看起來很平靜，閉著眼睛，沒有說話。

羅曼來跟我借第二支花瓶，要插羅絲帶來的繡球花，另一支瓶裡還插著他上次帶來的白玫瑰。

我在辦公室找到一支醜到不行的花瓶，年紀應該跟我差不多。他小聲地問：

「您開始動筆了嗎？」

「是。」

他一聽見「是」，臉上露出了笑容。而我只看見他笑起來好甜。

我把花瓶拿給他，心裡邊想，他藍色的眼珠就是最美的花，就算放在醜到不行的花瓶裡還是很美。我知道自己在胡說八道，但就是我情不自禁。

「謝謝。」

之後，我沒再碰到他。

下午，「我不記得什麼名字」打了兩通電話給我。第一通我沒接，第二通也是。我昨夜去了他家過夜。

我向來對他忽冷忽熱，說話顛三倒四。可能上一秒想和他接吻，但是如果他太黏人或身上穿著太醜的套頭毛衣，我下一秒會冒出千百萬個理由想掐死他。

我就是這樣，渴望擁有愛情，一旦送上門，卻又覺得不耐煩。我個性很差又討人厭，但「我不記得什麼名字」卻很溫柔。不曉得是不是我命中帶煞，讓我需要如砂紙般的情人磨掉我的邊邊角角。

今晚，輪到我值班。

我好惆悵，那是對還沒經歷過的一切感到惆悵。

28

有時候，呂西恩會問海倫想不想換個生活，收掉咖啡館，離開這裡去做些別的事情，再也不必吸這些男人的二手菸，不必聽他們滔滔不絕。有時候，呂西恩也會問海倫要不要認識別的男人，一個真心要娶她過門和她真心喜歡的人。她永遠回答：不用，千萬不要，你才是我的幸運星。

一九四一年，老路易咖啡館仍有老客人光顧，多數是上了年紀的老男人，無法做德軍的強迫勞動。壕溝戰的生活結束，他們身上留下了傷痕、顫抖與木頭義肢，而教堂廣場上豎起了烈士紀念碑。

德軍進入鎮內會強制徵收食物，但不會在這兒駐守。

他們行經期間，家家戶戶緊閉門扉。男人得回到田裡工作，老年人在海倫的監督下舉杯澆愁或解決便餐。海倫也繼續幫大家縫補褲子的破洞。

客人三、五杯黃湯下肚後，海倫會依客人的身材判斷，在空酒杯裡改倒檸檬蘇打。有些人還以為她拿錯酒——畢竟她看不懂酒標——又不敢告訴她，只好偷偷請呂西恩倒點「認真的」。

＊

一九三九年，呂西恩受徵召投入「假戰[35]」，直到一九四〇年六月，他才回到酩意鎮。德軍來到馬奇諾防線[36]期間，許多投入戰爭的男人正好被調回家鄉。

呂西恩赴徵召前，海倫發現他沒有受洗。她想當他的教母，但呂西恩偏偏不信上帝，揶揄虔誠的信眾，惹得海倫很火大。她說他褻瀆神祇，他卻回答：我褻瀆的是妳。在海倫的央求下，呂西恩答應受洗，不過還差一位教父，他決定用抽籤方式從咖啡館客人裡來挑。

呂西恩把鎮上男人的名字一個個寫在一樣大小的紙條上。這一天，所有男人都來了，連平常只喝井水的人也來了：曲勒、瓦倫汀、奧古斯丁、艾提安、艾米恩、路易、亞風、喬瑟夫、萊昂、艾佛列、奧古斯丁、費迪南、德加、艾提安、西蒙。聽他們報自己的真名，那感覺很赤裸，因為平常大家都叫對方綽號：丁丁、路路、高個兒、阿甘、費費、卡巴、咪咪兒、小烈、阿翰，或什麼都不叫，只是問聲好而不用回應。只有波特萊爾的綽號例外，呂西恩直接把夏爾．波特萊爾寫在正方形的紙條上。

西蒙被抽中當呂西恩的教父，其他沒被上帝選中的人都有點失望。所有人都去了教堂觀禮，沒有例外，因為這是他們第一次參加成人的洗禮。

西蒙是猶太人，但神父睜一隻眼閉一隻眼。活在戰爭的年代，所有人都睜一隻眼閉一隻眼，連教堂的聖靈也是。

神父將呂西恩的頭浸入聖水，口中一邊唸著：

「教父、教母，您們帶來的孩子呂西恩將接受洗禮：因為愛，主會賦予他新的生命，在聖水與聖靈中重生。請留意他時時在信仰裡成長，不被冷漠與罪惡削弱，讓神聖的生命每天在他內心滋長。」

一九三九年五月七日，神父把呂西恩的受洗證書交給了海倫。

三日後，準備出發的那天早上，呂西恩醒來發覺海倫不在身邊。這從來沒發生過。他心想，會不會是遺傳父親的眼疾即將發作的前兆。他揉了揉雙眼，到處找她、叫她，但都沒人回應。

最後，他在廚房桌上發現一張白紙，上面有星羅棋布的細孔，應該是海倫拿縫針刺的。呂西恩把手移在紙上讀：「記得回來。我親愛的教子、我溫柔的哥哥、我英俊的情人，記得回來。」

*

抽籤那天，呂西恩作弊動了手腳。海倫看見兩頂貝雷帽，一頂裡頭放了所有人的名字，另一頂已事先裝滿寫好「西蒙」的紙條。

35 假戰（Drôle de guerre）為第二次世界大戰初期的戰爭狀態，介於一九三九年九月三日英國與法國對納粹德國宣戰以及一九四〇年五月十日德軍發動戰爭之間。

36 馬奇諾防線（Ligne Maginot）：為法國以時任陸軍部長安德烈．馬奇諾（André Maginot）姓氏命名的邊境防線，於一九二八年至一九四〇年間沿法國與比利時、盧森堡、德國、瑞士及義大利的邊界建造。

抽籤前，呂西恩繞一圈給大家檢查，然後趁亂在吧檯底下調包貝雷帽。

海倫伸手進第二頂貝雷帽抽出籤，呂西恩則假裝跟大家一起揭曉誰來擔當教父。

海倫晚上打掃咖啡館時，發現二十九張寫著「西蒙」的紙條藏在空酒瓶的後面。她看不懂，把紙條全掃進水溝，讓人找不到。海倫沒想到，納粹同時也在做同樣的事。

*

西蒙於一九三八年的一個下雪天來到鎮上。他進咖啡館沒有走對門，他從後面倉庫的門進來，那是命運多舛的人走的門。他喝了杯咖啡，用濃重的腔調向呂西恩解釋，他從波蘭逃來，想到人權國家尋求庇護。從那時起，他習慣不走大門進出，身上的琴盒是唯一的行李，裡頭裝著一把小提琴和一套西裝。

西蒙五十歲，是位製琴師。他的工作室被人砸毀放火燒掉，雖然他留下一條命，但卻被人用刀在額頭刺上zydowski（猶太人）。

他的疤痕一眼就能看見，曬過太陽後，額頭上的y會更明顯，所以他永遠戴著一頂小帽子遮住額頭。他高高瘦瘦的，厚實的雙手跟他虛弱的身子產生強烈的反差，他灰白的細捲髮濃密得連雨都滴不進，弄不濕他的頭。

西蒙說話前會先微笑，彷彿沒有微笑，他就開不了口。

呂西恩和海倫提議他多留幾天，可以睡在他們的嬰兒房。嬰兒未來有天會來到世上，目前還在等待時機。

他們免費提供西蒙安身落腳之處，交換條件是他來咖啡館拉小提琴，舒緩那些害怕戰爭一觸即發、每天愁眉不展的客人。但西蒙會害怕，他怕小提琴聲會引來心懷不軌的嗜血者。

他第一次敢於在他人面前脫帽子，搔了搔頭說，他只想為他們兩人演奏，只能拉給他們聽。這一天，西蒙變成他們的朋友，真心的朋友，心地善良的朋友。

對西蒙來說，呂西恩為了愛，從知識分子變成咖啡館的服務生。這位高大的年輕人大可去教書，不必整天幫客人倒酒，但他卻選擇海倫作為他這輩子唯一的學生。

海倫彎著腰，幫西蒙縫補身上被蛀蟲咬破洞的毛衣時，西蒙才了解呂西恩為什麼願意為她做出犧牲。

29

「姓名？」

「曲絲汀・奈雪。」

他用兩根手指打字，把名字輸入電腦。沒想到現在還有人只用兩根手指打字，我以為八〇年代末這些人就消失了。

「出生年月日？」

「一九九二年十月二十二日。」

「在『繡球花』服務多久？」

「三年。」

「職務是？」

「照服員。」

他突然停下來，仔細端詳我。

「奈雪……這姓氏好熟……父母做什麼的？」

「他們車禍過世了。」

「在這地方？」

「在國道酩意鎮出口，往馬貢方向。」

「哪一年？」

「一九九六。」

他忽然站起來。滾輪式辦公椅順勢撞上鐵架。

「奈雪。喔對——奈雪，國道上的車禍，我那一天有去現場……班奈頓副局長還起案調查。」

他一句話裡也太多訊息了吧。史塔斯基看到出車禍的爸媽，還有什麼副局長的還起案調查。調查什麼？

「調查？」

「對，案發原因不單純……」

「案發原因？您記錯了吧，當時因為地上結霜，車子打滑了。」

「或許是吧。」

我繼續說：

「報紙上是這麼寫。」

他看著我，一邊把椅子拉回來坐，按下「enter」鍵。

「好了，回歸正題。您知道是誰打電話給家屬的嗎？」

「不知道。」

「這幾週多了兩倍的匿名電話，您難道沒在院裡發現哪裡不對勁？」

「我爺爺奶奶……他們知道車禍後有起案調查嗎？」

「爺爺奶奶叫什麼名字？」

他的眼睛很像蟋蟀。這種綠色昆蟲會在夏天跳進屋裡，若用手抓，牠會狠狠咬你一口。母蟋蟀好像交配後會吃掉公蜥蟀。

「阿孟和歐珍妮．奈雪。」

「沒印象。調查只供內部留存。」

「所以呢？」

「所以怎樣？」

「調查案啊，有什麼結果？」

「什麼也沒有，全案偵結。倒是您，我發現您時常加班。」

他打量我，眼神不屑一顧，很像我突然散發出臭味一樣。我心想，他對銀行搶匪的包容心，可能遠勝於加班不求回報的職員。

「我喜歡在那裡工作……那個調查案……跟我家相關。我可以看一眼嗎？」

他倒吸一口氣，像捷克或德國俗濫的警匪劇那樣對我說：

「除非您把『繡球花』的烏鴉嘴找出來。」

離開派出所，我沒返家便去『繡球花』上班。我想見海倫，我只要抱一抱她，聞她身上的味道，我的心情就會好一點，像甫結束一段長途跋涉那樣。

我衝到更衣室換衣服。我今天傍晚五點得值班，因為我又答應瑪莉亞和她調班。經過十二號房門口，我聽見德雷福女士叫我。她想知道「胖貓」的近況，那是她搬來院裡之前養的流浪貓。我每週三次會在牠碗裡倒滿飼料。我答應她明天用拍立得照相給她看。

「我不記得什麼名字」這時打電話來。他每次來電，感覺都故意不報名字，電話接起就說：「是我。」

今晚，我值夜班無法跟他「見面」。「沒關係，」他說，「我明天早上去接妳。」「但我下班是早上六點。」我說。「沒關係，我六點〇五在繡球花門口等妳。」

我很想答應他，畢竟這是第一次有八十歲以下的男人願意在某個地方等我，但還是拒絕了，因為下了夜班，我想一個人回家靜一靜。

30

亞妮特於一九六五年在斯德哥爾摩出生，她的護照被曲樂收著。看照片，她長得很像ABBA合唱團的主唱艾格妮莎。這準是我媽媽桑德琳在一九七七年讀中學時，選她當筆友的原因。我媽是ABBA的歌迷，理所當然選了瑞典，但這其實很怪，因為ABBA都是唱英文。至於亞妮特，她想要有法國筆友，因為法國有世界總量最大的彩繪玻璃（九萬平方米），而她想成為玻璃彩繪大師。

曲樂保存了所有信件。她們用英文通信七年，剛開始，她們描寫彼此房間的樣子，分享喜歡吃和做什麼，未來想生幾個小孩，聊自己養的貓和金魚。每次去旅行，她們都會寄明信片給對方。

正常來說，通信一陣子就會停止，畢竟唸中學有許多事比寫英文信給素未謀面的人更重要。偏偏這兩位不是正常人。她們在一九七七年開始通信，一九八〇年第一次碰面，爾後她們每年見面，直到一起出車禍身亡。

幾年下來，信變得愈來愈私密。她們在信裡聊著對家庭與愛情的看法，分享彼此的喜悅、落寞與心願。她們會寄照片給對方看，大多是曲樂和我現在還在用的這臺拍立得所拍。有些照片我們會剪成兩半，各自拿走喜歡的。

多虧亞妮特，我才得知我媽的事，畢竟從小沒人能說給我聽。她小時候住在聖德尼區街一棟公寓的守衛室裡，母親是公寓門房，父親她從來沒見過。她在信裡描述公寓的生活，那些房客、房東，還有她會在狹小的守衛室一邊跳舞，一邊聽著ABBA合唱團的〈*Gimme! Gimme! Gimme!*〉、邁克薩格樂團[37]的〈*Let's All Chant*〉、柯基斯合唱團[38]的〈*Everybody's Got to Learn Sometimes*〉、維薩吉樂團[39]的〈*Fade to Grey*〉。

我媽始終對音樂情有獨鍾，什麼類型她都愛。當她認識想開唱片行的我爸時，不意外她會愛上他。

她也是一個叫羽毛天堂的劇團成員。我想她應該是生性開朗，一個有趣的人，因為照片上的她總是笑得比別人開心。她棕色的頭髮長度適中，個頭不高，微胖，笑起來很像美國電影明星。

一九八三年，亞妮特和桑德琳滿十八歲，她們一起去南法的卡西斯，紮營在距離港口二十分鐘車程的峽灣，整天泡在水裡游泳，吃蘋果甜甜圈。

曲樂有一本亞妮特的小日記，裡面寫滿瑞典文，我們用網路翻譯，得到的翻譯大致是：

37 邁克薩格樂團（Michel Zager Band）：由美國音樂製作人、作曲暨編曲人邁克．薩格組成，一九七八年的〈Let's All Chant〉（大家一起唱）成為流行金曲。

38 柯基斯合唱團（The Korgis）：知名英式搖滾（Brit-pop）樂團，以一九八〇年第二張專輯中的〈Everybody Got To Learn Sometimes〉（每個人都得學會）最為人所知。

39 維薩吉樂團（Visage）：英國合成器流行（Synth-pop）樂團，一九八〇年末推出〈Fade to Grey〉（褪成灰色）。

「陽光白晃晃的。」

「好像有人用清潔劑洗過房子，地上沒有水窪。」

「聞起來好香。」

「不用毛巾擦就乾了。」

「甜甜圈撒了糖。」

「蟲鳴。」

「我從沒曬傷過，倒像是久久不散的一個掌印。」

六天後，她們到港口買冰淇淋，遇見了亞倫和克里斯。

亞妮特在日記上寫道：

「我馬上分出兩個男生的差別。一個一直盯著我，另一個沒看我。」

「他們明天離開。」

「他們後天要走了。」

「他們下週離開。」

「他們要留下來陪我們到假期結束。」

隔年，桑德琳和亞妮特來里昂找亞倫和克里斯，要一起過暑假。在里昂的貝拉許火車站，雙胞胎開著綠色雪鐵龍2CV敞篷車前來。這事讓她們笑了好久。

南法之旅後，他們又見了幾次面，但不是四個人一起。

亞倫去了兩次斯德哥爾摩到訪亞妮特家，克里斯去了好幾回聖德尼區街。

結束第二次斯德哥爾摩之行，亞倫即向亞妮特求婚。雖然很浪漫，但她有點覺得進展太快，況且，那年她才十九歲。

無論如何，亞妮特決定到法國學玻璃彩繪，在馬貢附近找到願意帶學徒的師傅，地點只距離里昂一百公里，桑德琳也是，她決定搬到里昂和克里斯一起住，所以他們找了間四人合住的公寓。雙胞胎在里昂就讀音樂學院，兩人分別決定要開唱片行和成為作曲家。克里斯開始去發掘罕見的唱片，亞倫則在閒暇之餘作曲。

從里昂開雪鐵龍2CV到酩意鎮，他們得花三天的時間，但兩地其實只距離一七〇公里。原因是，亞妮特每次只要一看見教堂，都要大叫：「停車！」。

當亞妮特仔細觀察教堂裡每一片彩繪玻璃，並且拍照留存時，其他三人就到露天咖啡館裡喝一杯。

參觀完十幾間教堂，車子總算抵達家門。時值七月，正好又是十四日，人行道上有些孩子正在放煙火。

廣播正在播放布朗斯基節拍樂團的熱門金曲〈Smalltown Boy〉[40]。

---

40 布朗斯基節拍樂團（Bronski Beat）：英國合成器流行樂團（Synthpop），最初由主唱吉米・薩莫韋爾（Jimmy Somerville）與兩位鍵盤手兼鼓手史帝夫・布朗斯基（Steve Bronski）和賴瑞・史坦巴克（Larry Steinbachek）組成，於一九八四年以〈Smalltown Boy〉（小鎮男孩）打進美國流行音樂百大排行榜。

我鄰居那魔術男孩的爸爸跟我說，他們長得很好看，但最好看的是亞妮特的金髮，還有她那張臉。他沒親眼見過這麼美的女生，對他來說，這都是電視或雜誌上才會出現的。在我小時候，他甚至跟我說：「妳伯母真是穠纖合度。」我當時聽不懂「穠纖合度」是什麼意思，只想到奶奶做的蛋糕，以為他說亞妮特長得很像香濃的草莓蛋糕。

四個人下車，一邊學吉米・薩莫韋爾的聲音唱：「Run away, turn away, run away, turn away, run away.[41]」他們跟奶奶吻頰，應該說雙胞胎跟奶奶吻頰，而奶奶只跟桑德琳與亞妮特握手。然後，四個人坐在涼棚下（其實只是四根木頭上鋪有柳枝做的簾子，但我們都習慣叫它涼棚）。

奶奶拿了一瓶波特酒、冰塊和六個酒杯擺在桌上。她說阿孟也快回來了。

那天，奶奶做了海鮮庫斯庫斯。通常，我們不會在七月十四日準備這道菜，但沒辦法，雙胞胎兄弟倆吵著想吃。

---

41 〈Smalltown Boy〉（小鎮男孩）一曲副歌：「逃走、轉身離開，逃走、轉身離開，逃走」。

31

冬令時間。

「早安，米紐女士。今晚換成冬令時間，記得把鬧鐘調晚一個小時。」

「您知道嗎，對我來說，時間在這裡彷彿已靜止。」

32

自從我來這裡工作，從沒遇過如此驚人的星期天，喬兒和瑪莉亞也沒見過。

連電視轉播主日彌撒也大受影響：上午十一點，交誼廳的大銀幕前，一個人也沒有。

昨日下午兩點至三點半間，有十五通匿名電話從保羅先生房間撥出，聯絡了三百公里外的家屬們。撥電話的神祕人士規畫得超級縝密。護理長勒卡繆女士說，他或她還用了變聲器。

「您好，這裡是繡球花安養院，很遺憾通知您……已往生。麻煩明天上午十一點前到服務處。我們準備把遺體移往殯儀館，地址是酩意鎮教堂路三號。節哀順變。」

住在附近的家屬晚間十一點後才接到電話，唯有如此，他們才無法在拂曉前趕來院裡。

我昨晚值夜班，大約十點左右到保羅先生的房間巡房，當時房裡只有他一個人。若彼得・福克[42]還在世，他一定三兩下就迅速破案。

勒卡繆女士忙得焦頭爛額，史塔斯基和亨奇在「受災戶」房裡蒐證。這景象讓人彷彿置身在美國電視影集，唯獨警員沒那麼性感。

家屬決定向「繡球花」提告，「繡球花」決定向X提告。然而，身為一個星期天被遺忘的人，有資格向X提告嗎？。

那天，是我記憶中最美的星期天：服務處、走廊、會客室和視聽室都沒有人。魔術男孩背著一籮筐的鳥回家，卓別林不必從DVD出來表演，〈消失的小舞會〉也靜靜地待在麥克風裡。羅曼來探望海倫，但我沒遇見他，我忙著向家屬報告房客近期的狀況。

下班前，我去和海倫房間跟她吻頰道別。她房裡還留著他身上的香味。我多留了一會兒，坐在海倫旁邊，把筆記本裡一小段文字唸給她聽：

> 一九四〇年十月四日起，所有「外國猶太人」都要被拘禁，西蒙不敢離開咖啡館地窖。海倫和呂西恩跟客人說：他突然離開，也沒留下連絡地址。
>
> 酩意鎮是德軍佔領區，到處都有法國警察監視、巡捕和搜查。德國軍官進咖啡館消費後就離開，每次來都是呂西恩負責招呼。他們一進門，呂西恩馬上向西蒙打暗號，對藏在吧檯後方地板的不鏽鋼密門踢幾下，只要一點聲響就能傳到地窖。
>
> 西蒙必須躲起來——這不是簡單的事，需要爬小梯子上去——躲在老路易的父親加設的假天花板裡，懸在半空中，一直等到呂西恩放他出來為止。他無法自己出來，因為門一關上，只能從

---

42 彼得・福克（Peter Falk，1927－2011）：美國演員，以飾演電視影集《神探可倫坡》中的警探可倫坡一角為人所知。

外面打開。

跟西蒙打完暗號，接著也得讓海倫知道。為了暗示她要當心，他們想了兩種暗號：調小吧檯後方櫃上的廣播音量，或從櫃子上取下珍妮．蓋諾的照片，貼在廚房入口，像假裝移動照片要撢灰塵。調小廣播音量代表：德軍來喝一杯了；移動珍妮．蓋諾表示：有警察、法蘭西民兵、蓋世太保或可疑的陌生人。

等晚上咖啡館關門，把椅子擺到桌子上後，呂西恩和海倫便到地窖和西蒙一起吃晚餐。他們經常是一頓菊芋濃湯配黑麵包，一邊收聽廣播。

西蒙不再拉小提琴。他看著自己的樂器鎖在琴盒裡，彷彿某一部分的自己躺進了棺材裡。每當夜深回到房裡，呂西恩想讓海倫懷上他的孩子，他夢想跟她一起生兒育女。但海倫始終沒有懷孕。他總對她說，那是因為她並不愛他。

海倫睡著了。

一天結束，星期天終於落幕。

海倫回到海灘，我也準備回家，回到爸爸以前的房間。

到了更衣室，我發現手機有三通未接來電，是「我不記得什麼名字」打來的。我從不會主動打電話給他，若他剛好在「天堂」，那很好，若不在，那也沒差。

一整天看老人如偽孤兒般進出養老院，倒是改變了我的看法，這就像忽然宣布萬聖節提早至八月十五日，反而成了一場驚喜。

我第一次撥電話給他。一陣嘟嘟聲後，他接起電話直問：

「妳要過來嗎？」

「很晚了，我好累。」

「那妳要過來嗎？」

「我都快站不穩了。」

「我去扶妳，妳要過來嗎？」

33

「海倫，都還好嗎？」

「我一九四三年告訴過呂西恩：『別擔心，我們平時不與人結怨。』他回答：『和妳這麼漂亮的女人一起生活，我一定結了不少怨。』隔天，他就被逮捕了。」

她閉上眼。

「好久以前的事情。現在呢，我們就好好度假。」

聽著她不曉得第幾次說這故事，我一邊拖地，一邊想像今天海灘的樣子。

羅曼推開門，墊著腳走進房裡，小心不踩到被拖溼的地方。我整個人緊張到腿軟，像笨蛋一樣杵在那兒，笨手笨腳的踢倒水桶，灑了滿地水。我趕緊彎下身，把地板擦乾。

我隔著瀏海瞥見，他溫柔地摸海倫的頭。我好像從凡間望著他們，海倫在神遊，他是如此清新脫俗。

「我明天會出國兩個月。」

他說的話，字字切中我心。

我結巴地問：

「兩個月？」

「我去祕魯攝影。」

「祕魯？」

「在巴雷斯塔斯島，我去拍鰹鳥。」

「去監獄拍嗎？」

「不是……那是一種鳥。」

如果出糗會死人，我可能已經掛點，被埋在爸媽身邊了。

「我在拍世界上各種海鳥：黑尾鷗、鸕鶿、海鷗、信天翁、鰹鳥、軍艦鳥。」

我拿起拖把繼續拖地板。我很想跟他說，其實不必跑到天涯海角拍攝海鳥，「繡球花」頂樓就有一隻，牠有很多故事好講，和我在藍色筆記本裡寫的很不同。但我沒開口，也許，每個人都有兩段人生：一段能暢所欲言；另一段則絕口不提，讓沉默遮掩難言之隱。

「您會回來過耶誕節嗎？」

他露出微笑，靦腆得像扮著鬼臉說：

「會吧，我想。您呢？到時候會在嗎？」

「我一直都在。」

「您不覺得無聊嗎？」

「不覺得。」

「不覺得工作很辛苦？」

「會呀，超級辛苦。我才二十一歲，我同事的年紀都比我大，很晚才接觸照服工作，這行業通常提供給二度就業者。在我的年紀，每天接觸衰老的身體，不是常態吧。我的意思是……很震撼，又得面對死亡……每次遇上出殯日，我會把窗戶關上，因為這裡會聽見教堂傳來的喪鐘……」

「什麼事最辛苦？」

「最辛苦是聽到：『他根本不記得我。我不會再來了。』」

沉默了一會兒。

「為什麼不找其他工作？」

「其他工作不像這裡能聽房客講故事。」

「我能為您拍張照嗎？」

「我不喜歡拍照……」

「很正常。喜歡被拍的人，我也不感興趣。」

他從背包裡拿出一臺大相機，躲到了相機後面。

「但……我頭髮很亂。」

「抱歉，曲絲汀，您的頭髮一直沒整齊過。」

他的口氣好像我們認識很久。曲樂或許能這樣跟我說話，但他，說實在的，才認識沒多久。

不過我的頭髮確實用扁梳、髮梳、髮圈、髮夾都沒用。奶奶說，我看起來像撿破爛的，有些女生每天都像去過美髮院，我正好相反。

「我不像別人，有媽媽能教綁頭髮，或弄些有的沒的。」

「為什麼您沒有母親？」

「我四歲時她就離開了，來不及教我如何當個女孩。」

「我覺得您這樣很好。」

他大可以說，我覺得您很漂亮或很美，或說沒關係我喜歡您這樣，或說沒事就好。但他說很好，像在回家作業上批閱：很好。

「我……要脫掉工作袍嗎？」

「不用不用，跟我說話就好。」

「我也……呃，有一臺相機，是拍立得。我會拿來拍我弟。那些沒有家屬的房客，我就把他的照片掛在他們床頭上。因為他很帥，掛起來有種好兒子的感覺。我也拍風景，還有動物。拍好了嗎？沒有家屬的房客其實不多。拍完了嗎？」

「好了好了。您看，我不就在收相機了。」

他的語氣像是把槍收進背包。

這時，海倫忽然大叫：

「我跟你們去！把我也帶走！」

羅曼滿臉疑惑的看著我。我低下雙眼：

「她說的是呂西恩被捕了。」

「您曉得怎麼一回事嗎？」

「我會寫下來給您，我不想讓海倫聽見。」

34

妳上半身應該穿紅色比較好看。妳頭髮今天沒梳好。整理好房間，東西別亂丟。妳偷用我的口紅！沒問題。寶貝還好嗎？幫我收拾一下。跟我去買東西。我下午四點去接妳。妳問我意見，我就給妳我的看法啊！我現在沒時間。功課做完了沒？所以現在是怎樣？妳看，就算很漂亮，妳也不能去。我買了這個給妳。當初就不應該這樣。把餐具擺一擺。不，不，不。可以，但下不為例。別太晚回來。晚上六點後不准吃巧克力，不准喝汽水。沒吃早餐不准出門。外面很冷，妳要加件外套。這一團糟是怎麼回事？刷牙了嗎？妳該長大了。快去洗澡。放心，這不要緊。我愛妳。晚安。妳今天早上好美。我喜歡妳身上的東西。妳的歷史地理老師剛才打電話來。很晚了，快去睡覺。不會呀，數學很重要！親愛的還好嗎？那個男生是誰？我知道妳不愛看書，但這個妳絕對會愛上。我幾點去接妳？他爸媽做什麼工作？要熄燈了。不要赤腳走路。走，我們去看醫生。這不用討論。抱一下。如果你不聽話，我就要叫爸爸囉。

就算媽媽再煩，再歇斯底里，都比沒有媽媽來得好。

我永遠不曉得這樣行不行，自己過得好不好，得到的結論對不對。

昨晚，我和「我不記得什麼名字」共進晚餐。赴約前，我在浴室裡打扮時，好希望有媽媽，我就能偷用她的口紅。可惜奶奶不搽口紅，浴室櫃子裡只有一瓶放了很久的巴黎萊雅雅蝶定型噴霧、幾支沐浴手套和一罐妮維雅乳液。

「我不記得什麼名字」跟我約在日本料理店。就在我正傷腦筋拿筷子夾壽司的同時，他又開始找一堆問題問我，一些關於我爸媽、我弟、爺爺奶奶、「繡球花」、我同事、我的童年、國中、高中，還有最近見幾個男人等等問題。

跟他在一起，連喘息的時間都沒有，更不用擔心會像餐桌上無話可說的情侶，得假裝觀察燈具，或欣賞餐巾紙上的圖案。

他接著跟我說，我很美。他說這句話時，實在誠懇到想叫他住嘴。誰叫他完全不是我的菜，唉，應該說，不完全合我胃口。但沒有人真的合我的胃口，除了羅曼以外。

「我要回家了，我答應我媽明天早上幫她一件事。」

他使勁地盯著我。

「我以為妳媽已經……」

「死了。但她明天早上八點會在墓園等我。」

「妳的生活不是老人，就是死人，真是個摩登新女性……」

「你不是老人，也不是死人。」

「妳又還沒和我一起生活。」

「……」

「……」

「我們不要再見面了。」

「明天晚上去『天堂』？」

「不會，我明天晚上值班。」

「我送妳？」

「不用，我開我爺爺的老爺車。」

回到車裡，我第一次開始想念「我不記得什麼名字」。

多數時候，是我在問人家問題。問「繡球花」的房客，問九泉下的爸媽，問廚房裡的爺爺奶奶。但跟他在一起，反變成他在問我問題。

我心底一直有個感覺揮之不去。

「我不記得什麼名字」就像我心底的焦慮感，整天縈繞我心頭，揮之不去。有一天，我自忖是時候結束了，週末別再和他碰面。但當他走進「天堂」舞池，摟著我親我脖子時，我卻又開不了口，對他說：「走開。」

我沒有馬上回家。《艾蜜莉的異想世界》在電影院重映。我很愛這部片，而且最愛裡面的畫家先生……唉，又是一位老人。

電影院裡空無一人。我坐在第一排的中間座位，一邊舔著草莓巧克力雪糕，一邊進入艾蜜莉的世界。好幸福。

35

一九四三年。

幾聲槍響。她應該是被槍聲吵醒的。

清晨五點不到，海倫從床上跳起。她聽到軍靴的腳步聲，然後聽見自己的心跳聲比樓下軍靴的腳步聲還大。呂西恩已不在床上。她腦中快速閃過：地窖。呂西恩像平日一樣下樓到地窖，就算沒開燈也無妨，因為他曉得如何摸黑移動。

她全身赤裸。昨天晚上，他們讀到很晚才睡。她抓了件長袍套上，把第一顆扣子扣錯到第二格扣眼，光著腳走下樓。

他們全在樓梯底下的廚房，共六個人。兩位穿著制服，兩位穿便服，還有兩位是海倫沒看過的憲兵。他們身上混著菸草與汗味，用冷漠的眼神上下打量海倫，其中一人手裡還拿著槍，說著一堆海倫聽不懂的話。

這時，另外四名男子——兩位便衣和兩位軍官——押著呂西恩從地窖走出來。他嘴角流著血，臉色慘白，直盯著她。她覺得他瘦了，像離家太久身無分文一樣，但其實昨晚她還依偎在他身旁。呂西恩對著她喊：

「別下來，快回房間！」

但她沒聽話，快步走下樓對他說：「我要跟你走。」呂西恩拒絕，這是他第一次拒絕她。

她對四名緊抓呂西恩不放的男子說：

「我跟你們去！把我也帶走！」

其中一名男子走向她，猛力賞海倫一記粗暴的耳光，用力到她的頭撞上樓梯扶手，整個人癱軟倒地。她感覺嘴裡有血的味道，耳朵傳來呂西恩的吶喊，隨之而來是一陣拳腳聲。

海倫瑟縮在地上，看著呂西恩的雙腳漸遠。她看見那雙沒穿鞋子的腳在地上被人拖行，像肢解的木偶剩雙腳掛在腿上。但她使不上力再站起來。

她覺得自己內心在怒吼，但她壓抑著不讓呂西恩聽見。兩位她沒見過的憲兵再次下樓去地窖。

她試著扶角落的牆壁起身，卻感到頭暈目眩。就在快要不支倒地前，她看見一位憲兵抬著西蒙的手，另一位抬著他的腳。西蒙的頭被子彈射穿，頭破血流，身上穿著她用桂花針法勾的毛衣。上針一針，下針一針。她聽見其中一位憲兵問：「猶太人都葬哪？」另一位回答：「不曉得能不能葬。」

五點三十分，一片寂靜。

六點，波特萊爾發現她躺在地上，趕緊扶她起來。她嘴裡不斷唸著上針一針，下針一針。

海倫和波特萊爾下樓到地窖。西蒙的小提琴和帽子散落一地，幾件海倫做給他穿的衣服也被燒了，昨天晚餐的空盤還放在木條箱子上。他們仨昨晚一塊在地窖吃晚餐，只喝了一碗白蘿蔔馬鈴薯清湯。西蒙每次吃飯都覺得很幸福，即使非常難吃，他臉上總是掛著笑容。

她望著舊床墊西蒙躺過的痕跡，手背輕撫這件他唯一留下的東西。她印象中西蒙的微笑被一片血肉模糊取代。他的微笑。上針一針，下針一針。她躺在床上，緊貼著西蒙的躺痕，讓自己做她在過往的回憶裡從沒為他做過的事。

幾年過去，她感覺西蒙對她的愛逐漸在心中轉變成長，像個孩子一樣，而且是她和呂西恩生不出來的孩子。西蒙對她的愛從幼兒轉到青春期，這幾個月以來，更像大人一樣越臻成熟。呂西恩也察覺到了，但他選擇不說出口，畢竟吧檯邊含情脈脈看著海倫的男人多的是。

他們把西蒙的遺體送去哪？為什麼他們不逮捕她？

鎮民們連日尋找呂西恩的蹤跡。

逮捕那日，他們搭卡車離開小鎮。海倫到處詢問拜託，始終得不到答案。她騎腳踏車直接去離酩意鎮最近的德軍總部，那是一棟被德軍徵收的莊園，位在荒郊野外一個叫布魯維爾的地方。她騎了好幾個鐘頭，終於遇見一位法文馬馬虎虎的軍官。他對她大聲咆哮說，呂西恩窩藏猶太人被捕，犯的是嚴重謀叛。但她聽不懂他語帶威脅，不斷重複的幾個字：皇家地，皇家地。

備受恐嚇下，她覺得自己得趕緊離開。但她感覺呂西恩沒死，自己唯一要做的是：活下去。她跳上腳踏車，從反方向一路騎回咖啡館。夜色降臨，她得花好幾個鐘頭才回得了家。路上只要聽見引擎聲，她就躲進水溝不被人發現。

她回到鎮上應該已經凌晨三點或四點。小鎮一片寂靜，她卻聽見有人在耳語，要舉發她、呂西恩和西蒙。到底是誰？是客人嗎？

她的膝蓋被荊棘劃破流血，而她不覺得疼。腳踏車後輪洩了氣。她走進咖啡館，牆面油漆的顏色是午夜藍。她打開所有門窗通風，怔怔地坐在桌子旁，等空氣裡四溢的男人體味、汗味和菸味散去。她想起德國軍官說的「皇家地」。但那是什麼意思？她也想起西蒙，但沒人曉得他的遺體在哪。

靜謐的咖啡館裡，風從四面八方的門窗流瀉進來，她坐了好一陣子才意識到。隨後，她又才發現：海鷗不見了。海倫太習慣有牠的存在，以至於沒立刻發現。她一整天都沒有聽見牠的聲音，也沒看到牠。她走出門外，教堂沉浸在夜色裡，天空漆黑，偌大的雲遮住弦月，什麼也看不見。她呼喚牠，退後幾步看向咖啡館屋頂，什麼也沒看見。

海鷗走了。這是自學校撿到牠以後，第一次發生這種情形。牠應該跟隨呂西恩去了。

海倫心想，一切來得太快，只要她一天沒見到海鷗，就表示呂西恩還活著。

36

我走進曲樂房間。他正在玩線上遊戲，戴著頭罩式耳機，沒聽見我進門。就在他準備消滅德國軍官時——呃，德國是我猜的——我拍了他肩膀。他嚇了一跳，轉過頭來，把耳機摘下。

「幫我上網找個資料。」

「現在嗎？」

「我想找個日期。你搜尋朵拉勞動營，《愛探險的朵拉》的朵拉，營隊的營。」

「這是什麼？」

「納粹蓋的地下工廠，在那裡強迫囚犯製造武器。」

曲樂看著我，一副沒聽懂的樣子。

「為什麼要找這些資料？」

「我認識一個人在一九四三年十二月被送去那裡。」

「是誰？」

「你不認識。他在一九四三年十二月被押上從康邊開往集中營的列車。」

若沒解釋清楚，曲樂是不會動手找資料的。

「是呂西恩．貝涵啦，海倫．希爾的愛人。他先被送到皇家地集中營，再被送去布亨瓦德集中營。」

曲樂搜尋「朵拉勞動營」，網頁列出集中營名單和列車班次。

「一九四三年十二月十四日，列車在兩天後抵達布亨瓦德。」他應該覺得很難唸。

「沒錯。從布亨瓦德，他應該馬上又被送到地下工廠朵拉。」

曲樂讀著網頁上簡介當時的生活條件。那是永不見天日的日子。

我們陷入一陣沉默。上一次我們倆陷入沉默還是因為音響壞了。

忽然，他的耳機傳出陣陣轟炸聲。他在玩電玩遊戲《決勝前線》。

「呂西恩能摸黑做許多事，他應該比其他囚犯更能忍受不見天日的生活。」

曲樂一副不可置信的樣子。

「但這些囚犯……幾乎全死了。他怎麼可能逃得出來？」

37

如果沒有這場戰爭，他就能悠閒地小便，把鬍子刮掉，醒來時親她的脖子，隨性套件襯衫，輕輕拉高因濕氣而重新整修的木門為咖啡館開門營業，轉開廣播，邊聽芭樂歌邊發出噓聲。若今日是星期天，他還能去索恩河玩水。

卡車開往皇家地集中營。他一路上在想，如果沒有這場絆倒人生的戰爭，他可能正在做哪些事情。

只要卡車棚布掀起幾公分的縫隙，讓他瞥見一隅道路、天空、海鷗或樹，他會像畫家一樣，在腦中重新勾勒生活原本的樣子，並摻雜這幾年發生的事。

不會有走後門進咖啡館的西蒙，不會有身兼小提琴手和教父的西蒙，不會有三人行的生活，也不會膝下無子讓呂西恩無法感到驕傲。地窖裡只會有收得整整齊齊的酒瓶、山羊乳酪和生火腿。他們能大片大片地切，不用擔心不夠吃。

如果沒有這場戰爭，西蒙就無法凝視海倫，不必在呂西恩在場時低下雙眼，不用睡在未來的嬰兒房，不會淪落去睡地窖的床墊。他們也無須從原本的一年、二年，最後到三年，每晚一起吃晚餐。如果沒有這場戰爭，德軍的飛機盤旋在酩意鎮上空時，海倫不必跑到地窖躲上好幾個鐘頭。如果沒有這場戰爭，她不會在德軍展開轟炸時，抬起頭望著西蒙拉小提琴；她只會呆坐酒箱上，身體像小寫的字母i，緊閉雙眼，兩手摀住耳朵，不斷跟沒用的老天禱告。如果沒有這場戰爭，她不會花時間回想西蒙拉小提琴時，他擺動的雙手、臂彎、側影與身體。如果沒有這場戰爭，她不會緊握針線，織這件西蒙從不離身、不時用手輕撫的毛衣。如果沒有這場戰爭，她不必為他修改呂西恩不穿的長褲。

如果沒有這場戰爭，呂西恩不會聽見有人在清晨五點敲咖啡館的門，直接衝下地窖抓他。他不會在憲兵打開密門時，看見西蒙絕望的眼神，也不會看見他瘦弱的身體像掏空的馬鈴薯袋一樣癱倒在地。呂西恩也不會看見憲兵用腳猛踹，把他當狗一樣痛毆，況且他根本沒見過有人痛毆一條狗。如果沒有這場戰爭，那天早上就不會留下海倫孤零零一個人，呂西恩也不必衝到地窖通報西蒙。

他就不會看見西蒙在燭光下閉起眼睛祈禱，嘴裡默念有詞。若敞開心房和西蒙聊聊海倫，他就不必揣測西蒙跟上天禱告什麼。而西蒙在感覺呂西恩出現時，就不會睜開眼睛或露出微笑，呂西恩也不會討厭西蒙的微笑，畢竟他的微笑充滿勇氣和帥氣，而且吸引海倫愈來愈常下去地窖。如果沒有這場戰爭，呂西恩不會變成藉私酒澆愁的孬種，被自己不願承認的嫉妒沖昏頭，更不會跟人稱猶大的多明尼克洩漏有人藏在地窖，躲在路易老爹的父親在三十年前做的密門後面。他不斷對多明尼克一而再，再而三地重述，而多明尼克不斷幫他倒酒，讓他不斷重複再說。如果沒有這場戰爭，呂西恩不會全身瘀青坐在這輛卡車裡，萬念俱灰，對自己的所作所為感到噁心。他也不會了解，原來海鷗在天上跟著押解囚犯的卡車，是因為海倫愛著他。

38

小時候，我住在里昂，只記得那是一棟有垃圾管的房子，每次打開黑蓋板把整袋垃圾丟進去後，就會聽見垃圾袋沿管道咚咚墜落的聲響。通道開的口很大，不時會飄出廁所味，我覺得很恐怖，真心認為牠是吃垃圾長大的怪獸，有天一定會把我吸進去帶走。

牠真的做了。有一天早上，我醒來發現爺爺的院子失火了。我穿著睡衣趕緊跑下樓找爺爺，發現他眼眶泛紅，還以為是被煙燻的。我問他：「爺爺，為什麼你要放火燒院子？」他回答我：「十月換ㄉㄨㄥ令時間前，我們會ㄈㄢˋ火燒野草。而且快入冬了，要ㄅㄢ土取暖，這把火就像ㄅㄢ土ㄔㄨㄤ大衣取暖。昨天妳爸媽出了車禍，妳和曲樂乖乖待在家就好。」

他這些話小聲到聽不見。我盯著他，記得好清楚、好清楚。我只想著：「也好，這樣我就不用回學校了。」

後來我才知道，他燒的不是野草，而是兩個兒子出生那天他種下的兩棵果樹。爺爺把樹砍斷，淋上汽油，放火在院子裡燒了。

同班的提耶西問我，爸媽死掉是什麼感覺？我說：「像十月裡看見的火。」

「奶奶？」

我叫醒她。我在幫她上髮捲，她一邊打盹。

「嗯。」

「等曲樂考完高中會考，七月開始要幫他找巴黎的房子。有可能得更早。」

「當然。」

「之後他得自己控制開銷。我把錢先匯給妳，妳再開支票給他。記得說是亞倫伯父留的。」

「好。」

「這樣他就不知道是我給的。」

「如果這是妳希望的方式。」

「有點像姪子，要是他感激不盡，我就去死。他有別的事好感激吧！」

「曲絲汀！小心講話。」

「我講話怎樣！！！妳騙我又是怎麼講話？」

我的嗓門大到她抬起整頭髮捲的頭來看我，確認真是我在她背後說話。我從來沒對家人如此大聲說過話，連摔下腳踏車、撞破頭，流得廚房到處是血的那天也不曾如此。

「妳是怎麼了？」

「就……妳兒子發生車禍後，妳知道警方有起案調查嗎？」

她愣了一下，頗為吃驚的模樣。按照慣例，家裡顧及奶奶有自殺的毛病，所以嚴禁惹她生氣。

不曉得她一臉不悅是出於我問的問題，還是沒料到我竟敢惹怒她。她開口冷冷地回我：

「什麼？」

「妳沒聽錯！起案調查！」

爺爺忽然出現，手裡拿著《巴黎競賽週刊》。

「誰在大呼小叫？」他明知故問。

奶奶比個手勢示意我住嘴。家裡向來如此：這屋簷下，不准提到那場車禍，因為會讓爺爺太傷心，而奶奶又開始求處方尋死。

這時候，我聽見奶奶撒謊騙爺爺：

「沒事。只是曲絲汀扯我頭髮，很痛。」

「才不是哩，爺爺，我沒有扯她頭髮。我在問她知不知道你們兒子死後，警察有起案調查，因為當時案發原因並不單純。」

爺爺瞪著我：我把他親手埋葬的記憶又挖了出來。這樣強烈的罪惡感，讓我雙腿想要逃走，沒想到我的眼神沒有閃躲，反而目不轉睛地注視他。

「誰說的？」爺爺問。

「史塔斯基。」

他盯著我，彷彿我失去理智。

「他是為了『繡球花』的匿名電話找我去問話。我說我姓奈雪，他正好想起案發原因不單純的那場車禍。」

奶奶一把抓住拐杖，猛然起身。但我還沒上完髮捲。我拉住她的肩膀，推了一把讓她跌回到椅子上。我想我弄痛她了。這是我這輩子第一次敢這麼做。結果，她不敢再動，冷靜下來，應該是害怕我對她動粗。但我，其實超愧疚的，還想起院裡受到冷落的老人，想著大人對長輩動粗竟如此容易，更想起在報紙上看過照護人員甩老人耳光、辱罵他們的新聞。想著想著不禁濕了眼眶。

「對不起。我只是希望……我只是希望你們能回答我。就這麼一次也好。」

我輸了。他們還是沒回答我。我再也不會對他們拉高嗓門。我在奶奶的頭上噴定型液，味道瀰漫廚房，接著拿一張髮網包起她的頭髮。明天早上她再拆掉。

爺爺把《巴黎競賽週刊》放在桌上，走到後院去撿曲樂從窗戶亂丟下的菸蒂。

我把烘罩移到奶奶捲好的頭髮上。我想，得再去找史塔斯基一次。

為了讓真相大白，就算要幫他吹，我也在所不惜。

39

一九四四年，呂西恩被捕後的第十四個月，一隻軍犬遭德軍遺棄在大馬路旁，是隻彪悍、體型高大、瘦骨如柴的黑色母狗。

牠坐在小鎮出口，像尊雕像動也不動直望著地平線。

一天晚上，牠跟著海倫回到老路易咖啡館。海倫讓牠進來，睡在木屑堆裡。她準備一碗湯給牠喝，幫牠取名為牝狼。

法國解放後，海倫免費請全酩意鎮的人喝酒，鎮上女人也來了，就連平時對海倫不懷好意，覺得她身為咖啡館老闆或許太標緻的女人都來了。牝狼靜靜看著大夥兒舉杯喝酒直到深夜，牠是方圓幾百公里內德軍唯一的生還者。

這天，海倫也喝酒。她喝著酒，一邊等呂西恩回來。她喝著酒，一邊從椅子上驚起。他不在，咖啡館變得好安靜。原本常聽見的開門聲，現在也沒了。她喝著酒，一邊在每天早晨整理床鋪時，捶打床邊完好如初的枕頭；她喝著酒，一邊發現自己落在白床單上的已不是黑髮。她喝著酒，一個人摸著點字書。她喝著酒，孤單地站在角落邊的桌子，背對整片空無一人的椅子吃飯。

她喝著酒，期待他回來，也許受了點傷，但至少還活著。她知道他沒死，她感覺他的心還在跳，只是不曉得他人在哪裡或他如何活下來的。海鷗還沒有回來。她喝著酒，一邊心想，舉報他們的人也許混在咖啡館那些開心舉杯、跳舞的客人裡，但她不想因此心生厭惡，只想像當初希望學會識字一樣，繼續期待他回來。

從大夥兒慶祝戰爭結束的那天起，她看著咖啡館的客人逐漸回籠。男人們慢慢回到小鎮，但也只有一部分的人，並不是全部。打過第一次世界大戰的客人跟從第二次世界大戰生還的客人聊天，至於參加過兩次戰爭的農夫，似乎對自己的餘生已不抱任何期待，只是邊喝著酒，邊盯著珍妮·蓋諾的照片。

報紙上每天都是戰爭的消息，彷彿之前射出的子彈現在才打到目標一樣。報導的死亡人數逐漸遞減，刊登大屠殺和集中營的照片也減少了。海倫看不懂戰爭的新聞，也沒有任何新聞能用點字讀。她每天晚上請克勞德——她聘來幫忙打理老路易咖啡館的服務生——偷偷唸新聞給她聽，因為她不想讓別人知道她不識字，雖然大家都心知肚明。

克勞德天生跛腳，因為他的左腿比右腿短，這也讓他躲過被徵召去做強迫勞動。當所有男人都變成德軍的奴隸時，他趁機學會了讀書寫字，這也是為什麼海倫在眾多有經驗的服務生裡選中了他的原因。

每晚，海倫絕對要聽克勞德唸各種報導戰爭的新聞，手一邊摸著牝狼的毛。聽到難以理解的字句，她會說：

「等一下。」

然後深吸一口氣，請克勞德再從剛才停頓的地方重唸。

海倫後來才發現，克勞德有時會跳過那些令人難以承受，描述囚犯在集中營生活狀況的橋段。他會轉換文字，謊稱有些囚犯的待遇比其他的好，他們餓了能去吃飯，晚上能睡在乾淨的床鋪上。

夜晚，克勞德下班後，海倫打開房間的衣櫃，看著呂西恩的衣服掛在衣架上。他走的時候什麼也沒帶走，連一句我愛你都來不及帶上。幸好海鷗跟著他。她希望他能了解那是他們愛的信物。

自從呂西恩離開後，她開始縫製其他的衣服、長褲、外套和襯衫，把新做的衣服放在舊的旁邊，等他回來時就能挑選想留下來的衣服。幾年下來，流行的款式也變了，美國人帶來新的布料。呂西恩會喜歡這種流行款式嗎？

一九四六年，海倫收到一封點字打的信，是呂西恩的父親艾廷恩自里爾寄來。法國政府通知他，他的兒子呂西恩・貝涵，生於一九一一年十一月二十五日，曾被押往布亨瓦德集中營，極可能於押送途中已身亡。身為法國公民，呂西恩・貝涵將以「為國捐軀」之名登錄於戰俘名冊。

布亨瓦德。她的手反復摸著這個字。

克勞德在世界地圖上指布亨瓦德給海倫看。他拿了把尺量，從酩意鎮到那兒距離九〇五公里。海倫看著地圖上靠近威瑪的小記號，只比縫紉針的針眼大一些，是整個德國地圖中央的一小點。她不相信呂西恩死了，死命盯著那張世界地圖，彷彿那是為她量身訂做，能指出呂西恩所在方位的地圖。她努力尋找蛛絲馬跡，尋找一絲希望，尋找海鷗。

而希望是有感染力的。克勞德開始四處打聽，他寫信給所有曾收容過戰俘的醫院、紅十字會，還有所有負責登錄集中營名單的協會和機構。

海倫在克勞德寄出的每一封信裡，都放了一張她用炭筆畫的呂西恩肖像。她沒有呂西恩的照片可用，因為照片不是太糊就是取景太遠。

每一張肖像畫下方，她請克勞德寫上：

呂西恩・貝涵

您見過這位男子嗎？我在尋求各種能幫我找回他的消息。

懇請回信至：酩意鎮教堂廣場，老路易咖啡館，海倫・希爾 收。

40

「奶奶？」

「嗯。」

「車禍那天，為什麼他們沒帶我們一起去觀禮受洗？」

「我不曉得。應該是爺爺不願意。」

「爺爺？」

「對。」

「為什麼？」

「我忘了，當時好像曲樂有點發燒。」

「奶奶？」

「嗯。」

「爸媽上車前有跟妳說什麼嗎？」

「『今晚見。』」

我腦中不停轉著這些問題，一邊在鎮公所前等史塔斯基。我有塗唇蜜和刷腮紅，很像準備去「天堂」跳舞。他遠遠走來，像個牛仔一樣，帽子壓得很低，見到我就直接問有沒有「開始讓他不爽又欠人操的烏鴉嘴」的消息。我只是對他露出無敵甜美的笑容（我可花了三年時間才矯正好門牙的縫太開的問題……）

「沒消息。我想看我爸媽車禍後起案的資料。您知道嗎，他們死在那場車禍。」

他用輕蔑的眼神看著我，也不假裝流露一絲同情。看來我應該不是他的菜。

「我的大小姐，我可是有鎮長在背後施壓，妳得幫幫我才行，而且上週日還發生那些事。」

他指的是鬧得「繡球花」亂哄哄，但大家卻很開心的那幾通匿名電話。

「但……上週日很好啊，大家都很開心。」

「開心？您在開我玩笑嗎？」

「我沒看過這麼多人來探訪，很好啊！」

「那些以為自己母親死掉的人，他們很開心嗎？」

「我太習慣替房客著想了。」

「這麼說來，不就是我太為鎮長著想囉。您聽清楚了，他在背後施壓……所以，若沒找到烏鴉嘴，車禍的資料免談。」

「我哪知道是誰！」

「動點腦筋。」

這隻大豬頭在人行道上跟我講話，我打量著鎮公所外部，根本沒在聽。我已擬好計畫：找一天夜裡，從三百公尺高的後窗破門而入，只有那扇窗沒裝護欄。我得搬爺爺的梯子來用。

「您在院裡最年輕，應該最機靈的。快動起來！」

「我又不是線民。」

「喔——不然是什麼？呿！」

傻眼。我不想再對他笑，也不想討好他，這輩子不可能幫這種男人吹，就算戴上保險套、閉起眼睛、想像他是羅曼，都絕對不可能。

「再見。」

我去餵德雷福女士的「胖貓」。牠在人行道上等我。我倒了五百公克的魚肉乾糧在牠碗裡，幫牠換水。我每隔三天來餵一次，趁牠吃飯的時候拍一張照片給德雷福女士看。牠是淺色橘貓，又髒又噁，全身是跟野貓打架留下的疤痕。我不能摸牠，因為牠對我有戒心。我小時候很希望能養寵物，曲樂和我——主要是我——央求爺爺奶奶好幾年，但奶奶總是藉口說爺爺對動物過敏。我知道那是騙人的，他們純粹覺得動物很髒。

最近，喬兒、瑪莉亞和我請所有房客連署簽請願書，希望「繡球花」能領養一隻小狗。安養院應該要養寵物的，最好連社會保險都有補助能領。

幫「胖貓」拍完照片，我直接去曲樂房間，用他電腦搜尋「撬門進屋」。酩意鎮最方便的，就是從甲地到乙地只消五分鐘不到，這就是住鄉下的好處。

讀完網路的撬門教學，我即衝去老布斯特雜貨店訂了一支鐵撬和鐵剪，還謊稱是幫爺爺買的，為了不讓人起疑，我順便訂了幫奶奶燙頭髮的用品，還有拍立得電池。老布斯特說，宅配要等三週才能到貨。

反正我不急，為了順利潛入鎮公所，要我等兩個月都可以，而且兩個月後羅曼正好就回來了。

41

一九四五年。

巴黎東站。一位男子在月臺遊蕩，他的身高有一百八十一公分，體重五十公斤。

他的頭很痛，頭疼欲裂，腦像遭到重擊一般，什麼事都想不起來，上一刻發生的事馬上被下一刻覆去。

他的周遭有好多聲音。火車、廣播和嘈雜的人聲此起彼落。

他右手緊握一份報紙。他不想鬆開手，也絕不能鬆開。

有人試圖攔住他，讓他躺在擔架上。可是他不願意，一直把人推開，拒絕人家，嘴裡不停喃喃說「不」，但他的嘴巴看起來很痛苦，發不出任何聲音。

他的周遭依舊有好多聲音。火車、廣播和嘈雜的人聲接連不斷。

一位女子牽起他的手，是他的左手，那隻空著的手。他沒有抵抗，因為她溫柔得讓人覺得安心。女子牽著他走。他步履蹣跚乖乖跟著。她隨著他的步伐或走或停。他覺得走了好久，也許只是他的錯覺，實際上沒有那麼久。她扶他坐上卡車。他順著她的引導，他很害怕而且疼。好疼。但總算躺了下來，閉起眼睛。

女子緊握著他的手，沒有鬆開。

他們身邊還有其他人。雖然車子引擎聲很大，但沒有人說話，所有人都安靜得讓人覺得可怕。

他睡著了，沒有做夢，只有漆黑一片。

他從半夢半醒間醒來。卡車正開入種滿百年橡樹的公園，春日的陽光和煦，連風都像是寬恕，讓一切隨風而去。

他躺在擔架上望著天空，手繼續握住她的手，頭疼感依舊，周圍仍是一片沉默。有人將他抬進一棟大建築物，裡頭充滿包心菜和紙的味道，日光灑落每道長廊。

他喜歡女子身上的味道。她鬆開手，讓人把他抬上檢查檯，然後她對他說道：「我叫雅德娜，我是護士，我負責照顧您。」

雅德娜輕輕張開他的右手，將沾滿墨水的手指一根一根掰開。她花了許多力氣清除緊黏皮膚的報紙。

男子握著這份報紙幾天、幾週，甚至幾個月了？他想叫，但叫不出聲音，他不想讓護士把報紙從他手中拿走，卻使不上力。他的力氣顯然用盡。

他的臉滑過一道淚，從沒有傷痕的那面臉頰滑落。即使他再瘦弱，全身布滿傷痕，安靜不發一語，雅德娜仍只注意到：這位男子的雙眼好美。

為了讓他心安，她馬上把殘存的報紙收進紙盒裡，她小心翼翼的模樣像拿著鑽石一樣。她蓋上盒子，把紙盒擺在他身旁，放在一眼就能看見的護理車上。

他感覺呼吸愈來愈困難，頭痛劇烈難受。

一名醫生來病房看他，將聽診器貼著他的胸口，同時雅德娜幫他把繞在頭上的繃帶解開。他想用手碰紗布，但雅德娜擋下了他。

腐爛的味道溢滿整間病房。雅德娜的臉色瞬間慘白，幸好看不出來，她仍是牽強地對他擠出微笑。

他很想吐，閉上眼睛，感覺一陣翅膀拍動，接著眼前一片黑。

他陷入昏迷。

42

因為烏鴉嘴的緣故，電視上開始報導「繡球花」。那是法國第三電視台的地方新聞，爺爺每晚固定收看，他習慣把音量調到最大。

昨日，新聞團隊一早抵達院裡。

護士們全上了妝，喬兒和瑪莉亞還先去了一趟理容院，勒卡繆女士穿了整身桃紅色的洋裝。誰還在乎工作袍，安養院根本媲美坎城影展，就連房客都把家當戴到身上。勒卡繆女士有事先交代：「要好好幫他們打扮。」

女記者挑兩位房客做採訪，一男一女：男生是華雍先生，女生是迪奧黛女士。引起了其他老人嫉妒：「為什麼是他們不是我們？」比起迪奧黛女士，華雍先生又不是「烏鴉嘴的受害者」。

採訪前，她測試他們的腦子是否清楚，先問了他們姓名、生日、出生地、有幾個小孩、退休前從事的工作，然後幫他們在臉上、脖子和手上都撲粉。華雍先生整個傻眼，還被其他老人調侃一番。

接著，收音師把麥克風別在他們的衣服上。他們完全不敢亂動，實在很好笑。

女記者開始問他們問題時，刻意提高嗓門，咬字故意誇張。

我最討厭把長輩當白癡講話的人。

她想辦法「分析烏鴉嘴造成房客心理上哪些折磨」。

華雍先生說，他完全不在乎，而且他沒耳聾。

接著，她又想辦法「了解家屬的創傷經驗造成哪些嚴重的後果」。

迪奧黛女士代表受害者回答，她覺得滿好的，除了腿倒是有點痠痛。

所有房客最後或多或少都被拍到了。然後，新聞團隊就離開了。

華雍先生馬上請我幫他卸妝。我用卸妝棉擦他的臉，他一邊發出慘叫聲。

這天晚上，所有房客都來交誼廳看新聞重播，他們見到自己上電視全樂歪了。迪奧黛女士悄悄跟我說，她覺得自己好老，怎麼看電視比照浴室的鏡子還可怕。

43

一九四七年，酪意鎮新設了紡織工廠。這個新產業短時間內讓老路易咖啡館多了五十多位新的男性面孔。

多虧這筆新的收入，海倫才把克勞德聘為「正式員工」，買了些新的桌椅和一組彈珠檯。海倫把吧檯後面的小雜物間改成裁縫用的小工作室，克勞德在咖啡館服務客人時，她就在後面重拾她的志業，彷彿為了等呂西恩回來，裁縫才是她一直以來唯一會做的事。

許多男人故意撕壞衣服的袖子、褲腳摺邊、襯衫領口或扯掉外套鈕扣，然後到窄小的工作室找海倫，透過衣服感覺她雙手的觸摸。他們盯著她彎腰、跪著、蹲下、專注地縫鈕釦、縫褲腳、嘴巴咬補丁或大頭針，還有她眉頭深鎖的樣子。

客人覺得最幸福的事是量身訂做西裝，他們可花好幾個鐘頭試穿衣服。她會用布尺繞他們身體量尺寸，從頸圍開始，然後肩寬、背長、腰身、臀圍，接著從大腿往下移，量他們身上每一處的長度和寬度，最後用粉土勾勒線條。每次他們感覺到她手指出力碰到他們的肌肉時，他們會不禁打冷顫，像個小新郎一樣。

住在酩意鎮和附近的所有男人都有套漂亮的西裝，連農夫都有。從一九四七年開始到成衣出現以前，酩意鎮的男人可以說絕對比巴黎的男人更風雅。

有時候，有男人會鼓起勇氣告訴她，她既年輕又漂亮，大可開始過新的生活。但她不想過新的生活，只想繼續跟呂西恩過她的日子。

她請克勞德把呂西恩的肖像寄給負責普查戰俘人數的機構，至今仍沒有回音，也沒有任何消息。她坐在縫紉機後面，心裡盤算著未來的計畫：她要告訴呂西恩她愛他。

從無對外窗的工作室，她聽得見男人開門進咖啡館的聲音，但她曉得那都不是他。他開門的方式很特別，不發出聲音就能拉起門把，她是知道的。她不斷在嘴裡喃喃唸著：他沒死，他會回來的。

她也聽得見男人點飲料，然後克勞德服務他們的聲音。她很少聽見：「想喝點什麼？」比較常聽到：「老樣子？」有時克勞德連問都不用問，時間久了，他清楚每一位老客人想喝什麼來忘記往事。酒瓶匡噹敲撞、酒杯空了又滿、酒精流進男人們的身體裡，但那都不是呂西恩的身體。幾杯黃湯咕嚕下肚，他們開始胡言亂語。儘管如此，她仍專心沿粉土畫的白線縫著她的衣服。

起初，男人的談話三句不離戰爭，彷彿是亡者的魂魄讓他們口吐真言。爾後，生活才又慢慢重新步上軌道，人們又開始聊起誰結婚、誰生小孩、人瑞安詳在睡夢中過世、新工廠每天都想多找一點師傅、米榭媽媽的貓走丟了。

有些人多喝幾杯就闖進工作室，對海倫比害羞的手勢。她和牝狼會抬起頭看。

一九五〇年，新的咖啡沖煮壺發出的聲音，像蒸汽機會幫她把呂西恩帶回來。她知道，他會回來的。

＊

雅德娜對他說：「如果您沒有地方去，要不要找到工作前先跟我住？」他回答好。

他第一次走進雅德娜家。她把閣樓整理成房間給他住，在牆上掛了一幅高更的複製畫，在床頭掛上一尊耶穌。她為他買了塊刮鬍皂和馬賽香皂，衣櫃裡準備好乾淨的毛巾和薰衣草，讓衣物聞起來香香的。她留意不能在房間掛鏡子，因為她發現他無法接受自己的倒影，只要不小心照到鏡子，那張受盡摧殘的陌生臉孔就一直盯著他。

他逐漸恢復體重，手腕無法用大拇指和食指再扣起來，黑色頭髮也長出來了，除了頭蓋骨曾被打碎的部分依舊沒有頭髮。經醫生診斷，他曾被人用槍托痛毆，再被用長刃劃臉。那像是獵人用來結束大型動物生命的長刃，卻在他臉上劃下一條很長的傷痕，從額頭劃過左鼻翼直至上嘴唇。

雅德娜告訴他：「您是士兵，但沒人認識，身上沒有軍籍牌，沒有身分文件，失蹤人員的名單上也找不到您。我們幫您取個名字吧。您想叫什麼呢？」

她給他一張男生名字的清單。

他只記得貝雷帽，裡頭有許多紙條和一個名字，僅此而已。這個回憶轉瞬即逝：幾個名字放在一頂貝雷帽裡。但哪裡？什麼時候？為什麼？是一場夢嗎？夢？是他每晚做的夢？是他從未跟人提過，也沒跟雅德娜提過的夢嗎？

他說：「西蒙。我想叫西蒙。」

雅德娜頓了一下，盯著他彷彿對他有所懷疑，不是，那不是懷疑，是害怕。他覺得雅德娜不希望他想起什麼，他自己也不想，因為他會怕。他很恐懼，腦海不斷縈繞一個問題：「我是誰？」

他會說法文和寫字，會用刮鬍刷、刮鬍刀、原子筆和剪刀，也會抽藍色吉普賽香菸[43]，這些是他唯一確定會的事。有些人會給失憶的人看照片、畫面、臉孔或地方，卻沒有人能為呂西恩展示任何東西。他失去了往日的痕跡，忽然從天上掉落一樣，也沒有人尋找他。

他開始能閱讀、寫字、走路、跑步，握物、提物、考慮和想起剛才的事。他的瞬間記憶是完整的，其餘仍是一片黑，腦海就像寡婦戴上黑紗。偶爾他在路上和寡婦擦肩而過，內心會感到害怕。他和這些肅穆的鬼魅、幽魂保持距離，他害怕被她們帶去再也無法被治癒的地方。

幸好，每天夜裡還有夢。那與失憶症不同，是一種熟悉的臨場感、一種回應與躁動。每次醒來，他都想閉上眼睛回到夢裡，但清晨卻召喚他面對新的一天、面對雅德娜。他必須起床、喝咖啡、做復健、洗掉嘴裡的海水味。

他從昏迷醒來後，雅德娜每晚都睡在醫務所陪他，但他從未對她做出踰矩的行為。有時候，轉瞬間，她會以為西蒙的眼中閃過了呂西恩的回憶。

＊

雅德娜在一九四六年收到信，那是一九四六年五月二十九日。白色的大信封很厚。那天早上，她簽收所有的信件和藥物，這不常發生，只是因為醫務所的主任告假一週，身為護理長，事情自然落到她身上。

她認為這件事是個預兆，注定「她」要打開這封信，是「她」而不是別人：一切都是上天的安排。

當她打開看見呂西恩的肖像，胃部忽然感到一陣翻攪，雙手顫抖。這位在醫務所被其他護士叫「雅德娜的病人」的男子，原來他有名有姓，還有聯絡地址：

呂西恩．貝涵

您見過這位男子嗎？我在尋求各種能幫我找回他的消息。

懇請回信至：酩意鎮教堂廣場，老路易咖啡館，海倫．希爾　收。

43 藍色吉普賽香菸（Gitanes）：法國香菸品牌，於一九一〇年由法商法國菸草開發工業公司創立。

有個女子在找他，但她和他不同姓。是他媽媽、姊姊、妹妹，還是女兒？

她仔細端詳這張炭筆畫的肖像。就算有傷痕、臉上多了歲月的痕跡、身形更消瘦，但仍認得出是他，還有他藍色的眼眸。肖像上的他微笑著。她從沒見過他笑。他總是說聲謝謝，好像這是他唯一還知道怎麼唸的字。謝謝，成了他唯一還記得的字。

勃艮地的酩意鎮，距離厄爾省的醫務所四百公里遠。

「您見過這位男子嗎？」見過。她認識他，比任何人還熟。她是在巴黎東站月臺見到他的，或許他早已忘光，像新生兒一樣；她餵他吃飯，每天幫他換好幾次頭上的紗布；他從昏迷醒來，住到她家兩週後高燒不退時，她緊握著他的手；她協助他大小便，只在照顧其他病人時才短暫離開；當外科醫師對她說，他的狀況太糟，這輩子好不了時，她第一次如此虔誠為一個人禱告；她跟他說話，唸書給他聽，陪他在醫務所外踏出復原的第一步，教他重新學習起床、走路、吃飯和睡覺。誰能像她一樣無微不至地照顧他？誰能像她一樣深情款款地愛著他？

他的家人在找這位名叫呂西恩・貝涵的男子，他們只認識戰前畫筆下的他，臉上漾著微笑。但他的人生硬被拆成戰前與戰後，身為護士的她，對此了然於心。她經手多少戰爭倖存者，見過多少家屬驚惶失措、啞口無言，認不出他們的兄弟、兒子或丈夫。這位呂西恩已經死了、被埋葬了，在死灰中重生的人叫做西蒙。

活下來的不過是他的影子。那位海倫・希爾找的不是影子，是過去。

44

他剛剛把一樓大門鎖上。

我躲在壁櫥裡，站在一堆水桶和長柄刷中間，不時得跳個幾下抖掉腿上的螞蟻。我快凍僵，心臟還撲通狂跳。如果被史塔斯基和亨奇發現，我就慘了。

如果曲樂知道的話……我可不能讓他知道為什麼要調查爸媽車禍的原因。我得撒謊騙他，說是為了瞭解警方偵查「烏鴉嘴」的進度，就像我把鐵撬和鐵剪給爺爺時騙他那樣，他還滿臉驚訝說道：「你要我去搶銀ㄏㄢˊ嗎？」

當我到雜貨店取鐵撬和鐵剪時，我一看就曉得我完全不知道怎麼用這東西。看來，最好的辦法是學海倫撿到海鷗那天一樣，放學後先躲在學校裡。

接近傍晚時，我裝作沒事走進「鎮民服務處」。

「您好。」

「鎮民服務處」在一棟水泥砌的小樓房裡。樓房有兩層樓高，格局方正，竣工日期是：一九七五年。小時候，我記得每間辦公室都坐滿了人，當時陪奶奶去二樓時，還有「真的」憲兵在駐守，現在只剩下史塔斯基和亨奇。

史塔斯基問我，有沒有要揭發哪個可疑同事或房客。我回答他，自從新聞播出，匿名電話即消失了。但這件事，他早就知道了。他用奇怪的眼神看著我，感覺就像我在找他麻煩，或是他開始對我起疑心。

忽然間，電話總機響起。史塔斯基看起來很驚訝，彷彿電話從來沒響過一樣。

我捏了一下自己的手，不讓自己笑出來，因為那是我叫喬兒打的。我跟她說：「下午四點整打電話到鎮公所，說附近發生事情或有人亂停車，反正含糊帶過，隨便講些什麼就掛電話，重點是，要講滿五分鐘。」她問：「為什麼？」「拜託啦。」我說。

史塔斯基接起電話說：「鎮公所您好。」我假裝準備離開。

「再見。」

我關上辦公室的門，把手機調成震動，到好久沒有「真的」憲兵駐守的樓上去。若撞見亨奇，就藉口我在找廁所，但是幸好我沒在樓梯間遇見任何人。

四點〇四分，我躲進壁櫥裡等。按照慣例，鎮公所在六點後就會人去樓空。

躲進壁櫥後，有的是時間想事情，什麼都可以想。我呢，想起了羅曼，我的帥羅曼正在祕魯拍鰹鳥；想起他的人生好偉大，我的好渺小。他的眼睛在這世界上如此獨一無二，而我，只是個微不足道的一頭亂髮的妹子，週六夜去「天堂」搖屁股，平時推著裝滿消毒水的護理車到處跑。像我這樣的人應該滿街都有。

我們門不當戶不對，生來不平等，也不可能平等。羅曼這樣的人，就是最好的證明。除了在夢中，像我這樣的女生如何能同他那樣的男生一起生活？又怎麼想像兩個如此不同的人會一起回家，然後問對方：「親愛的，還好嗎？今天過得開心嗎？」

他從出生應該就含著金湯匙，而且人家有媽媽。

我們倆家裡的裝潢絕對不會一樣。我家只會有ＩＫＥＡ家具，他家有世界各地尋獲的古董；我家地板只是白色磁磚，他家在木質地板上會再鋪上藍綠揉雜的波斯地毯。

即使是和羅曼一起去超市買菜，應該也會是非同凡響，還有早上躺在羅曼的身旁醒來，應該也會是無與倫比。但這一切，只是我的想像。

我依舊固定在「我不記得什麼名字」身旁醒來。我不知道他在做什麼工作，但他最近都趕在「天堂」關門前抵達，不管我全身充滿酒味或汗味，他似乎都沒有關係。他習慣星期天一早到「天堂」來接我，如果我準備去值班，他會讓我自行開爺爺的老爺車離去。

他仍繼續找問題問我，我從來不反問他。有時候，我覺得自己像一件他不肯了結的案子，接受著他的調查。他家裡有成堆的書。我經常醒來時，他已經坐在桌邊工作，也許正在寫與我有關的報告，寫這位熱衷於老人的女生。當他看見我醒來，他會去擠柳橙汁，然後連同咖啡牛奶一起端到床邊給我，就像廣告演的那樣，面帶微笑看著我大口吃掉我的早餐。

今天是十二月二十日，羅曼曾說，他會回來過耶誕節，他一定會問我海倫的故事進度到哪兒了。我持續在寫。藍色筆記本像一罐瓶子一樣逐漸被填滿。我不曉得他知道多少她的事，也不曉得他母親有沒有告訴過他。

喀噠。史塔斯基走了。我聽見鑰匙上鎖的聲音，樓梯的電燈全熄，天色昏暗，氣候好冷。我不敢亂動，待在原地，一直在雙手和毛衣領口裡哈氣取暖。

亨奇有可能在回家前來辦公室一趟。

就在我決定踏出去那一刻，電話總機突然響起。我嚇了一跳，撞到了頭，手電筒掉落地上。我聽見電池在地板上滾動，幸好我有手機照明能找電池。

我走下樓，手裡握著手電筒，小心翼翼把亮度調低，不讓人從外面發現。我整個人腿軟，又好想尿尿，視線只有方圓三十公分遠。我走進史塔斯基的辦公室時，一股冷卻的菸味和酒味撲鼻而來，但辦公桌上不見菸灰缸，也沒有酒瓶。

檔案室就在史塔斯基和亨奇的辦公桌後面，被人上了鎖。我好納悶，這是從「真的」憲兵撤離後就鎖住了嗎？或者，史塔斯基和亨奇一直都有鑰匙？

我必須找到鑰匙。夜裡烏漆墨黑，手電筒的亮度很低，周圍安靜得好嚇人。不知道為什麼，突然想起了爸爸，想起他這個人，無關乎他是雙胞胎其中一位、他曾單獨赴餐會、他上過社會新聞、他璝上擺著鮮花等等，與這些都無關。我只是想起他，身為一名人類，在四十歲某個星期天早上，在路邊車禍喪生，把年紀還小的女兒，一個害怕垃圾管的小女孩留給他爸媽。那些有爸爸的人是否懂得掂量自己的運氣呢？

該死的鑰匙在哪？

手電筒照到置於高處的一組櫃子，櫃子的門鎖住。我在一個空的釘書針盒裡發現一把鑰匙，但這把打不開。

忽然間，傳來聲音。

剛才有人開門，是一樓的大門。我躲到史塔斯基的辦公桌底下，聽見有人講話的窸窣聲，但卻沒有開燈。兩個人走進史塔斯基的辦公室。從他們衣服上的冷空氣，我能想見外面有多冷。他們身上有冬夜和偷偷摸摸的味道，就和我一樣。

我蜷縮在桌子底下，藏得好好、縮得小小的。慘了，我死定，要被抓了。報紙會登我的大頭照，奈雪家的名譽掃地，爺爺奶奶一定覺得丟臉死了……

一名女子說：「我好冷。」

她身旁的男子回道，他馬上就來幫她取暖。男子是亨奇，我認得他說話濃重的鼻音。我聽見他們的接吻和喘息聲。而且她，不斷發出咯咯的笑聲，像隻珍珠雞一樣，直到兩個人一起發出呻吟聲。

他們倆直接躺在地上，連燈也沒開，離我很近。只要一伸手我就能碰到他們。

實在哭笑不得。如果被他們發現，我不只會被抓去關，還有可能被滅口。我只好閉起雙眼，把耳朵摀住，更努力憋住呼吸。

幸好沒有持續太久，原來亨奇是個快槍俠。我聽見他們匆忙穿上衣服的聲音。

她開口說：

「我得回去了，他會等到不耐煩。」
「寶貝，我們什麼時候再約？」
「我再打給你。」
「下一次我要把妳銬起來。」
「我等不及了。」
「何不現在就來？」
該死該死，他們還要再來一次！幸好，她說自己真的得回家了。語畢，他們倆即馬上離開。
我在靜謐的黑暗中待了十分鐘。我從來沒抽過菸，但此時此刻，我能把一整包香菸抽光。我再度點亮手電筒，竟看見它們：鑰匙就在史塔斯基桌子底下，掛在小釘子上。如果我剛才沒有躲進來，絕對不可能找到。
「天上的父，願人都尊祢的名為聖，願祢的國降臨，願祢的旨意行在地上，如同行在天上。就是這把鑰匙。」
檔案室好像北極，連「繡球花」的冷凍庫都沒這麼冷。我在手電筒的光照下，看見五十多箱檔案、一件布滿灰塵的制服、兩只生鏽的鐵箱、一些空瓶，成堆的書和海報隨意堆疊。這裡充滿潮濕味，腳下像踩著泥土，有點像置身地窖一樣。
檔案盒不是按字母排序，是按年份分類，從一九五三年到二〇〇三年，包含：打獵意外、火災、自殺、闖空門竊盜、自行車竊盜、肇事逃逸、水災、蓄意破壞、糾紛、私闖民宅、語言暴力。

什麼都有。沒想到小鎮還發生過這麼多事。

隨著時間，盒子的尺寸愈來愈小，小到幾乎沒東西好裝。其實從小鎮的人口愈變愈少就能瞧見端倪，尤其從二〇〇〇年紡織廠關閉以後，更是嚴重。

我取了一九九六年的盒子，是發生車禍的那一年。打開後，裡面有三份汽車竊盜的筆錄，還有這份：

一九九六年十月六日，上午九點四十分，小隊接獲皮耶・萊傑先生通報，一輛汽車剛在國道二一七號追撞行道樹。該通報民眾為酪意鎮居民，住在克萊曼路。

我們即刻趕往現場。

抵達時間約上午十點。皮耶・萊傑先生與消防小隊已抵現場二十分鐘。

經查，肇事車輛為黑色雷諾 Clio，車牌號碼 2408 ZM 69，部分車體因撞擊毀損。

十點三十分，消防隊進行車頂破壞，以利從車內移出四名無生命跡象的遺體。

該車輛偏離車道時，皮耶・萊傑先生為在場的唯一目擊者。簡要肇事原因如下：該車輛於單一車道內多次左右搖晃，接著以高速偏離車道，正面追撞行道樹。

皮耶・萊傑先生立即撥手機通報消防隊。消防小隊約十分鐘後抵達現場。

消防小隊移出遺體，同時也查詢戶役政系統，確認車輛所有人身分。

十二點收到通知，車主為亞倫與克里斯・奈雪，戶籍登記地為里昂（六九省）。

十二點三十分，調查小組抵達現場。憲兵克勞德·牧強為肇事車輛內、外拍照紀錄。

十二點四十五分，經法醫伯納·德拉特研判，四具遺體——兩名男性，兩名女性——有明顯致命外傷。確認死亡後，四具遺體移往馬貢（七一省）斑松醫院的太平間。

胎痕：皮耶·萊傑指出肇事車輛突然偏離車道，導致輪胎摩擦路面留下痕跡，但胎痕並不明顯。車輪因突然加速，似乎發生打滑情形。留在路面的明顯胎痕業已拍照紀錄（如照片編號十三）。

我們亦尋訪周遭可能受車禍撞擊聲吵醒的人，或其他查覺異樣的證人。

下午二點，回到隊上口頭向連長和小隊長報告目前的調查狀況。

綜上，經彙報，確認由小隊各成員分工調查，盡快辨識其他三位罹難乘客的身分。

下午三點，連長與本人前往車主克里斯·奈雪的父親阿孟·奈雪位在酩意鎮（七一省）巴斯德路的住處。阿孟·奈雪向連長確認，他的兩個兒子克里斯和亞倫·奈雪，連同他們的妻子桑德琳·貝里和亞妮特·史東布蘭，在十月六日星期天，約上午八點十分離開他的住家。一行四人原訂於阿孟·奈雪家度週末。

下午五點，阿孟·奈雪於馬貢（七一省）斑松醫院確認四具遺體分別為：他的兩個兒子克里斯與亞倫，以及媳婦桑德琳與亞妮特。

無法確知肇事車輛（雷諾）的駕駛人為克里斯或亞倫·奈雪，兩人皆登記為車輛所有人。事後另進行毒品檢驗，四具遺體皆顯示陰性。

肇事車輛（雷諾）經送往酩意鎮的米勒修車廠，研判可能為煞車系統故障，然車廠無法辨識該故障於案發前已存在，或因車禍撞擊力過大所致。

另發現，一九九六年十月六日，法國氣象中心曾預報該地區將有薄冰現象，駕駛人似乎於車子偏離車道時曾緊急煞車，但路面胎痕不夠清楚無法辨識。車內駕駛人有可能是突然不適或分心而肇事。

上開筆錄由本人親閱無訛且無任何調整、增加或刪減。

本案筆錄一式二份。一份（含副本）交付馬貢市檢查官，一份由檔案室存查。

一九九六年十月九日於酩意鎮製作及結案

副局長　班奈頓（司法警察官）

憲兵　提布（司法警察）

憲兵　希亞萊（司法警察）

憲兵　牧強（司法警察）

某個十一月二十日凌晨，在酩意鎮，連房屋的煙囪也已休眠，鎮上沒有任何一點亮光。

我躲在垃圾桶後面尿尿，天氣冷颼颼。

45

每天早上，夜班保全向我們彙報，昨晚有什麼動靜。接著，勒卡繆女士會指派我們，誰負責哪一層樓。

我們喚醒房客，幫他們盥洗，陪他們下樓去餐廳，安頓他們在位子上坐好，拿護士先準備好的藥給他們，替他們備好早餐。結束後，我們再陪他們上樓，幫他們鋪好床。如果有人要求的話，我們會幫他們洗頭髮或塗指甲油。中午，我們再陪他們下樓吃午餐。

這些呢，都是負責「行動自主」那一層房客時，我們要做的事。不過通常，喬兒、瑪莉和我都會被指派去「行動不自主」那一層。我們喚醒房客，幫他們盥洗，餵他們吃飯。然後看情形，如果天氣好，我們就陪他們去院子，跟其他樓層的房客一起；如果像現在是冬天，我們就帶他們到別的地方。

我如果不加班，就沒辦法聽他們講故事，換句話說，我的加班模式很像到了夏至一樣，只要一工作，我白天上班的時數就會延長。若遇上女房客，我會按摩她們的手和腳，在她們臉上塗日霜，一邊問她們問題。若遇上男房客——「繡球花」的男性比女性少很多，如同全世界的安養院一樣——就得看情形。我會幫他們洗頭，在剪鼻毛或耳毛的時候，問他們之前我問過女房客的那些問題。

我能把幾百本藍色筆記本寫得滿滿的。有時候，我告訴自己，要把每個房客的故事寫成一本短篇小說，但這個前提是，我得有個分身。

女兒真的很神奇，她們能把父母照顧得很好。小時候，我想生個男孩，但自從到「繡球花」工作，我改變了心意。院裡很少會有兒子來探訪家人，除了少數幾個例外，通常他們來，也需要妻子的陪伴。反倒是女兒，她們三天兩頭出入院裡。偏偏大部分星期天被遺忘的人，多數都只有兒子。

通常，我最後才會去整理海倫的房間，這樣就有多一點時間留在那兒。今天早上，我推護理車進海倫的房間，羅曼剛好也在。

我昨晚和「我不記得什麼名字」做了整夜的愛。每當我不順遂，我不是喝得醉醺醺，就是做愛。我從鎮民服務處二樓跳出來後，就直接去他家。但他剛好不在家，我在樓梯間等了一個小時。我無法就這麼回家，無法在讀完那些資料後回家。車禍照片收在一個灰色紙袋裡，讓我順手給拿走了，除了第一張相片，其餘的我都還沒看。在樓梯間等「我不記得什麼名字」時，我掀開紙袋封口，只看見照片裡的一團廢鐵。我想像之後幾張會更慘不忍睹，說不定會看見全身是血的爸媽。

「我不記得什麼名字」到家後，馬上從我手中奪走紙袋，然後走到浴室去，拿清潔酒精把照片燒掉。相片被燒得什麼都不剩，套房裡只殘餘一股焦臭味。

窗戶被打開來通風。我承認，我哭了。

之後，在七一省的黃頁上，我們找出那位叫皮耶・萊傑的電話號碼。他是車禍的唯一目擊者。我從來沒聽過他的名字，也沒看見報紙新聞上有他的名字。

「我不記得什麼名字」找到了七個皮耶・萊傑，一個一個打電話，直到連絡上我們要找的人。他說：

「您等一下，我把電話給奈雪小姐。」

他把話筒遞給我。

「喂，晚安……我叫曲絲汀・奈雪，是克里斯和桑德琳・奈雪的女兒。他們一九九六年在酩意鎮發生車禍過世。當時是您打電話報警的嗎？」

沉默了好一會兒，皮耶・萊傑才回答道：

「當年，我要求記者，不能在任何報導露出我的名字。您怎麼會找到我？」

我撒了第一個謊：

「是我爺爺阿孟把您名字給我的。」

「他怎麼知道我的名字？」

我又撒了第二個謊：

「我也不知道。酩意鎮很小，什麼事都瞞不了。」

又是一陣沉默。話筒另一端除了呼吸聲，還有他房間裡的電視聲。那一定是電視新聞，因為我聽見火箭發射的聲音。

「您想要什麼？」

「我想知道，那天早上您看到了什麼？」

「我看見車子偏離車道後，撞上一棵橡樹。撞擊力道很大，把樹都撞斷了。」

「車子開很快嗎？」

「非常快。」

又是一陣沉默。我的喉嚨哽咽，話很難說出口。

「路面當時結霜嗎？」

「當時我被超車——那輛車駕駛開得超快，我還按喇叭大罵。我根本來不及看車裡面的人，事後才知道他們有四個人。總之，車速快到我想驚呼都來不及。那輛車開在我前方兩百公尺處，接著開始左右搖晃，最後整臺車撞進樹裡。」

沉默一會兒，他接著說：

「剛開始，我還不敢下車……我心想，車裡應該一片血肉模糊……小姐，我說了您也不敢相信，事發的前一天晚上，有人送我一支手機當生日禮物……我第一次用手機撥電話，就是打給消防隊……事後我就把它丟掉了，這輩子不想再有手機……從我打完電話到消防隊抵達，大概等了十幾分鐘……我走下車，雙腿發軟……我靠近車子看，那是一團廢鐵……所有窗戶都被炸毀……

很像車裡面有放炸彈一樣……車裡沒有任何人聲傳出……我馬上就曉得他們已經……」

「您有看見他們嗎？」

「沒有。就算我看見什麼，也不會跟您說。說了，他們也回不來了。」

「會的，萊傑先生，我發誓能挽回些什麼。」

我想，我氣色真的很差。羅曼也是，他整個人面無血色。我以為祕魯是陽光普照的地方。不過，他眼珠依舊藍得那麼深邃。我願意奉獻生命，讓自己淹沒在他的眼裡，完全不必來打撈我的遺體。

「您好嗎，曲絲汀？」

「很好，謝謝。」

「您看起來很累。」

「昨晚累了點。」

「因為工作嗎？」

「嗯。您旅行還順利嗎？」

「和每次旅行一樣，像去學校學了好多事情，差別在於，旅行時的老師更動人，令人難忘。」

我露出笑容。他握住海倫的左手。

「我外婆從來不戴珠寶。」

「不戴呀，她一向都不喜歡這種東西。」

「您曉得好多她的事。您有繼續為我把故事寫下來嗎？」

「有。」

「我等不及想讀了……知道您一直陪在她身邊，我感到很安心……我老了以後，也希望有像您一樣的年輕女孩照顧我……您好溫柔，聽您說話和看您外表就曉得。」

我好想讓他覺得自己是一百歲，甚至心裡默默祈禱，拜託讓他馬上變一百歲，但是……

「要請您先離開房間，十分鐘就好，我要幫她盥洗。」

他鬆開海倫的手。

「我曉得上午不開放會客，但是沒辦法，我得看火車班次，再開車過來。這裡實在好遠。」

「我懂，大家都這麼說。」

「我去喝杯咖啡。」

「三樓有一臺新機器，沖出來的咖啡和好咖啡相比一樣美味。」

他離開房間。我握住海倫的左手。她的手好暖。我親一下她的手，像在親吻羅曼留下的餘溫。這樣對我來說已經很不錯了。

她睜開眼看著我。

「海倫，我懂為什麼妳要等呂西恩了。我現在終於懂了。」

她的眼神落在我身上，但沒開口說話，她已經連續三週一句話也沒說。倒是我，繼續將她的話寫進藍色筆記本裡。

我把告示掛在門上：「護理中，請勿進入」。

「昨天晚上，我看完我爸媽的車禍筆錄了。」

我輕輕脫掉她的襯衫，小心不弄痛她。

「我做了一件瘋狂的事。我偷偷潛入警察辦公室，應該是說憲兵處，我知道妳不喜歡法國警察。」

我把枕頭拿開，調高她床頭的部分。我去裝了第一盆水，不過海倫怕冷，我通常都幫她準備熱一點的水。

「我學妳在學校撿到海鷗那晚一樣，先躲進櫃子裡等所有人離開。然後，我順利找到我爸媽車禍的資料。當時，他們車開得好快，像發瘋一樣。當父母的人怎麼可以發瘋開快車。要去讀《如何當個好媽媽》那種書，倒不如先學學如何遵守速限。」

我放一片保潔墊在她身體下面。我習慣從臀部開始幫她擦澡，然後擦背。

「而且，顯然是該死的煞車系統故障……但這無法確定。」

我拿肥皂抹她的手臂、前胸和肚子，結束後，用甜杏仁油順便幫她按摩手肘。

「今天是星期四。您女兒會來唸書給您聽，還有您孫子也在。」

我扶她重新躺好，開始幫她洗下半身。我仔細抹肥皂，然後擦乾淨。我對她的身體瞭若指掌，那是深愛著呂西恩的身體。我們呢，身為照服員，也是愛情殿堂的守護員，只不過，這一點並沒有列在我們的薪資單上。

海倫喃喃說了幾句話。

「等待的這些年，咖啡館的男人都跟我說：『呂西恩，他死了。您得想辦法接受這件事情。』」能再聽見她的聲音真好，這是個好跡象。房客一旦不說話，醫生會安排他們做腦神經功能的檢查。

我按摩她的後腳。接著，擦完她身體每一寸肌膚，我替她換上一件乾淨的襯衫。海倫繼續兀自說著：

「他不會死的。」

我用清水洗完她的臉後，為她稍微抹一點嬰兒乳液，最後再幫她刷牙，讓她把牙膏沫吐在彎盆裡。

我丟掉所有的清潔用品：手套、保潔墊、尿布。

她邊說話，我邊寫她的服務記錄單。

我取下掛在門上的告示。羅曼在門後等著，他走進房裡，瞄了護理車一眼，轉頭對我說：「謝謝。」我回答：「我先離開了。」

46

「妳昨晚去哪？」
「去朋友家。」
「哪個朋友？」
「我不記得什麼名字。」
曲樂笑著撲到我床上，還不小心撞到頭。我想，他應該會長高到三百公分吧！
「繡球花最近還有匿名電話嗎？」
「沒有，反正也起不了作用。」
「怎麼說？」
「又沒人相信。反而有房客『真的』過世，我們要通知家屬好幾次，他們才會相信。不過，自從發生了烏鴉嘴事件，週末來院裡探訪的人變多了，就連被遺棄的老人都有訪客。我們應該在全世界的安養院設立『烏鴉嘴日』才是。」
曲樂露出微笑。他笑起來好像亞妮特，臉上跟她一樣有酒窩。有時候，我心想，如果我們倆的爸媽沒死，也許我們不會一起長大，偶爾才會見一次面。誰曉得，在某個星期天的早上，我們從堂姊弟變成了姊弟。都是因為路邊那棵樹，還有我們其中一人的爸爸車開太快，才把我們繫在一起。

他們過世前，我爸媽住在里昂，曲樂的爸媽正打算搬回瑞典住。曲樂會說一點瑞典語。小時候，他去過那裡好幾次，住在他外公馬格努斯和外婆愛妲的家。某個夏天過後，我不曉得發生什麼事，曲樂不願意再去瑞典。只要奶奶提到瑞典，他就氣得跳腳。馬格努斯和愛妲甚至來過這裡，到酩意鎮來爺爺奶奶家。但曲樂拒絕和他們見面說話，把自己鎖在房間裡面。我還記得，他們在家裡廚房，整個人不知所措，但我記不得他們的樣子了。曲樂把他們的照片全部撕掉。

每年，曲樂過生日和耶誕節時，他們會寄一封信和支票給他。每年兩封，在我們家平常只收帳單和傳單的小信箱裡，那淡黃色的信封格外明顯。奶奶把信放在曲樂房間的桌上，但他都把信撕掉，從沒打開過，也拒絕談這件事情。每天我試著和他聊，他就開始生氣，甩門就走。今晚不曉得為什麼，問題就這麼從我口中脫口而出，像無法克制的打嗝一樣，迴盪整個房間：

「為什麼你討厭你瑞典的外公外婆？」

他沒有氣得滿臉通紅，也沒有甩門走出房間，只是冷冷地說：

「為什麼妳總是牛頭不對馬嘴？」

「因為我思路很快啊！」

「呃，那就慢一點。」

他打開窗，點了一支菸。我不敢動，怔怔看著他。接著，沉默了好一會兒，大概像過了七年那麼久，他才開口：

「他們話中有話。」

「話中有話？」

「他們說，其實也沒有真的說出口，只是想辦法讓我了解，我爸可能不是我的親生父親。」

他照常把菸蒂往後院丟，幫爺爺養澆花的水，不過他剛才用力地吸最後一口菸時，我好訝異他竟沒燙到嘴巴。他轉過頭，繼續說：

「在十歲時，我曾經好想殺了他們。我敢跟妳發誓，那一刻我記得好清楚，我體會到殺人的衝動。假如我當時二十歲，我一定會砍死他們，要不是當年少了十歲，他們早就沒命了。」

我腦中閃過無數畫面。聽說人在臨死前，會看見人生所有畫面瞬間閃現眼前。這正是我現在的感受：垃圾管、我不記得什麼名字、墓園、棉花棒、十月的火、海鷗、奈雪家車禍資料、繡球花、海倫、呂西恩、羅曼、保羅先生、烏鴉嘴、五歲的曲樂、六歲的曲樂、七歲的曲樂、八歲的曲樂、九歲的曲樂、十歲的曲樂、十一歲的曲樂、十二歲的曲樂、十三歲的曲樂、十四歲的曲樂、十五歲的曲樂、十六歲的曲樂、十七歲的曲樂。

47

「怪了，他們看起來很相愛啊！」

喬兒把相片還我，那是亞倫、亞妮特在曲樂出生後幾個月拍的。我把相片收進包包裡。

今晚，我在她家吃飯。我蠻喜歡她老公的。派崔克長得很高大，臉上布滿痘痘留下的疤痕，為了遮瑕，他每個禮拜都去做光療。他身上有三處刺青，其中一個是紋滿整隻手臂的巨型人魚。喬兒說，有時候，她晚上會聽見人魚在唱歌。派崔克跟喬兒說，別再嗑那些老人吃的藥了。派崔克心地十分善良，外型卻是凶神惡煞，像那種騎乘哈雷機車，把車停在人行道旁的人。

我喜歡在他們家吃飯，他們倆有很多互動，不是摸來摸去那種，是真心相愛的伴侶，正好和我爺爺奶奶相反。

他們的兩個女兒和我同年，我不認識她們。她們跟鎮上所有人一樣，高中會考後即離開了酩意鎮。喬兒看過她們的手相，她說她們前途一片光明。

「曲樂的媽媽可能被人強暴過……」派崔克用沙啞的聲音說道，一邊在冰箱裡翻東西。

喬兒和我聽了傻眼，張大著嘴。

「很多女人被強暴後都不敢說。也許，這個瑞典人有跟她爸媽說，但沒跟她老公說。」

曲樂是她被強暴後生下的，未免也太荒唐了吧。

「妳也知道，當時曲樂年紀還小，如果外公外婆講話很隱晦，他也許沒聽懂。」喬兒邊跟我說話，邊把鱈魚子醬塗在麵包片上。

我看著喬兒塗上粉紅色的鱈魚子醬，想起自己的黑白人生。喬兒每次發現我又開始悲觀，就會對我說：「今晚來我們家吃飯吧。」然後端出色彩繽紛的料理。

「曲樂都聽得懂，好像連沒被說過的話，他都懂。」

「他今天晚上在哪裡？」

「在家假裝溫習功課吧。」

「妳打算怎麼做？」

「去墓園問亞妮特。問她跟誰外遇，騙了亞倫伯父。」

48

「鳥不會死，除非發生意外。」

呂西恩望著天空。雅德娜看他望著天空，問道：

「西蒙，誰告訴你的呢？」

「鳥會代代相傳，每個人身邊都有隻守護鳥。」

「你從小說裡讀到的嗎？」

「不是。妳看。」

他的手指向天空。八月某個星期天，陽光很刺眼，雅德娜只能瞇著眼看。

「你想指什麼給我看？」

「妳沒看見嗎？」

「看見什麼？」

「我的守護鳥。不管我到哪裡，她都跟著我。」

「她？誰不管到哪裡都跟著你？」

「我的守護鳥。她是個女生……雖然我失去記憶，但守護鳥沒有。」

雅德娜什麼都沒看見。天空連一片雲都沒有。

「守護鳥從哪裡飛來？」

「我不知道。」

「如果守護鳥會代代相傳，那一定是你的父親或母親。」

「也許吧。」

他盯著雅德娜隆起的肚子，一邊用手指頭輕撫。

是雅德娜先踏出第一步的，是她先走進他房裡，躺在他的身邊。一切發生得優雅有禮，靜悄悄的，沒有過多的激情，只有滿滿的溫柔。呂西恩看起來很幸福，他勃起，湧上想跟一個女人做愛的欲望。當雅德娜告訴他，她懷孕了，那是自巴黎東站那次以後，他第一次露出微笑。

「她會是個女孩。」

「跟你的守護鳥一樣？」

「對。」

雅德娜輕吻他一下。

「希望她的眼睛能跟你一樣。」

「她的眼睛會和我的守護鳥一樣。」

「守護鳥的眼睛是什麼顏色呢？」

「我不知道。她離我太遠了。」

他又陷入沉思。雅德娜看著他在記憶裡尋尋覓覓，很像在伸手不見五指的房裡摸索。自從他在巴黎東站下車，接著走進她生命裡，一晃也過了兩年。她愛了他兩年，她曉得，如果沒有戰爭，像他這麼美的男子不可能與她同床共眠。但是他們真的同床共眠嗎？他總是若有所思的樣子，與許想著那裡，那間老路易咖啡館。

去年冬天，雅德娜循著那封信，裡頭還有幅呂西恩／西蒙的肖像，去了一趟信上的地址：酩意鎮教堂廣場，老路易咖啡館。她不是去找寄件人討論呂西恩。萬萬不行，況且她已經把肖像燒毀。她去那裡，是為了從那個地方更了解呂西恩。

上午十點，她走進咖啡館。外頭天氣很冷。裡頭有座燒柴壁爐和一個擺鐘，斷掉的指針停在五點鐘的位置。她選了角落的位子坐下來。咖啡館裡，只有兩位男子默默的在喝東西，手肘撐著吧檯。其他人在這個時間應該都還在工作。其中一名男子不斷喃喃重複同樣的句子，關於一隻信天翁，聽起來像是一首詩。

吧檯後面，服務生問她想喝點什麼。雅德娜一時不知道回答什麼好。接著，她才說：「熱的東西都好，謝謝。」她一開口，兩位手肘撐在吧檯的男子同時轉頭看她。

一隻壯碩的母狗走向她，沒靠得太近，牠似乎遠遠就嗅到她的味道。雅德娜害怕牠會在她身上嗅出呂西恩／西蒙的氣味，一緊張，她就開口問了關於母狗的問題：「牠幾歲了？」

服務生似乎對這問題感到驚訝，他說他不是很清楚。那是戰爭結束後，老闆娘在路邊撿到的。

戰爭結束後。所以母狗跟呂西恩／西蒙沒有交集，雅德娜鬆了一口氣。這時母狗消失在吧檯後方。

年輕的服務生端來一碗滾燙的蔬菜湯給她。他踮著腳，那一定是戰爭留下的傷痕。

她小口喝著湯，時不時吹著氣。湯很好喝。

服務生剛才說「老闆娘」，而不是說「老闆」。這麼說來，海倫．希爾一定是咖啡館的店主。

約莫十點三十分，有個女人走進了咖啡館，手裡拿著一條長褲。她跟兩位手肘撐在吧檯喝東西的男人打招呼後，逕自往吧檯後方走去。服務生還讓出位子讓她經過。

雅德娜的心跳加速，雙手開始顫抖。幸好她人還坐著。

所以，海倫．希爾就是她囉，跟手肘撐在吧檯的男人大聲說話的一個女人，一個嬌小肥胖、沒有氣質的女人，一個長得像路人，和雅德娜一樣不會被人注意的女人。原來，呂西恩只是從一個平凡的女人身邊，換去另一個平凡的女人身邊。

服務生再出現時，背後跟著「一個人」和母狗。

「這個人」打開了吧檯後面的門。門上有許多鏡子，兩邊是擺滿酒杯和酒瓶的層架。

看著「這個人」，雅德娜的手又開始顫抖。她用力掐著自己的手臂，好讓自己回過神來。但沒有用。其實，雅德娜見過各種大風大浪，她向來都沉著以對。無論面對截肢、長壞疽或垂死的人，她都能夠忍受，而且從未顫抖。

直到她遇見呂西恩／西蒙。

自從巴黎東站那日起，她內心的一切全被掏空：自信、傲慢、冷淡、武斷，以及冷靜、正直與誠信。自從遇見了「他」，雅德娜變得狡猾，會說謊騙人和偷東西，也變得多愁善感。她常常上一秒還在笑，下一秒卻流起眼淚。她開始偷醫護室的嗎啡注射，讓自己開始遺忘、幻想、臉紅、流汗、繼續去愛，而且一心只想著晚上又能跟他在床上共度春宵。這天早上，在老路易咖啡館，她發現了「這個人」的身影，內心燃起嫉妒。她的嫉妒像八爪章魚一樣，將觸手伸入五臟六腑，以惡夢的形式出現，讓呂西恩／西蒙在惡夢裡不斷和各種女人交錯，直到重回「這個人」的懷抱。

服務生、「這個人」和母狗，他們一起往吧檯後面的女人走去。「這個人」把自己的頭髮梳攏在後。雅德娜只看見她的雙手，好纖細，她接著才看見她的長髮梳成了髮髻，以及她的後頸、肌膚、寬大的嘴唇，還有那完美的側臉。

「這個人」瞧了瞧女人遞給她的長褲，接過來自己手裡。她抬起頭時，清澈的雙眼正好迎上雅德娜的目光。她的藍色眼眸像是不經意的輕撫，眼神只輕輕掠過表面，不深入追究，跟呂西恩的一樣。

這時，許多男人魚貫走進咖啡館。工廠的午休時間到了。突然間，咖啡館裡菸味瀰漫。那位不是海倫．希爾的女人離開了咖啡館。

那位是海倫．希爾的女人往吧檯後方的小房間走去，放下長褲。母狗跟在她後面。接著，她立刻回到吧檯，幫忙跛腳的年輕服務生招呼客人。

這十五分鐘裡，雅德娜不斷聽見：「海倫，您好嗎？」然後她回答：「很好。」

沒有人提到呂西恩／西蒙。每次海倫回答「很好」，聽在雅德娜耳裡，都代表呂西恩的缺席。正因如此，這些男人才敢用這種眼神看她倒酒，他們沒有人用這種眼神瞧過自己的妻子。雅德娜敢發誓，她在遇見呂西恩／西蒙之前，完全不會注意到這些事情。

一個鐘頭過後，雅德娜搭上火車。就在火車開進韋爾農車站時，她忽然倒下。她沒有摔倒，而是昏了過去。她太激動。

乘客們趕緊過去看她，人群裡有位醫生。她告訴醫生，她自己是護士，不用擔心。醫生跟她說，雖然她是護士，但她也是孕婦。

所以，上帝也原諒她成為這樣的女人。

為了孩子。

她必須忘掉這一切，讓一切歸零。她沒喝過那碗蔬菜湯，沒聽到有男子唸詩，自己不怕狗，也沒見過什麼眼神清澈的女人在放空，而男人們卻盯著她慢慢斟滿酒杯。

49

床頭櫃的抽屜微開，水瓶裡沒有水。我去把水瓶裝滿。海倫喝很多水，不曉得是不是海灘上很熱讓她口很渴，還是她當過咖啡館老闆娘的緣故。通常，我們必須強迫房客多喝點水，避免他們會脫水。至於海倫，我們完全不必擔心。

羅曼用秀氣的手，把塑膠髮圈從一綑斑駁的紙上褪下。這堆老舊的紙是從報紙或書上撕下來的。他一邊用手指頭摸著紙，一邊對我說：

「真不敢相信。」

我看著自己的腳回答他，呂西恩被押往朵拉勞動營的路上，他在嘴裡偷藏一顆尖銳的小石頭。每次要寫信給海倫時，他就從嘴裡取出來用。

羅曼遞給我一張泛黃的報紙。報紙因長時間放在口袋裡，變得有點透明。

「這張紙，上面寫了什麼？」

「一九三四年一月十九日，與海倫．希爾在酩意鎮私定終身。」

「您會讀點字？」

「不會。是海倫唸給我聽的。」

「那這張呢？」

「我們應該當下祈禱就好，謝謝祂以妳的面容現身。」

「好美，我外公寫得真好。我想，熱戀的人總是文思泉湧。」

這一次，我情不自禁盯著他。他對我說這句話的時候，眼裡的藍直接穿透我的雙眼，就像個孩子拿黏土把兩個洞填滿一樣。

他沒有問我，我逕自攤開一份波蘭報紙的第七頁，裡頭有一張樺樹森林的黑白相片。我透著光，讓羅曼看見紙上刺滿了細小的洞。

「這是某一種信，一封讓人摸不著頭緒的信，是他用點字寫的最後一封。後來，我就不曉得發生什麼事了。他到巴黎東站的那班火車，是從德國出發的。」

「您可以唸給我聽嗎？」

我開始唸那封我能倒背如流的信：

「為什麼他們要對死者開槍？為什麼？為了讓人噤聲嗎？讓人就算離開人世間也要保持緘默？當到我要被一槍斃命，冰冷的槍口正抵住我的太陽穴時，外面突然傳來叫聲。槍離開了我的太陽穴。他們朝天空開了幾槍。他們忘記我了，忘記取我性命。牠是妳派來的，是我們孩子出生前的孩子。」

「他講的是什麼？」

「他在講布亨瓦德集中營、行刑和海鷗。」

「什麼海鷗？」

「海倫始終覺得，她從小就有一隻海鷗在守護她。而這隻海鷗在呂西恩被押往集中營的路上，也一直守護著他。」

「繼續唸下去，拜託您。」

我又繼續唸：

「穿法蘭絨西裝的男子還會剩下什麼？妳還會認得我嗎？

「我好害怕。

「先移動一根手指頭，輕輕的就好。接著，再移動整隻手，像彈鋼琴一樣。

「這是為了在我腦中發出一點聲響。

「我書寫是為了記住回憶。那一次，我們在咖啡館門口掛上『休假中，暫停營業』，其實我們哪裡也沒去。我們突發奇想只待在樓上房裡度假，把窗簾拉上。妳備足所有的生活必需品。我把藍色行李箱裝好，擺在房間的木頭地板上。地板就是地中海。藍色行李箱像一片書海，裡頭全是準備為妳朗讀的小說。我還記得，裡頭有依蕾娜．內米洛夫斯基[44]的書。有時候，妳會趴在窗邊，

44 依蕾娜．內米洛夫斯基（Irène Némirovsky，一九〇三－一九四二）：猶太裔俄國作家，以法語書寫，於奧斯威辛集中營逝世，其未完成的遺作《法蘭西組曲》（Suite française）於二〇〇四年出版，為首位死後獲頒法國荷諾多文學獎的作家。

就像在船上的舷窗旁，對我描述小鎮的樣子，還有因為咖啡館關門而悶得發慌的人們。而我呢，我說妳的肚子嚐起來鹹鹹的，跟海膽的味道很像。」

我抬起頭，第一次注視著他的藍色眼眸半晌。我一邊唸著呂西恩的信，一邊感覺自己似乎愈來愈不怕羅曼的眼神：

「妳從來沒有對我說過，妳愛我。但我，為了我們，我愛妳。

「親愛的，第一次吻妳，感覺像有雙翅膀在拍動我的唇。起初，我以為有隻鳥在妳唇裡反抗，妳的吻拒絕接受我的吻。直到妳的舌伸過來尋找我的舌，鳥兒才開始妳來我往，隨我們的喘息聲嬉戲。」

我唸不下去了。我把報紙重新捲起，捆上塑膠髮圈。他問我是不是唸完了。我回答，是。語畢，我就將報紙收進床頭櫃的抽屜裡。

「海鷗的故事，是一個傳說嗎？」

「是海倫的傳說。她說，每個人來到世上，身邊都有隻守護鳥。牠會保護我們。」

他彎下腰，親了他外婆一下。

「為什麼今天您沒穿工作袍？」他輕聲說著，沒看我。

「我休假。」

「您休假還是會來這裡？」

「我想在出發前跟海倫說聲再見。」

「您要去哪？」

「瑞典。」

「這個季節去幾乎沒有白天……噢，我的意思是，多數時間幾乎是黑夜。」

他把意思說混了，笑了出來。

輪到我看著他，我無法告訴他，唯有去一趟瑞典，我才能把事情弄清楚，即使我選在十二月出發。

＊

「喂。」

「你可以載我去機場嗎？」

「當然可以。哪一天？」

「現在。」

「妳要去哪裡？」

「斯德哥爾摩。」

「妳要去找曲樂的外公外婆？」

「對，你怎麼知道？」

「什麼我怎麼知道？」

「你怎麼知道曲樂的外公外婆是瑞典人？」

「妳告訴我的啊。」

「我跟你講過的事，你全記得？」

「對啊。呃，應該吧。」

「我跟你講過很多事嗎？」

「妳不覺得我煩的時候，是講過蠻多的。」

在里昂的聖修伯里機場第二航廈外，「我不記得什麼名字」離開前，在我頭髮上親了一下。誰會親炮友的頭髮啊！他摸我和看我的神情，宛如我們兩個已經「在一起」。其實，我已經不曉得我們互相如何認定對方。

我沒有行李，只帶了一個小包包，裡頭裝了兩天份的東西。機場大廳裡，飛往斯德哥爾摩的班機顯示在二號登機口登機。二航廈的二號登機口。曲樂在二十二日出生。對我來說，這是個好預兆。

從酩意鎮開往機場的路上，「我不記得什麼名字」沒有問我任何問題。

他打開廣播，隨機調頻找音樂聽。他說，這是他最喜歡的隨選遊戲。他身上穿著芥末黃的毛衣，跟褲子一點都不搭。不管怎樣，政府都應該立法禁止芥末黃。

「我不記得什麼名字」穿衣服向來不搭，但他臉上有兩道深陷的酒窩，笑起來很迷人，好像正好彌補了他品味很差。

50

馬格努斯和愛妲住的地方離我旅館很近，就在斯德哥爾摩的史柏卡坦路二十七號。我沒有事先知會他們，自己到訪一事。現在是早上九點。天色還很暗。上午十一點才會天亮，但下午三點就天黑。而我好冷。

我裹著曲樂的羽絨外套，快步走著。根據我的估算，亞妮特的爸媽——馬格努斯和愛妲——可能七十歲左右。我知道他們不會講法文，所以找了一位翻譯。我跟她約在史柏卡坦路一號碰面，再一起去敲二十七號的門。我對她一無所知，只知道她叫克莉絲，是法國人，二十六歲，住在這裡很久了。我還知道她的時薪要價四百瑞典克朗，換算起來將近五十歐元。看來，會講兩種語言比照顧老人更賺錢。

她已經在等我。

我看見她在對手套呵氣，她的金髮藏在深綠色大毛帽裡。

我走過去，她就對我說：「嘿，曲絲汀！」她認得我，因為我的臉書大頭照長得跟本人一樣，身材沒有比較胖或瘦，頭髮沒有比較棕或金，外表也沒有比較老或年輕。我們互相握了握手。

從一號走到二十七號的路上，我向她解釋，我來這裡是為了見曲樂的外公外婆。曲樂是我堂弟，十八歲，被我當作親弟弟。我們倆的爸媽在車禍中意外身亡，但車禍可能不是意外。還有，我剛得知亞倫伯父——曲樂的爸爸——可能不是他的親生父親。我跟她講這些故事，聽起來很像從奶奶的愛情小說裡跑出來的情節。我看著她嘴巴不斷冒出熱氣，只發出一些狀聲詞來回應我。

二十七號是個紅色木門，上面掛著耶誕花圈。家裡有別人嗎？他們在家嗎？

亞妮特有一個年紀比她小一點的弟弟，而且曲樂還有兩個表弟，如果是他們來開門呢？

我把右手的手套脫掉，快速在門上敲了三聲。沒回應。我又再敲。

三天後就是耶誕節，馬格努斯和愛妲會不會去峽灣，或類似的地方度假？但是我不曉得峽灣長怎麼樣，所以無法想像他們在那裡的畫面。還是，他們會不會死了，然後沒人知道？不可能，我才在上禮拜攔截他們寄來的耶誕卡片和支票，不可能一個禮拜就死了。不過很難說……真的要死，一個早上就夠了。

一位男子來開門：是穿著睡衣的馬格努斯。根本就像五十多歲的曲樂，一模一樣的眉毛、眼神和嘴型，連削瘦的臉頰和身高都一模一樣。我仔細看他的手，他的手指頭比俄羅斯蛋捲還長。如果現在他再吸一口菸，我真的會馬上暈倒路邊。實在太像我弟了，連白頭髮都和曲樂一樣亂蓬蓬的。

「早安，我是曲絲汀，曲樂的堂姊。」

我說完，克莉絲再用瑞典文重複一次：「早安，我是曲絲汀，曲樂的堂姊。」

51

一九八四年七月十四日。

雙胞胎兄弟在涼棚下等他，身旁有剛訂婚的未婚妻。阿孟從工廠走路回家，這時是中午十二點〇五分，他清晨四點就出門上班。夏日午後，他午休睡醒會到院子去照顧花草，然後在晚上九點準時就寢。

今天是七月十四日[45]。在國定假日工作很值得，薪水會以雙倍計算。再撐個十年，他就退休了，到時，他也許可以利用機會旅行。他連海都還沒見過。

他走到離家五十公尺時，便聽見院子裡傳來克里斯和亞倫的聲音，也聽見兩位未婚妻的笑聲。他推開柵門，門沒有發出嘎嘎聲。奇怪，他記得早上還有怪聲。誰替門栓上了油？

去院子裡跟兒了打招呼前，他走進涼爽的屋裡，到廚房流理臺洗手。他拿起大顆的馬賽皂在指間搓洗，使勁讓指甲抹上肥皂。

他瞥見自己在鏡子裡的倒影，兩側鬢角變得斑白。從小，大家都叫他「美國人」，因為他長得很帥氣。有很長一段時間，他非常討厭這個外號，好像在暗指他媽媽在法國解放時，勾搭上美國士兵一樣，之後，他也就逐漸習慣。工作上，若聽見同事問他：「美國人，今天還好嗎？」他也不會放在心上。這裡就是這樣，人們不會叫對方名字，只會叫外號，重新定義對方的公民身分。

他肚子餓了。

歐珍妮準備了海鮮庫斯庫斯，這是亞倫最喜歡的一道菜。高湯正在瓦斯爐上用小火燉煮。他把鍋蓋打開，深吸一口氣，然後閉起眼睛。他想讓這份愉悅持續，儘管這愉悅代表著他與兩個兒子分隔兩地。他待會要緊緊地擁抱他們。

自從兩個兒子搬到里昂居住，他覺得時間變得好漫長，屋子顯得太大。家裡十八年來有兩個兒子，兩個會不約而同打破碗盤的搗蛋鬼。轉眼間，屋裡變得空蕩蕩，房間只有在打掃灰塵時，才會把燈捻亮。最令他想念的，是每個星期天早晨跟他們一起去騎自行車。兩個兒子立起領子自豪的神情、流汗濕透他們T恤，還有他們的頸項、他們的微笑，都是那麼相像。有兩個兒子，彷彿買一送一。不過亞倫的個性比克里斯還急，話也比他多。

他穿過流蘇簾，走到屋外。從耶誕節過後，他們便沒再碰面。七個月，好久。自從他們開始

45 七月十四日為法國國慶日。

專心「做音樂」，他們就不再花時間回酩意鎮。他朝他們走去，沿著他的小菜園，他發現番茄葉竟提早在這時節變黃了。

他沒有馬上注意到她。她背對著他。她的金髮閃著鏡面般的光澤，那是他會用鏡子來嚇走果樹上小鳥的反光。

看著一八八公分的克里斯起身擁抱他，他閉上眼睛，享受鼻息間甜甜的氣味，那是早十三分鐘出生的大兒子身上的味道。接著，亞倫走過來，只是拍拍他背，叫了他一聲爸。

輪到她站起來。她瀏海太長，她用手一撥，順勢把頭髮帶到臉頰兩側，露出額頭。她的肌膚透亮，近乎白皙。她笑開櫻桃小嘴，露出一口整齊完美的牙齒，跟她皮膚一樣白，讓人以為皮膚和牙齒在比賽。他跟她握手，然後傻傻對她說，她有個濃得化不開的腔調。她聽不懂那是什麼意思，但他沒繼續說，便直接轉身背對著她。換桑德琳打招呼時，他回一聲：幸會。

他為自己倒一杯波特酒，沒加冰塊。他最討厭加了冰塊的波特酒。他又想起海、想著退休生活，想起亞妮特的臉。他是怎麼了？照理說，他從來不會這麼想；照理說，他也不會去想；總之，不該這樣。

最近有什麼新貨？唱片行生意很好，雙胞胎兄弟開始忙專輯進出口。現在流行出三十分鐘單曲。英國音樂很夯。反正這是最好的。亞倫利用跟客人介紹專輯的空檔來作曲，而克里斯負責帳務。亞妮特離開瑞典了，她會來法國生活，做彩繪玻璃修復。什麼的修復？你知道的，就是教堂裡面很繽紛的耶穌玻璃。噢，彩繪玻璃啊。他們需要一位漂亮的女生來幫忙賣唱片，吸引多一點客人，正好桑德琳也去了唱片行工作。週末時，亞妮特來找我們。噢對了，爸，我們有件重要的事情要宣布：我們要結婚了。弟跟桑德琳求婚了，我也做了一樣的事，但其實，是我先跟亞妮特求婚的，我可不想讓別人把她搶走，你懂嗎？我們會在同一天結婚，這樣你們能少做一套禮服；我們會在酩意鎮結婚，不可能在里昂的；媽，妳到時候可以準備海鮮庫斯庫斯；啊唷，不會太多人啦；不會啦，只有亞妮特她爸媽和桑德琳她媽，不會有其他拉哩拉雜的人；你們這次會待很久嗎？十五天左右吧；媽，妳的庫斯庫斯真好吃，好想念妳做的小菜；妳瑞典家鄉有什麼名產？什麼是名產？你們吃的東西啊，每天的主餐。夏天是小龍蝦，其他季節有鯡魚、有鮭魚。鮭魚是淡水的，還是海水的？兩樣都有吧，他猜。鮭魚會從淡水游到海水。

阿孟心想，就算亞妮特用瑞典文跟他說話，他都能聽得懂。

阿孟沒有認識太多女生。遇見歐珍妮之前，他交往過一位，雖然不是很漂亮，但她微笑起來很好看，不過戀情沒有持續太久。接著，他認識了歐珍妮，很快便去跟她爸爸提親。他追她追得很勤，很像趕著要擺脫包袱，很像這女人必須趕快跟他說我願意，他才能冷靜，然後坐在隨便一張公園椅子上喘口氣，即使他從來不曾坐在公園椅子上。他愛的，是坐自行車椅墊。結婚對他來說，就像進入現實生活的必經之路，那是進入成人的生活，也是走出童年的過道。

在他家裡，只有他和他哥；在學校裡，全都是男生；在工廠裡，更只有男人。至於歐珍妮，她向來只是個女人，從來不是個女孩。

夜裡他翻來覆去，難以成眠。為什麼有人失眠時覺得「夜如白晝」？明明他整夜都在漆黑裡。昨晚，他比平常早上床，免得晚餐又得坐在「她」旁邊。

今天早上，她的香味瀰漫整個家裡，連牆壁都被她滲透，吸飽她的味道。他敢說，這香味不是來自瓶裝香水，是她生來就有的。

但他是怎麼了？他想起亞倫之前交往的對象。有一位跟亞倫密切來往一年多，好幾次來家裡過夜，一個叫伊莎貝爾的。有一天，他突然為了另一個人離開她，另一位叫凱薩琳吧，他想。之後，還有一個茱莉葉。不對，他搞混了，那個茱莉葉是跟克里斯在一起。有的女生會在週末或晚上來家裡過夜，有的女生會來找雙胞胎兄弟，有的女生香水會噴得有點太濃。他還記得一位套著黑色褲襪的，他覺得她風塵味很重。他跟歐珍妮相反，他從來不搭理兒子的女朋友們，其實，他也從來不搭理女孩。他很喜歡歐珍妮，但那不是愛。

每到年終，歐珍妮參加他公司福委會舉辦的聚餐時，她會注意他同事的老婆有誰在偷瞟她老公。根據她的說法，偷瞟的人有一大堆。他老婆的嫉妒心讓他在內心發笑，但他都只是聳聳肩，什麼話也沒說。

他不曾這麼開心能離開家裡。不，不是開心，是鬆了一口氣，幾乎是救了他。現在才凌晨三點鐘，他提早出門。不過沒關係，除了「她」以外，一切都沒關係。她是他兒子未來的妻子，是來自瑞典的女孩。今天早上，他感覺自己的內心好像藏了一顆石子，而且在走往工廠的路上時，他曉得一切再也回不去了。咦？他從沒注意過工廠前面竟有一道磚牆。

工作時，織布機臺上，他眼裡只有她，機器織出的不是花紋，而是她的面容、微笑和聲音。再者，他心想，為什麼他兒子亞倫要花好幾個小時作曲，如果有個聲音這麼好聽的未婚妻，光聽她聲音就夠了。她說話的每個音節，聽起來都像歌劇的旋律，雖然他對歌劇並不了解，這輩子也只在電視上看過《蝴蝶夫人》。

昨晚，他跟兒子吻頰道晚安，準備上樓就寢時，他瞥見她後頸。她的身體微向前傾，書擺在小客廳的桌上，看書時，她左手會不自覺地摸著右手臂。他失了神，看著她裸露的後頸，頭髮盤起，上頭綁著看似複雜的粉紅髮圈，手在她的臂上上下來回著。現在，此刻，他人在工廠裡，看著織布機加速，跟她做著幾乎一樣的動作，但他滿眼只有她的手、她的手臂，還有那粉筆般白皙的肌膚。

他默默低喃，我是怎麼了？我究竟是怎麼了？我真的是瘋了！春風攪亂一池死水，連腦袋都壞掉。老頭子，你真可悲。快醒醒吧！

然而，已到正午時分，他還沒有回家，因為他已經沒有家，連他的涼棚、菜園、櫥櫃和柵門，這些全都不再屬於他。

領班對他說：「阿孟，都還好嗎？已經下午一點，老兄你該回家了。」他說得對，我老了。老態龍鍾，下個月就滿五十歲，但日子過到哪去了？我又做了些什麼？

他總算回到家。歐珍妮告訴他，雙胞胎兄弟和他們的未婚妻出去了。差一點，他就要把她摟進懷裡，拉著她旋轉跳舞，就像他們從來沒參加過的舞會那樣，畢竟他們結婚沒多久，歐珍妮就懷孕了，他得加倍努力養家活口。

他們的兩個兒子很懂得把握機會，出門參加派對。他們倆認識很多女生，每週都會認識一位新的。阿孟看著她們，像在端詳雜誌裡一張美麗的風景照，然後再翻到下一頁。

「為什麼你這麼晚下班？」歐珍妮問他，「你等一下，我去熱剩下的庫斯庫斯。從昨天開始，你一副心不在焉的。」

吃完飯，他走進亞倫房間。歐珍妮剛才來過，收得很整齊，床也鋪得很好，塑膠地板擦得發亮。牆壁上，釘著亞倫一直沒拆掉的海報：電話樂隊[46]、AC／DC，和信任樂團[47]。在他的書桌上，有一個保險櫃外型的撲滿和一顆地球儀都已經沒在用，桌上還有幾張他和他弟的相片。

阿孟和別人不同，他從來不會搞錯雙胞胎兄弟，因為重點是眼神，一位眼神深邃，一位較為內斂，他們從小就是如此。就算他們連微笑和擤鼻涕姿勢都一模一樣，眼神卻一定不同。

亞妮特的小行李箱在房間角落，放在衣櫃和床頭櫃中間，是個粉紅色箱子。阿孟沒看過粉紅色的行李箱。看來，瑞典人都做些另類的事，他們會製造美到不行的女生、複雜髮圈，還有粉紅色行李箱。他把行李箱拉鍊打開。從昨天開始，他就變成奇怪的人，一個連他自己都不認得的人，一個會偷開別人行李箱的人，一個在尋找香味來源的人。

她淺色的衣服摺得很整齊。或許這不是衣服，而是輕柔的小物。歐珍妮衣櫃裡的那些洋裝根本無法相提並論。

忽然，他蓋上行李箱，彷彿被一巴掌摑醒。再過十三天，他們就準備回里昂。他在耶誕節前都見不到她了，而且，就他所認識的亞倫，他到時很可能會換帶另一位女生回家，一個對阿孟來說毫無差別的人，跟之前一樣。

還有十三天要過，阿孟每天故意加班。他下午回到家，累得倒頭就睡，連晚餐也避開不吃，藉口說自己頭疼。

到了第七天，歐珍妮瞞著他，打電話給醫生。阿孟只好不情願地接受聽診。醫生發覺他有輕微憂鬱，可能是某種過勞所致，建議他請病假。阿孟拒絕醫生的建議。要他留在家，想都別想。光是現在，他已經夠常碰見她了，不管在樓梯、後院，或屋子前面都會碰到。那天，她來跟他借自行車，說想去繞繞，然後一屁股直接坐在他椅墊上。事後，他故意把自行車放在戶外，讓車淋了兩天的雨。最後，是歐珍妮一邊碎念，一邊把車牽進院子遮蔽處停好。

她每天都穿不一樣的衣服。阿孟每一件都如數家珍，就算他不敢正眼瞧她，他只須瞥一眼，就能記得她，就能把她烙印在腦海中。而且，即使他故意看向別的地方，努力在腦中塞其他畫面，他腦海裡最後還是會被她佔據。他只須瞥一眼，就能記得她皮膚上每一個毛細孔。這像是他完全沒意料到的天賦，他的記憶彷彿只是為了讓他記住亞妮特。

然後，他怎麼會覺得耶誕節前，亞倫會換帶另一個女生回家，真可笑。她是無人能取代的。

---

46 電話樂隊（Téléphone）：法國搖滾樂團，於一九七六年組團，於一九八六年解散。

47 信任樂團（Trust）：法國重金屬樂團，於一九七七年組團成立。

空白。一九八四年，從大暑過後到耶誕節前，只是一片空白，缺席。

為了讓他換個心情，下午，歐珍妮請他包禮物，那是準備送雙胞胎兄弟、桑德琳和「她」的禮物。

＊

他從雙胞胎的禮物開始，那是兩件歐珍妮織的毛衣，但他們才不會穿，還有兩頂大禮帽，或許能在婚禮派上用場。沒錯，他們已經選好日期，準備在明年二月結婚。

而且，亞倫沒有換帶另一個女生。

他用來包雙胞胎禮物的包裝紙，上面印著冬青樹的枝椏，葉子的邊緣沒見到有刺，但他卻感覺手指頭被扎到。他有諸事不順、萬物帶刺的感覺，就連呼吸的空氣都讓他感覺疼。他不曉得為什麼這會發生在他身上，在自己身上。

愛上自己兒子的女友是件齷齪的事。目前，他並不打算自殺，因為他們家裡不准家人自殺，只能躲回過去或打開電視。他想起他的童年、青少年，想起跟歐珍妮度過的年輕歲月、跟兒子們騎自行車登山的時光。那時，他們還不在乎女生，整個下午就忙著替自行車輪胎打氣、清潔鏈條上的油污、為腳踏板及煞車碟盤上潤滑油，再拿舊毛衣剪成抹布，把自行車桿擦得亮晶晶的。

當他一回到現實，他馬上又躲回過去或把電視機打開。這是他逃避現實的方法，讓自己陷入無限迴圈的泥沼。

「孩子們明天到。」之前，這是他最喜歡聽到的一句話。如今，卻變成了他最害怕聽見的。之前，電話一響，他會馬上跑過去接，就為了聽兒子叫他一聲爸爸。如今，他卻把自己關在某個地方，直到歐珍妮去把電話接起。

耶誕節期間，工廠都關門。他無法在凌晨三點出門工作，想辦法混過白天，他注定要在樓梯、廚房、客廳及樓梯間碰見她。再不然，極低的可能性下，他們會馬上準備返回里昂顧唱片行，畢竟節慶時，很多人會買唱片當贈禮。

此刻，他正在包裝送兩位未婚妻的禮物，那是多彩寶石的墜飾。他把飾品放進小盒子裡，用無刺的冬青樹包裝紙包好。他覺得，對年輕女孩來說，多彩寶石感覺很老氣，但他沒跟歐珍妮說，因為家裡瑣事已經夠多了，雖然她都默默不語。

平安夜晚上，他躲在他房間的窗簾後面，偷看她從亞倫的車裡走下來，他覺得她穿上冬裝變得更漂亮了。

歐珍妮穿著睡衣去幫他們開門。他們從里昂過來，到家時已經午夜十二點。他們準備直接睡覺，不打算吞點東西，反正明天中午大家就會一起慶祝耶誕節。他聽見樓梯間傳來他們的腳步聲與說話聲，接著，房門相繼關上便沒有動靜，除了歐珍妮爬上床的聲音，但他假裝入睡，其實雙腳仍然冰冷著。歐珍妮穿著條紋睡衣靠緊他的雙腳。

隔天上午，十一點鐘，亞妮特走進廚房，她自己一個人。廚房裡只有他們倆。歐珍妮出門去買樹幹蛋糕和切片麵包，而雙胞胎兄弟和桑德琳都還在睡。

「早安，阿孟。」

他正在處理生蠔：熟練地扳開殼，將裡面的海水倒進水槽，接著把開好的生蠔一一擺到盤子上。從現在放到中午，生蠔會再出水，到時候會非常美味。先把殼剝好，等生蠔出水。這可是祕訣。

「早安，亞妮特。」

她踮起腳尖，跟他吻頰打招呼。他右手握著刀，鼻息間有她額頭移過，然後是她頭頂。他閉上眼睛，不讓自己失去平衡。

「夏天過後，都還好嗎？」她問著，一邊為自己倒碗熱牛奶。那是歐珍妮留在爐火上的牛奶。她的瑞典腔有如鞭子唰啪。他找不到話回答她，只是怔怔的看著她把鍋子裡熱牛奶上的一層膜撈起。她用一支木湯匙把膜取出，一邊咬著嘴唇，然後，她突然抬起頭看他，對他露出可愛的微笑。

「好好玩，阿孟，您講話像有翅膀打亂ㄢㄤ一樣。」

「嗯。」

「阿孟，還好嗎？您臉色看起來很蒼白。」

「我開生蠔時會ㄈㄤˇ胃……我們吞生蠔時，牠們好ㄒㄧㄢˋ都還活著。」

「噢，如果反胃就別用了。」

她用嘴唇在碗裡沾了一下，吹氣，然後又沾了一下。

「別做自己不想做的事，阿孟。」

她把碗放下，像是在盯著他。

換他也盯著她看。

「您跟歐珍妮結婚很久了嗎？」

「我忘了。」

她笑了出來。

「什麼？怎麼會忘。您跟克里斯一樣活在球月上嗎？」

「是月球。」

他走出廚房，因為他快要無法呼吸，出來時，他遇見歐珍妮去採買完回到家。

「生蠔處理完了嗎？」

「還剩一點。」

大夥都來了客廳。

今年，歐珍妮買了會閃閃發亮的耶誕彩帶燈。因此，她為了營造氣氛，把家裡的燈全部都調暗了。

他們在昏暗的燈光下吃著餐前小點，香檳倒在當年他們結婚時買的香檳杯裡。阿孟邊吃鹹花生，邊聽亞倫聊唱片行暴漲的營業額。派桑德琳顧收銀台，真是再好不過的點子了。如此一來，他就有更多時間來作曲。他還把自己錄的試聽帶寄給一間在巴黎的唱片公司。

阿孟只看見亞妮特的臉忽明忽滅。果然會閃閃發亮的彩帶燈不是什麼好主意。

大夥兒往餐桌移動。

阿孟一捻亮壁燈，馬上被歐珍妮嘮叨幾句。亞妮特旋即三步併兩步跑上樓，接著抱了一堆蠟燭下樓，擺在桌上，邊擦亮火柴，邊點燃蠟燭，最後再關掉壁燈。

「親愛的，太美了。」亞倫悄悄對她說。

確實，真的很美。阿孟發現他用了二十年的飯廳，忽然間有了不同模樣，就像他的人生一樣。

亞妮特沒有碰生蠔，也沒有吃鵝肝。兩個大男孩倒是吃得津津有味，而阿孟已經在喝第三杯酒。歐珍妮用奇怪的眼神看他，他繼續斟第四杯。孩子們在討論婚禮，確定在二月舉辦。

到了交換禮物的時間。

桑德琳遞給歐珍妮一個金色包裝的禮物。

「是亞妮特和我合送的。」

歐珍妮費了點功夫才拆掉禮物的緞帶。她發現是愛馬仕絲巾時，嘴裡喃喃叨念著沒人聽得見的話。她不曉得如何是好，呆望著絲巾，宛如剛才人家遞給她的是個新生兒。她沒有立刻圍上脖子，只是小心翼翼收回到盒子裡。然後，亞妮特轉過頭，輕聲對阿孟說：

「來，這是我送的。」

「謝謝。」

他覺得自己像小女孩一樣羞紅了臉。亞妮特送了他一組電影套裝組合，裡頭有大衛・連[48]的

《相見恨晚》、《孤星血淚》、《豔陽天》、《齊瓦哥醫生》、《雷恩的女兒》、《阿拉伯的勞倫斯》、《深情的朋友》和《天倫之樂》。

他親她的臉頰答謝時，他打個冷顫，彷彿昨天夜裡著涼了。

兩個大男孩戴著大禮帽，在屋裡走過來、晃過去。亞倫模仿楊波．貝蒙[49]在電影《瘋狂特務女殺手[50]》裡的模樣，惹得脖子上戴著多彩寶石的桑德琳和亞妮特哈哈大笑，但亞妮特壓根兒不曉得誰是楊波．貝蒙。

二十六日早上，亞妮特準備離開，一個人走，她要回瑞典跟家人一起過新年。她為了讓亞倫多陪家人，沒有請亞倫載她到里昂機場。她事先預約計程車，車子已經在等她。亞倫和亞妮特在家門前互相親吻道別。

看著她坐進計程車，他躲著偷看，變得像小偷一樣。阿孟心想，他不會再見到她了。這一刻，他十分確定，她不會再回到法國。耶穌也不只有法國得照顧。她只是個過客，不會跟亞倫結婚。她會到別的國家去畫彩繪玻璃，反正彩繪玻璃到處都有。她會在那裡遇見其他人，從她眼神就看

48 大衛．連（David Lean，一九〇八－一九九一）：英國電影導演。

49 楊波．貝蒙（Jean-Paul Belmondo，一九三三－）：法國演員，曾演出法國新浪潮代表性導演高達（Jean-Luc Godard）的成名作《斷了氣》（À bout de souffle）為人所知。

50 《瘋狂特務女殺手》（Le Magnifique）：一九七三年上映的法語電影，由法國導演菲利普．德波卡（Philippe de Broca）執導，英國女演員賈桂琳．貝西（Jacqueline Bisset）與法國男演員楊波．貝蒙主演。

得出來，跟桑德琳看克里斯的眼神很不一樣。她不會再回來了。

明年的一月二日清晨四點鐘，他又會走同一條路到工廠上班，隨著時間流去，他會淡忘一切。

52

派崔克和喬兒來聖修伯里機場接我。奇怪的是，我竟然有點失望不是「我不記得什麼名字」穿著醜到不行的格紋夾克來接我。

我什麼都不能跟他們說。我從馬格努斯嘴裡聽到的，我絕不會告訴任何人。從他對克莉絲說了一長串的話裡，我似乎聽見亞妮特的名字，也彷彿聽到她回到瑞典後，在某天晚上，向她爸爸傾吐了這不能說的祕密。

我在照顧長輩時，學到了兩件事。這兩個不變的道理，是我年復一年從上一間房巡至下一間，或從前一個照護換至後一個時，他們皆不斷對我耳提面命的兩件事。

「人生苦短。好好把握。」

「祕密千萬不能說出口，就算是你的兄弟、你的子女、你的父親、你的閨蜜，或只是一位陌生人，都千萬不能說。」

我拿一盒Daim杏仁焦糖夾心巧克力給他們，隨便編個故事呼攏：曲樂的外公外婆不在家。

我在他們公寓的樓梯間，碰到會講法文的鄰居跟我說，馬格努斯和愛妲已經離開瑞典兩年，他們搬去加拿大住了。

喬兒說這樣也好，還說我太為這件事情傷腦筋。我爸媽因為車禍過世，雖然不幸，但事情就是如此。而且，大家在二十一歲時，都開始替未來著想，繼續朝未來邁進。

她講話時，派崔克頻頻點頭附和，很像後車座布置的海灘上那隻點頭狗。而我最喜歡這兩個人的地方就是，他們對彼此的愛。

我覺得很過意不去，跟他們撒了謊，但又能怎麼辦？我不能背叛亞妮特，而且我也不曉得，她是否真的含笑九泉，所以我選擇默不作聲。

我的眼皮好重，我好想睡覺。恍惚間，我彷彿又看見斯德哥爾摩的街道、結冰的水渠、櫥窗裡的耶誕裝飾、喝啤酒的人們、雪花。瑞典肉桂卷沾茶的味道，那是馬格努斯和愛妲端來的。他們姣好的面容，還有他們的眼淚，都像在懇求我說服曲樂寫信給他們，跟他們見面，原諒他們。逐字翻譯的克莉絲，深綠色的毛帽還緊戴在她頭上，不斷對我重複說著：「跟曲樂和解，您是我們唯一的希望。」

「曲曲，曲曲，醒醒啊！」

我剛才在做夢。夢裡，曲樂要結婚了。我拎著新娘婚紗的裙擺，但是我看不見她的面孔。當她轉過身來，竟然是珍妮．蓋諾。

我們到了。派崔克把車停在爺爺奶奶家門口。天色已暗，應該是傍晚五點三十分了。家裡廚房和曲樂房間的燈都亮著。明天，我得趕緊準備他們的禮物，因為再過兩天就是耶誕節。

我不想自己踏入家門，半睡半醒間，我向喬兒和派崔克提議，進來喝一杯再走。但他們不行。喬兒今天晚上值夜班，再過一個小時，她就得去值班。

「曲絲汀，我得跟妳說一件事。」

忽然間，喬兒表情嚴肅。她從來不叫我曲絲汀，都只叫我曲曲。這時，派崔克也嚴肅了起來。這兩個人怎麼連嚴肅都要一起。

「怎麼了？」

「昨晚，海倫被送進急診室了。」

53

一九四七年三月三十日，凌晨一點鐘，雅德娜誕下一名小女嬰。由於寶寶的胎位是臀位，她整整花了七十二個鐘頭分娩。西蒙／呂西恩緊緊握住她的手，任由她咬他、罵他、大喊、哭泣與哀求。她一聽見寶寶的第一聲啼哭，旋即失去意識，渾身癱軟。

當雅德娜再次睜開眼睛，她看見西蒙／呂西恩坐在床邊，懷裡抱著他們的寶寶。他盯著孩子的神情，彷彿想在她臉上尋找一道痕跡、印記或某個熟悉的東西。呂西恩沒有對女嬰笑，只是充滿疑惑盯著她看。

「西蒙，你想為她取什麼名字？」雅德娜問他。

他不假思索回答：

「羅絲。」

「為什麼是羅絲[51]？」

「這是我很喜歡的味道，我想起來了。這是我很喜歡的味道。」他重複說著。

羅絲出生幾個月後，他們搬到芬尼斯泰爾省[52]的亞伯法克[53]，住在天使路。那裡的海浪波濤洶湧，能把一切刷洗殆盡，而且每天時晴時雨，輪番上陣，連鬼神都迷航，趕緊找地方躲避。這就是雅德娜要的：找地方躲避。一輩子都別再遇見熟悉的面孔，或是跟她一樣收過信的人，那封附上呂西恩．貝涵肖像的信。

西蒙／呂西恩在一間罐頭公司找到工作，雅德娜則在學校裡當護士。因為那封信的緣故，她刻意遠離所有的醫療機構。

雅德娜望著女兒，內心升起一股強烈的感覺，那跟她看見自己丈夫的感覺一樣，一種從別的女人身邊偷來的感覺。夜裡，每當她起床搖哄女兒入睡時，她內心都充滿罪惡感。她心想，羅絲會哭泣，是因為她在呼喊她真正的母親。而且，每當她的懷抱無法讓寶寶安靜下來，連她溫柔的聲音與安撫都無法平復寶寶難過的情緒時，她很想把她丟出窗外，把她放進火車或信封裡，然後在上面寫著：酪意鎮教堂廣場，老路易咖啡館收。

雅德娜偏好從前的時光。那時，她只須愛著兩個人：西蒙和呂西恩的分身。自從羅絲出生後，她感覺海倫一天一天離她愈來愈近。

雅德娜想離海倫和羅絲愈遠愈好，最好到國外去。只要呂西恩和她繼續留在法國，他們就會

51 羅絲（Rose）為女生的名字，與法文的玫瑰花同字。
52 芬尼斯泰爾省（Finistère）位於法國西北部布列塔尼地區，為法國最西邊的一省。
53 亞伯法克（Aber Wrac'h）位於菲尼斯泰爾省西北方，為法國最長及最北邊的三角灣。

有危險。她愈來愈想到美洲去。在那裡，凡事都有可能；在那裡，有偷渡客、有異鄉人、有假冒身分的人，就跟她一樣。還有新的語言要學、要說、要寫，這與許是個關鍵，能治癒她心愛的男人。因為他變得愈來愈憂鬱、沉默，成天在一片空白的腦袋裡尋找過去，一邊不斷讀和重讀小說，他認為自己在受傷前讀過那些小說。他會對著客廳的牆壁問：何時、何地讀過？但他的答案總是一片靜默，周遭的一切皆不曾回應過他。他只能帶著滿心困惑，上樓就寢。只有羅絲能真正讓他發笑，那是真正的笑，發出聲音的笑，發自內心的大笑，那是他所剩無幾的快樂。

有時候，雅德娜會心想，熱戀中的男子有沒有可能跟別的女人生出，和他心愛的女子長得一模一樣的孩子。有時候，雅德娜會覺得羅絲愈長愈像海倫。她把這瘋狂的念頭藏在心底，像發現新血型一樣。自從女兒出生，她開始為先前的矇騙付出代價。之前，她還有寧靜的時光，雖然短暫卻很恬淡；如今，她會在惡夢裡，又看見海倫站在吧檯後面，又看見她不經意的眼神稍縱即逝。

當雅德娜醒過來，她不曉得自己是何時醒來的，她不想知道，也不願憶起。她把窗戶打開，任海風帶走垂在簾幔上的懸念，任海風吹入她與西蒙不再做愛的房裡。

54

海倫陷入昏迷。她的嘴、鼻被人工呼吸器複雜的管線遮住，左手和左臂吊著點滴，各式注射液一滴一滴流進她的血液裡。這一刻，我好希望自己曾經讀過醫學系，能夠救她的命。

羅絲在輕撫她的手。一位女子站在她身旁，她不是醫護人員，因為她身上穿的不是長袍。羅曼坐在房間的另一頭，眼神放空。我敲了敲門，是他回應：「請進。」

「曲絲汀。」羅絲喚了一聲我的名字。

女子看著我，對我微笑。羅曼起身走過來，跟我吻頰打招呼。這是他第一次跟我吻頰，他的臉頰好冰，彷彿是他從室外剛走進來，而不是我。

我不認識的女子走到羅曼身邊。換羅絲過來跟我吻頰，然後對我說：

「謝謝您來。我以為您去度假了。」

羅曼沒等我回答，接著說：

「曲絲汀，我跟您介紹我太太克勞蒂爾。克勞蒂爾，這位是曲絲汀，就是我經常跟妳提到的年輕女生，在安養院裡很照顧海倫。」

克勞蒂爾再度對我微笑。我禮貌性地跟她打招呼，心裡很想大叫：「天吶，怎麼會取這麼難聽的名字！？」她的模樣跟我想像的一樣：一切好完美，讓人以為是廣告裡的凱莉王妃[54]。

我靠近海倫，差點認不出她。要不是羅絲和羅曼也在，我真的會以為走錯病房。看樣子，海倫真的老了，她像其他老人一樣被命運拋棄了。

我把臉頰湊到她頭髮旁邊，從呼吸感受她的存在。她的海灘第一次進入了黑夜，四下無人，沒有女人，沒有小孩，沒有男人，也沒有海灘巾。天氣不冷，連空氣都很溫和，海面很平靜。海倫沒有在等呂西恩與小女兒，她只是望著海平面或讀著愛情小說。她慢慢睡去。月亮高掛在天空，而且是滿月。

當我回過頭，羅絲、羅曼與克勞蒂爾已經不在。他們離開了病房，就像海倫海灘上的常客一樣。唯獨我們兩人在時序之外。

我生平第一次感到孤單在世。我希望代替她死，希望離開世上，希望成為第一個見到呂西恩的人。

我從口袋裡拿出藍色筆記本。我可以開始唸最後幾章給海倫聽，或許，也能從前幾章開始。

「爸爸，你幾歲？」

羅絲邊問邊捏他的鼻子，逗得她呵呵笑。她很輕，像根羽毛一樣。呂西恩把她抱在懷裡。天空剛下過雨，回家的路變成了一片巨大的水塘。

「我不知道。」

她把自己小小的頭靠在他脖子上。他能感覺她的呼息掠過他皮膚。他抬起頭，觀察在天上盤旋的鳥群。黑尾鷗在窺伺回航的拖網漁船。

呂西恩與羅絲的頭髮在風中飄逸，而呂西恩什麼事也想不起來。天上的雲有怪獸的形狀。

「爸爸，你很難過嗎？」

呂西恩把眼睛睜得好大，臉上硬擠出微笑。

「沒有啊，妳看我眼睛要掉下來了。」

他抱她坐在肩上。她把兩隻小小的手臂伸長，模仿飛機的翅膀。他開始奔跑，一路跑回家。

只要奔跑，肩上有他女兒，鼻息間有風拂過，空氣裡是泥土混著浪花的味道，細雨像針一樣打在臉上，這樣就夠了。

他們沒辦法搬去美洲。法國的行政機構沒有核准他們的文件，因為失憶症不符合任何項目，而且呂西恩／西蒙的身分也無法申請護照。

羅絲的笑讓他感到放鬆。他用嘴唇發出飛機引擎的聲音。差一點，他們就飛了起來。

當他打開家門時，他倒退了幾步。家裡，房間的床墊被掀起割破，衣櫃被掏空，鍋碗瓢盆散落一地，連麵粉和糖袋都灑滿整個廚房地板。

54 葛蕾絲．凱莉（Grace Kelly，一九二九－一九八二）：摩納哥王妃、美國電影女演員。

羅絲年紀太小，不曉得發生什麼事，只是不斷重複她從媽媽口中聽見的話：「全都亂了。」雅德娜的行為愈來愈怪異。她一哭能哭上好幾個小時，而且愈來愈常連續失蹤好幾天。失蹤就算了，還把房子砸成這樣，這太不像話了，甚至連踢腳板也被拆掉。

一個鐘頭後，兩位憲兵上門採取腳印，他們告訴呂西恩，最近有很多房子被闖空門。呂西恩全身很不自在，但他說不出原因，只知道他不喜歡家裡出現這兩個身上穿制服的人。

他們離開後，羅絲樂於幫忙爸爸，把散落一地的東西撿起。她在一堆衣服、罐頭和酒瓶裡，收集好一疊舊報紙準備放壁爐用。她把報紙先放在木材堆上，因為她不能自己打開壁爐蓋子。呂西恩收拾家裡，四處擦拭、打掃，他很喜歡這個動作：打掃灰塵。他多麼希望有一天能將他腦中的灰塵打掃乾淨。

羅絲上樓回房間玩。

呂西恩打開壁爐蓋子，往裡頭添點木材。他拿幾張報紙，把報紙揉成一團。然後，正當他準備點火柴時，他隱約瞥見一張相片，一張樺樹森林的相片。他把報紙攤開。他認得這張相片，那是他抵達火車站時，手裡緊握不放的相片。

頓時，一切湧上腦海：醫務所、雅德娜的手、紙盒裡的報紙、他緊握著報紙的手、診療室、紗布、令人作嘔的氣味、自己昏迷不醒。

之前，他渾然不記得這些事情。它們去了哪裡？為什麼他會在布列塔尼又想了起來，而且是在家裡遭竊這一天？

有人敲門。

他注意到，那些他在巴黎東站緊握不放的紙，全被放在木材堆上。全部都在，收得好好的。他觀察一下，嗅了嗅味道。這些是外國報紙。

有人繼續敲了一次門。

呂西恩去開門。兩個憲兵抓著一位年輕人。年輕人戴著鴨舌帽，臉上的鬍子已經好幾天沒刮。

呂西恩突然感到一陣暈眩，趕緊用手扶住門。為什麼他一看見穿制服的人就這麼不舒服？

其中一位憲兵說：

「我們抓到小偷了。」

但呂西恩沒在聽，他現在什麼都聽不見。他拿起一張報紙指著年輕人。

「您在哪裡找到的？」

其中一位憲兵回答：

「在火車站附近。他正想逃跑。」

「我不是跟您講話，」呂西恩冷冷地說，「我在跟他說話。」

呂西恩仍拿著報紙指著年輕人。年輕人感覺愈來愈羞愧。呂西恩臉上的傷痕還有他銳利的眼神，都讓人覺得非常震撼。

「您在哪裡找到這些紙的？」他再問一次。

「不是我，先生。我是無辜的。」

第二位憲兵從他口袋裡拿出一條金項鍊。呂西恩馬上認出首飾，那是雅德娜的受洗聖牌。墜子處是尊聖母像，懸在憲兵的兩指間，像鐘擺一樣晃動。

「先生，您認得這東西嗎？我們在這個人身上發現的。」

「我沒有偷！是我的母親給我的！」

呂西恩瞪著小偷。小偷覺得很尷尬，用腳搓著腳，一邊使勁吸著鼻子。

「東西不是我的。」

呂西恩的回答，讓戴鴨舌帽的小偷比憲兵更錯愕。憲兵們一再輪流確認，但呂西恩仍堅持他的說法：他從來沒有看過這首飾。東西不屬於他，既不是他的，也不是他太太的。

「曲絲汀，要走了嗎？」

爺爺在我背後，是他載我到急診室的。他不讓我開車，因為我當時驚魂未定，一直喊著：「為什麼我才離開兩天，她心跳就停了？才兩天！」但我明明很清楚，常常只要親人一離開幾天，房客就開始生病。

是因為我的緣故，海倫才陷入昏迷嗎？這是在懲罰我不該去瑞典，不該去挖掘亞妮特的過去？不該逼馬格努斯講嗎？

曲樂問我，小週末去里昂好玩嗎？我說：「嗯，太好玩了。」如果他知道真相，有可能會殺了我。

爺爺站在我背後，把鴨舌帽脫掉。看著他站在這裡，在這間醫院病房裡，我才想起，已經好多年，沒在家裡或院子以外的地方看見他。他看起來很忐忑、不自在。

我們陷入一陣沉默。旁邊的機器聲斷斷續續。

「希爾女士如何？」他問我。

「她陷入昏迷中。」

他沒接話，只是看著海倫。

「爺爺，你認識她嗎？」

「誰？」

「海倫啊，你認識她嗎？」

「有可能ㄐㄧˋㄤ過。那時候，我年紀還小，他們在開咖啡ㄍㄨㄤˇ。」

他第一次用這麼多字回答我的問題：二十個字，還不算標點符號。

我翻開我的藍色筆記本，繼續唸下去，把爺爺當作不在一樣。反正，這些年來他在乎過嗎？

幾個鐘頭過後，呂西恩在港口附近的餐館找到年輕的小偷。他坐在吧檯前，一副心神恍惚的模樣。當他抬起頭，看見呂西恩朝他走來，以為這個人要來揍他，他猛然用手捂著頭，以免呂西恩一拳揮過來。

「先生，我什麼都沒做啊。」

「您在哪裡找到這些報紙的？」呂西恩問他。

小偷又開始用腳搓著腳。為什麼這傢伙這麼在乎這堆破紙？他可是把他家整個都翻了耶。

呂西恩盯著他。在沒弄清楚前，他是不會放過他的。他那藍得不尋常的雙眼讓他看起來像發狂一樣，宛如園遊會裡，旋轉馬車上的兩顆彩色燈泡。

「在您們家廚房……踢腳板後面……我還以為是鈔票，超失望。」

呂西恩愣了一下。

「您叫什麼名字？」

看來，這傢伙真的很奇怪。

「我叫夏爾。」

呂西恩繼續盯著。

小偷把手伸進口袋裡摸了摸，然後掏出雅德娜的項鍊，不情願地遞給了呂西恩。

「留著吧，夏爾。」呂西恩對他說，「送您的未婚妻。」

「我一無所有，先生。哪有什麼未婚妻。」

夏爾還是把項鍊收回口袋裡。

「但是，也很難說啦。」

當雅德娜下班回到家，她差點叫了出來。西蒙變得像另一個人，他抬頭挺胸，讓人覺得他長高了。今天晚上，他看起來又更帥，比早上他們倆互道再見、祝好日的時候更帥。

「我找到字了。」呂西恩對她說，兩眼注視著她。

「字？」

雅德娜被自己噎住的聲音嚇到。

「我寫在報紙上的字。為什麼妳要藏起來？為什麼？」

雅德娜坐了下來，像在喃喃自語般回答：

「我不知道。我不記得了。」

他把報紙遞給她看。那是她當初沒燒掉的報紙，早知道就應該燒毀。

「這是點字，妳知道嗎？」

「知道，」雅德娜回答，「給盲人摸的字。」

「我不知道為什麼，但我看得懂。而且，我想這是我要寫給某一個人的。」

「某一個人？」

「一個嘴裡有隻鳥的女人。然後，還有一個地方。一間咖啡館，有個招牌寫著『休假中，暫停營業』。

「你願意唸……」

她要說的話哽在喉嚨。她試著用正常的聲音說話，但她心臟跳得太快了。

「你願意唸給我聽嗎？」她終究把話說出了口，聲音微弱。

呂西恩小心翼翼攤開報紙。他手摸著紙，閉起雙眼，開始大聲唸著：

「親愛的，第一次吻妳，感覺像有雙翅膀在拍動我的唇。起初，我以為有隻鳥在妳唇裡反抗，妳的吻拒絕接受我的吻。直到妳的舌伸過來尋找我的舌，鳥兒才開始妳來我往，隨著我們的喘息聲嬉戲。」

雅德娜根本沒在聽。他曾經愛過她，他曾經深愛著她。還要繼續嗎？還是帶他回去那裡？或跟女兒留在這裡？他會一起嗎？等明天早上再告訴他真相：一九四六年，我收到了一封信，是「某一個人」在找你……？

還是讓他跟女兒分開？再去一趟酩意鎮？去找海倫談談？看她變得如何？活著？死了？再婚？身為人母，成為別的男人的情人？還是殺了她，然後逃走，展開新生活？

偷走男人跟偷錢一樣嗎？若從女人手中奪走男人的命，會坐牢嗎？

自殺好了。然後留一封信給他，信上寫著：酩意鎮教堂廣場，老路易咖啡館，海倫．希爾 收。

我自己的人生呢？我人生的地址在哪裡？我還活著嗎？不行，就讓他慢慢變老，什麼都別跟他說。反正，一切都太遲了。

呂西恩的聲音將她拉回到現實。他開口問了第三次一樣的問題，他蹲在她面前，視線跟她一樣高：

「妳是不是知道我的事情，是我不曉得的？」

「我不知道。」

一位護士走進病房。

爺爺沒有動作。我看見他的神情，似乎因為我停止閱讀，感覺很失落。他忽然做了溫暖的舉動，揉了揉我的肩膀，但他好笨拙，讓我挺不舒服也很尷尬。

護士將空的點滴袋換掉。她對我們露出微笑，瞧了一眼我膝蓋上攤開的藍色筆記本。

「讀書給她聽很好。她都什麼聽得見。」

護士離開病房。爺爺坐在角落，兩手環抱胸前，整個人若有所思的樣子。我看著他心想，為什麼人會陷入愛情？我成天聽長輩講故事，早就知道愛情不需要理由。

「繼續唸吧。」爺爺對我說。

一九五一年六月，從酩意鎮火車站到老路易咖啡館的路上，雅德娜沒遇見半個人。小鎮裡，豔陽讓鬱蒸的街道鴉雀無聲。一切都好安靜：樹木、人行道、圍牆，連窗扉都緊閉深鎖。石板路上，陽光的反射顯得刺眼。雅德娜穿過教堂廣場，看著自己的影子，甚至驚訝自己還活著走在路上。露天咖啡座裡，一個人也沒有。

咖啡館內空空蕩蕩。現在是下午三點鐘，裡頭跟上次一樣沒有改變。大門與窗戶全開著，一個人也沒有。感覺像所有人都在午休，只剩下縫紉機軋軋的聲音和貓的呼嚕聲。「她」在那，躲在她的工作室裡，在為一塊布做車縫。雅德娜站在門口，她只要往前踏幾步，就能去跟「她」說話，或者往後退幾步，回到她原本的地方，什麼也不必說。

一隻蒼蠅掠過她耳朵。汗水流過她鼻翼，經過上嘴唇，滑落人中。她用手背將汗水拭掉，腦中想起有一個傳說講過：人在出生以前，就已經知曉自己的一生，而天使為了不讓他說出來，將手指放在寶寶嘴上，在他的唇上留下了指痕。倘若她早就知曉這一切，她絕不讓天使把手指放在她唇上，她會直接放棄生命。

縫紉機停了下來。她上一次見到的母狗忽然出現在她眼前，像海市蜃樓一樣。她熱得喘不過氣，頭昏眼花。母狗從遠處隱約嗅到了雅德娜，然後拉長了身子，趴在地上，眼睛直盯著她。海倫走了出來。她身上穿著一件黑色洋裝，走到吧檯後面倒水，接著將水噴灑在自己臉上。當她瞧見這位女客人站在門口時，她便把圍裙繫上腰際，一邊向她打招呼。她的眼睛是不是變得比上一次更大？她的臉彷彿被她眼眸的藍吞沒，跟呂西恩的一樣。

「有什麼能為您服務的嗎？」

雅德娜站在門口不動。

「我知道呂西恩在哪裡，」雅德娜回答她，「他現在叫做西蒙。」

雅德娜沒料到自己會冒出這兩句話。她原本想找個位子坐下，慢慢來——那跛腳的年輕服務生應該要在才是，她就能好好觀察，融入人群，直到咖啡館關門，也許甚至等到夜晚來臨再說。但事與願違。熱浪籠罩小鎮，讓她們又再次面對面，身旁沒有任何見證的人。

海倫直盯著雅德娜。她的話不斷在空蕩的咖啡館裡迴響。酒瓶、酒杯、茶杯、桌子、椅子、吧檯、鏡子、珍妮．蓋諾的照片、彈珠檯，全都像在反彈子彈一樣，無一不反復回彈這兩句話：我知道呂西恩在哪裡，他現在叫做西蒙。

海倫沉默不語，她端詳著雅德娜細薄的紅唇。

「這是他的地址。」

她遞了一張紙條給她。她身體沒有移動，依舊在咖啡館門口，站在原地一動也不動。她跨不過那條看不見的分界線。

海倫靠近雅德娜，仔細觀察這位護士，彷彿她下一秒即將消失一樣。她接過紙條，把紙打開，看著假裝閱讀了幾秒。她絕對，絕對不可能跟這個陌生人承認她不識字。她抬起頭問：

「您怎麼知道是他？」

「我有收到您的尋人啟事，裡頭有他的肖像。」

「但是……那已經很久了。」

雅德娜低下雙眼，聲音變小。

「他之前受了嚴重的傷，但現在好很多了。」

「您是他的妻子嗎？」海倫問。

「是。」

海倫感到錯愕，拿了一把椅子坐下。

「他人在哪裡？」

「在我們家，陪我們的女兒。」

「您為什麼要來？」

雅德娜沒有回答。她匆匆離開了咖啡館，就像她匆匆出現在鎮上一樣。她的身影慢慢隱沒在刺眼的陽光裡。

從她離開到克勞德來上班，這段時間至少過了一個鐘頭。海倫坐在咖啡館中間的椅子上，手裡緊握著紙條。咖啡館依舊空空蕩蕩，感覺好像熱浪雖然酷熱難耐，但世上已經沒有人覺得口渴。

克勞德聽不太懂海倫跟他講的事：有個高挑的女子，很瘦，是呂西恩的妻子，黑色的頭髮，叫呂西恩「西蒙」，他受過嚴重的傷，有個女兒，她跟我說他沒死。熱氣讓克勞德無法思考，也無法理解那些模糊不清的句子，儘管他的老闆兼好友仍滔滔不絕地說。最後，海倫只好把紙條給他，讓他大聲唸出：「亞伯法克，天使路。」

*

呂西恩打開門。海倫不記得他長這麼高。他變好多，現在像個成熟的男人了。他們倆的年紀差不多。但現在，她了解自己看起來比他年輕許多。他頭髮的顏色變深了，臉上有道很深的疤痕，從左太陽穴劃至右耳垂，讓鼻子也變形了。他睜大藍色的眼眸盯著她，緩緩退了幾步讓她進門，好像正在等她一樣。

她的腿使不上力。她因虛榮心作祟，傻呼呼打扮了一下才來。她不該這麼做的。如果她曉得他變了這麼多，她就不會化妝。他們不是來慶祝什麼節日，是來埋葬他們青春歲月的。她踏進那間陌生的房裡，裡頭有無數幅羅絲的畫像，她自忖著，或許在他被捕那天，兩個人都死掉不也很好。若跟西蒙一起死在德軍槍下，就不用面對現在的局面了。我們能想像戰爭有多麼殘酷，想像自己的男人回來時，可能已死、受傷、截肢、癱瘓、發瘋，或變得兇殘、暴戾、酗酒、妒忌、難相處，或受到創傷、毀容，但誰想像得到，久別重逢後，他竟有了另一間房子、另一個生活及另一位妻子。

「我們認識。」

呂西恩忽然冒出這四個字。她不曉得這是疑問句或肯定句。他的嗓音變得有點沙啞。她無法相信眼前的場景是真的，呂西恩就在她眼前，而他一直沒有回來，卻是因為他選擇了另一間房子、另一個生活和另一位妻子。

她的四周，都是他每天會摸或用到的物件。她裝得像陌生人，宛如一直在等另一個陌生人，卻等了太久一樣。

「對，我們認識。」

「海鷗是您的……？」

「牠是我的守護鳥。」

他望著她，眼神熾熱。她覺得他像是在撫摸她，就算兩人沒觸碰彼此，也像回到了一九三六年的夏天。但那卻是個顛倒的夏天，像做惡夢一樣。

「您如何找到我的？」他問。

「我其實不想來，是一位朋友強迫我來的。」

他的眼神上下打量她。她硬擠出微笑，然而身上每一處都在哭泣，連她穿的洋裝，甚至是壓迫她腳踝的新鞋都在流淚。他盯著她顫抖的手。她手上還拎著藍色小行李箱，最後，她還是把行李箱給了他。

「這裡有些東西，是你以前喜歡看的書，還有你喜歡穿的鞋子和襯衫。可能有點過氣了。」

呂西恩接過行李箱，目光繼續留在她身上。呂西恩沒辦法求她原諒，沒辦法向她承認自己已經不記得她。他怎麼會忘記這個女子呢？他可以失憶，但不能忘記她。

＊

平常，當雅德娜回到家，家裡總是有廣播的聲音，而今晚卻沒有。羅絲在廚房地板上玩，她試著打開一個藍色行李箱，但她手太小提不起把手。雅德娜一看見行李箱，便曉得海倫來過家裡，因為她記得西蒙／呂西恩在信裡寫道：「妳備足所有的生活必需品。我把藍色行李箱裝好，擺在房間的木地板上。地板就是地中海，藍色行李箱像一片書海，裡頭全是準備為妳朗讀的小說。」

雅德娜一直在等這一天的到來，她原本以為會更早。距離她去咖啡館把地址給海倫迄今，已經六個月過去，冗長的六個月，她懸著一顆心超過了一百八十幾個黑夜和白天。他跟她走了嗎？他是否還認得她？這六個月來，她已經做好準備面對人去樓空。

羅絲似乎對行李箱內的東西感到失望，裡頭只有幾本書、幾雙戰爭前的舊鞋子，還有三件白襯衫，沒有可以玩的東西。

西蒙出現在樓梯上方。

「你怎麼沒聽廣播？」雅德娜找不到別的事好說，直接這麼問他。

「我沒心情。」

他走下樓親了女兒一下。雅德娜正在端詳那些白襯衫。

「怎麼有這個行李箱？」她問。

「我找到的。」

「真有玩，這些襯衫正好都合你尺寸。」

呂西恩從行李箱裡拿了一隻舊鞋套上。

「對耶。而且妳看，」他說，「這隻鞋合我的腳，就跟松鼠毛鞋[55]合灰姑娘的腳一樣。感覺好

55 法國作家夏爾．貝侯（Charles Perrault）於一六九七年出版的《灰姑娘》裡提到，灰姑娘穿的是玻璃鞋（pantoufle de verre）。法國作家巴爾札克於一八四一年在小說《凱薩琳．梅迪奇》（Sur Catherine de Médicis）的首部曲提到，夏爾．貝侯的童話故事裡，灰姑娘穿的應該是用松鼠毛製成的鞋（pantoufle de vair），以此呼應十五、十六世紀興盛的皮草業。

像童話故事，只是沒有仙女。」

「為什麼你這麼說？」

「晚餐有野生比目魚可以吃。我去清除內臟。」他回答。

他討厭魚，討厭吃魚，也討厭清除魚的內臟、煮魚、碰魚鱗以及切魚頭。死魚的味道讓他想作嘔。

羅絲模仿著爸爸，她把另一隻鞋套在腳上，一邊哈哈大笑。

＊

聖母荒地鎮[56]上，克勞德在修道院前等海倫。他坐在石椅上，看著一群孩子在踢足球。她走過來時，頭髮被風吹亂，綁頭髮的緞帶隨風被吹往大海。看著她走來，他想到自己從來不曾愛上過她，但好幾年來，咖啡館的客人都打趣對他說：「喂——克勞德，快承認你喜歡老闆娘啦！」才沒有，他喜歡她，就像欣賞一位值得敬重的女士，一位努力擦地、縫紉以及會閱讀《沉靜如海[57]》但似懂非懂的女人。

他只有一次不小心愛上一位女客人。在那兩年，她固定在每週四早上光顧咖啡館。每週四早上是酪意鎮的市集日。她每次買完菜，會到老路易咖啡館喝一杯。她父親都點咖啡，她都喝紅石榴糖水。克勞德每次為她倒紅石榴糖漿，或把她的杯子藏在吧檯底下的抽屜裡時，他都用盡全心全意。他會單獨洗她的杯子，不跟其他的混在一起，然後再用軟布將她杯子擦得晶瑩剔透。她喝飲料時，那短短幾秒鐘，克勞德都無法呼吸，因為他忙著觀察她咕嚕灌下紅色液體的樣子。他祈禱市集日天氣會很熱：他便能不斷倒飲料，喝到她不渴為止，且不額外收費。當她坐在露天咖啡座，他會打開她專屬的遮陽傘，為她遮蔭。她對他微笑的樣子和對其他人不同，這一點克勞德很確定，她也是喜歡他的。這很明顯看得出來，因為她還沒走到咖啡館，人就開始在教堂廣場上用眼神找他。她和她父親總是在十一點左右出現，他們的時間算得很準：搭九點四十五分的公車抵達、去市集採買、到咖啡館喝一杯、搭十一點四十分的公車離開。每週四，克勞德都很享受那美好的二十分鐘，他心想，這媲美夫妻好幾年的幸福生活。更何況戰後期間，人們每天醒來，都驚訝自己還活著。她每次一離開，他便滿心期待下週四的到來。

某個週四早上，她沒有出現，只有她父親一人。克勞德以為她生病了；隔週，她仍然沒有出現；及至第三週，他才鼓起勇氣問她父親，要不要幫小姐準備紅石榴糖水，但他得到的回答卻是：「不用，瑪德去巴黎一間公證人事務所上班了。」克勞德差點暈倒：他失去她的這一天，卻得知她的名字，簡直是雙重打擊。週四，瑪德再也不會來咖啡館。對他來說，週四跟週間其他日子已無兩樣，天氣放晴或下雨也不重要了。她的杯子一直被放在抽屜裡，直到某一天大掃除時，

56 聖母荒地（Notre-Dame-des-Landes）：法國西部市鎮，距離南特二十公里。

57 《沉靜如海》（Le Silence de la mer）為筆名韋科爾（Vercors）的法國作家尚布列（Jean Bruller，一九〇二—一九九一）於一九四二年出版的短篇小說。該篇小說分別於一九四九年及二〇〇四年被法國導演梅爾維爾（Jean-Pierre Melville）及皮耶．布特隆（Pierre Boutron）翻拍成同名電影。

又默默被擺回架上，跟其他杯子放在一起。

當他注意到海倫沒提著藍色行李箱，他立刻明白，呂西恩確實住在那間別人指引他們前往的房子裡。為了讓她把事情弄清楚，他堅持要來。但是當他看見她走回來，手上拎著她那雙新鞋，神色落寞至極，整張臉垮了下來時，他後悔了。

他們倆再度搭上巴士。克勞德什麼也沒問海倫。等他們回到咖啡館，海倫應該會跟他說事情的始末吧。

回程需十四個鐘頭。一路上，海倫不斷望向天空，一直對他重複說道：「我不懂為什麼海鷗沒有跟我回來。牠留在那兒也無濟於事。」

＊

從布列塔尼回來那天，最讓海倫難過的是牝狼的眼神，彷彿牠明白自己再沒有機會見到男主人。海倫害怕又一次面對床鋪的時刻，自呂西恩被捕，她總是抱著能再見到呂西恩的希望入睡，那是讓她感到溫暖的希望。但從今以後，即使牝狼窩睡在她的腳邊，她的夜晚都將依舊寒冷。

海倫無心整理左邊衣櫥。呂西恩的所有衣物還在裡頭，停在時間裡：他的長褲、內褲、汗衫與古龍水。之後再說吧，她現在只會用到右邊，那個掛著她洋裝的衣櫥。

*

這天晚上，呂西恩把藍色行李箱收在他們房間的五斗櫃後面。雅德娜在心裡怪他，怪他放在「他們的」房裡，不願放去別處像地下室、頂樓或倉庫的地方。他想把這箱「地中海」留在身邊，因為它見證過他另一段愛情。夜裡，雅德娜聽見箱子在躁動，像一隻埋伏角落的生物，不詳且兇殘，最後終將她吞沒。

為了讓自己釋懷，她吞了幾顆止痛藥，開始在心裡想像……他沒有跟她走，他決定留下來陪我，這是他的選擇；前天晚上，他在九點〇五分的時候溫柔地看著我；上週，他出門上班前吻了我，差點就親到我的唇；他晚餐時對我微笑；十天前，他問我會不會冷，我還來不及回答，他就替我圍上披肩。雅德娜把這些愛的跡象全寫進她的心情日記裡。

海倫來訪後的幾個禮拜，某個星期天早上，呂西恩在床上打開藍色行李箱，靜靜看著箱裡的東西許久。雅德娜躲在門後窺伺，心想，等他結束，她要把整組床單全換掉。接著，呂西恩拿出箱裡所有的書，把箱子關上後又放回五斗櫃的後面。他把書全擺在地上，靠近座椅旁邊，隨便翻開一本書，接著第二本，然後開始一本接一本，每天不斷重讀。總共應該有二十幾本書，其中十幾本都是西默農的小說。

從那天起，他下班一回到家，就坐在座椅上讀書。他看起來像個探險家一樣，似乎發現了未知的新大陸，或者正奮不顧身尋找著前世存在的證據。

從那個星期天開始，雅德娜停止在心裡想像。

*

呂西恩從門縫看見海倫。當她走進門時，他就聞到她身上的玫瑰花香。她嬌小優雅，皮膚白皙，有雙大眼睛，頭髮用緞帶繫著。他看見她嘴唇在顫抖，手裡牢牢抓緊藍色行李箱，像握緊船舷扶手一樣不被風吹走。他一直看著她。這六年來，他跟雅德娜生活在一起，卻對她一無所知，就連他想放棄自我似乎也被她攔截。雅德娜對一切很克制，連頭髮都紮成無可挑剔的包頭。可是，剛才僅短短幾分鐘，他似乎覺得自己對「海鷗」已無所不知，這也是為什麼他在腦中為她取名叫「海鷗」，畢竟他還不曉得她叫什麼名字。

無所不知。當她一進門，他立刻曉得她所有事情。她偏好「纖細」一詞；她會邊唱歌邊洗碗，因為她最討厭洗碗；她從來不把杯子擦乾，洗好就放在流理臺旁邊晾乾；她喜歡早上醒來時做愛；她怕冷；她習慣吃紅蘋果；她會穿羊毛褲襪；她喜歡在豔陽底下乘涼吹風，喜歡市集，喜歡在草地上尿尿、騎腳踏車穿過水窪、玩擲距骨遊戲、編頭髮、喝蘇茲龍膽香甜酒、藍色、滿月、游泳、縫紉、嘻笑、散步、做夢、沉默，喜歡發出嘎吱聲的木頭地板、熱水、蜜粉、白色床單、黑色洋裝、玫瑰花香、衣櫃裡放薰衣草、美人痣、觸摸東西；她喉嚨很虛弱，只要稍微起風就著涼；她頭疼時很劇烈，經痛也是。

無所不知。然而，他什麼都想不起來，甚至不記得她從哪裡來、他們曾經在哪兒一起生活。他曾跟這位女子生活在一起，這一點他很確定，雅德娜也知道，可是為什麼他毫不知情，但她卻知道，甚至知道「海鷗」的存在。她閃爍不定的眼神背叛了她。

天空中的海鷗依然還在，像個老友或晴天裡的影子一樣。牠經常停在他房子的屋頂上。當他去罐頭工廠上班時，牠也會跟他飛去。他不喜歡他的工作，因為身上有很重的魚腥味。他不喜歡他的生活，不喜歡自己骯髒的臉被劃過一道傷痕，那是他每天早上在浴室裡刮鬍子時，在鏡子裡看見的自己。

唯有羅絲，讓他還有撐下去的動力。除了羅絲，就是香菸，他喜歡在晚上吞雲吐霧，望著天空發呆。

某個週二下午，他提早下班。他曉得雅德娜在晚上之前不會回到家，便拿了行李箱出來。他試穿一件件的白襯衫，一邊照著單門衣櫥上的鏡子。他望著鏡子裡的身影，認不出這些襯衫原本的主人，但心裡很羨慕這個人。

*

海倫請克勞德用黑筆在白色招牌上寫「待出售」，然後拿線、剪刀和緞帶做好繫繩，把招牌掛在咖啡館門上。克勞德問她是不是真的確定，她之後有什麼打算？她回答他，她要帶牝狼回克萊曼鎮，回她父母家。雖然她父母已經不是裁縫師，也把店鋪賣掉了，但她還是能找到裁縫工作。克勞德很內疚，他在心裡怪自己不該帶她去亞伯法克。之前，他好不容易才相信呂西恩會回來，甚至比海倫更相信。有好幾年的時間，他也都相信，呂西恩有一天會回到咖啡館，回到吧檯後面工作，如同什麼事都沒發生過一樣。他好不容易才將海倫的信念視為己出，但那趟旅程，毀了一切他會回來的希望。

酩意鎮上，老路易咖啡館出售的消息爆炸似地傳開。多數聚在咖啡館門口的男人，都是來確定消息是不是假的：海倫．希爾，「他們的」海倫竟然要賣掉「他們的」咖啡館！一群人聚在那裡，有老人、年輕人、退休人士、酒鬼、僱員、農民、勤勞者、懶惰者、老兵、工匠、修士、工人和領班。不可能吧，她怎麼可能離開，怎麼可能拋棄他們，把他們當舊鞋一樣丟掉？如果她不繼續縫褲子、替他們準備吃的喝的、聽他們嘮叨、責他們香菸、幫忙照顧波特萊爾、預測賽馬順序、對他們微笑，他們會變得如何呢？所有人都感覺，他們即將失去早上、中午或傍晚最精華的時刻，因為沒有什麼比咖啡館還更有益身心健康了。雖然，他們天天有煩惱，得擔心小孩、老婆和領到的薪水，但只要一推開咖啡館門，跟老朋友見面聊兩、三件蠢事，他們就好了。老路易咖啡館像個十字路口，他們在這裡相遇，握手寒暄，互相交換工廠、物流、家畜、管理、收割和最近新聞的消息。冬日裡，咖啡館內永遠很溫暖，海倫會親自留意柴火，而且裡頭很香：有時是午間特餐的味道，有時是玫瑰花香。客人不會因為微醺，就對玫瑰花香無感。廣播讓咖啡館有了節奏，隨著報時、報新聞、播情歌，沖杯咖啡或倒杯酒，客人抿一口飲料，繼續過著生活，輕飄飄的，跟他們理想的女人海倫一樣輕，彷彿用兩個指尖就能將她拎起。

一下子，恐怖的焦慮感瀰漫了整個小鎮：誰會接手咖啡館？這個人絕不會有清澈的眼睛，絕不會在酒醉的夜晚送他們回家，絕不會幫忙縫補衣服，也絕不會留意柴火，一切絕對會變得不同。不管戰勝或戰敗，人們皆輸掉了戰爭，但他們不能輸掉海倫。還是，「接手人」會把它們的咖啡館改成修車行或裁縫用品店？一下子，消息被客人傳遍了整個地區，不管誰都能來酩意鎮，跟老路易咖啡館的店主開價，讓她徹底後悔（當然，這些人根本不存在）。

畢竟沒有人敢冒這個險。海倫不曉得為什麼沒有人願意買她的咖啡館，好像沒人注意到這張出售的招牌似的。招牌應該被她換過了三次，因為壞天氣的關係，不然就是遭人故意破壞。

一九五三年初，海倫最後只好請克勞德把「待出售」直接寫在大門玻璃上，但無濟於事，她還是沒有收到任何人的開價。

起初，克勞德其實寫的是「週五見」，因為他知道海倫不會發現有錯。後來心裡過意不去，他便用松節油把字改掉。[58]

*

58 待出售的法文是「À vendre」，週五見的法文是「À vendredi」。

「曲絲汀，已經凌晨十二點，該回家了。」

爺爺的聲音把我拉回現實。

闔上藍色筆記本之前，我親了海倫一下。不曉得她有沒有聽見我在唸她的人生。

走廊上，羅曼、克勞蒂爾和羅絲都還在。我向他們介紹了爺爺。然後，羅曼對我說：

「珍妮．蓋諾曾因為三部片拿過奧斯卡最佳女主角，那是《第七天堂》、《馬路天使》和《日出》。當年，一位女演員可以因為詮釋不同角色而得獎。」

我比較希望他對我說，曲絲汀我愛妳，克勞蒂爾不存在啦，那只是個冷玩笑。而且，躺在那裡的不是海倫，是個傻瓜。海倫到尼泊爾健行去了。

至於珍妮．蓋諾拿過奧斯卡獎，這我早就知道。我還知道迪士尼的動畫師因為看見她的臉，才畫出了白雪公主。而我只是回他：

「再見。」

現在是凌晨一點。天空彷彿在向珍妮．蓋諾致敬，開始飄起一點雪。車子的雨刷嘎吱作響。

爺爺把車開得很慢。

「妳ㄍㄢ才唸給希爾女士聽的，是妳寫的嗎？」

「嗯。」

「寫得很好。」

「謝謝。」

我很想告訴爺爺，我是為了希爾女士的孫子寫的，他把我迷得神魂顛倒。我很想告訴他，我去了一趟瑞典，馬格努斯全跟我說了。我很想告訴他，「繡球花」的頂樓有隻海鷗。我很想告訴他，我固定跟「我不記得什麼名字」上床。我很想告訴他，有一天，我比平常早回家，發現奶奶身穿水電工的衣服。我很想告訴他，派崔克和喬兒他們互相愛對方。不過，我卻什麼也沒說，只是在裝睡。

我緊閉雙眼。腦海裡，克勞蒂爾與海倫的臉融成了一體。偶爾，我會睜開眼睛觀察爺爺。他的側臉，隨車子經過村莊或路燈時，忽明忽暗。我滿腦想著已婚的羅曼和走向生命盡頭的海倫，想著荒蕪的沙漠就在下一個轉彎處等我。那他呢？我的爺爺，他在想什麼？這個什麼事都不說的爺爺。在想她會回來嗎？

亞妮特回來與亞倫結婚，那是一九八五年二月十三日星期六下午三點，在酩意鎮教堂，她的金髮戴著白色的花。阿孟的視線裡全是白色花冠，他沒見到桑德琳挽著克里斯有多美，他沒見到馬格努斯牽著顫抖的亞妮特，緩緩步向教堂祭壇。他沒聽見雙方的誓詞，也沒發現歐珍妮在拭淚。新人交換戒指後，他沒聽見現場流瀉約翰・藍儂[59]的《想像》。一整天，他都耽溺在她頭戴白色花冠的畫面裡。

59 約翰・藍儂（John Lenon，一九四〇－一九八〇）：英國歌手、音樂作曲及作詞人，為披頭四樂團（The Beatles）的創辦成員之一，一九七一年發行暢銷單曲《想像》（Imagine）。

他說不出來，究竟他們離開教堂後，是走路回家或是坐車；究竟在二月天裡，天氣算冷或是寒；究竟他們開車時，是不是有沿路按喇叭慶祝。兩位新郎身上穿著一樣的西裝。雙胞胎小的時候，阿孟最討厭歐珍妮將他們打扮得一模一樣。然而，一九八五年二月十三日這天，他都沒注意到這些細節。

他們十五個人圍著家裡餐桌而坐：阿孟、歐珍妮、克里斯、桑德琳、桑德琳的媽媽、亞倫、亞妮特、馬格努斯、愛妲、亞妮特的弟弟，還有幾位新郎新娘的朋友。

歐珍妮請阿孟先把家具移開。為了這特別的日子，她還鋪上白桌巾。阿孟回答好，回答不用，偶爾笑一下，幫忙倒香檳，或許還做了些其他事情。

他們享用了聞名遐邇的海鮮庫斯庫斯。歐珍妮可是前一天晚上就開始準備，她花了一整個晚上的時間在揉搓粗麥粉，就像她朋友法蒂教她的那樣。

馬格努斯用克里斯的傻瓜相機拍了幾張照片。然後，他們就跳起舞來。起初是由老人開始暖場，其實他們也沒多老，隨後才換年輕人熱場，他們也不是多年輕。克里斯和亞倫為了婚宴，事先就錄好了卡帶。這些卡帶至今仍收在曲樂書桌的抽屜裡。

等長輩回到座位上，亞倫接著播放了王子[60]的專輯《Sign o' the Times》。

之後，他們還吃了結婚蛋糕，是亞妮特和桑德琳一起切的。蛋糕頂端有四隻塑膠人偶，造型是兩對新人互相擁抱。

亞妮特把其中一對塑膠人偶取下，舔去他們腳上的奶油和焦糖。

接近傍晚，兩位新郎已經微醺。他們上樓小憩，留兩位新娘在樓下陪客人。歐珍妮回廚房準備洋蔥湯。愛妲和馬格努斯也去幫忙。這時，亞妮特放了滾石樂團[61]的歌〈Angie〉，邀請阿孟共舞。

播放〈Angie〉時，他全身貼著她。阿孟心想，我死足矣。有人會突然就走掉、消失，這我在電視節目上有看過。播放〈Angie〉時，他感覺她的小手像隻鳥，在他手裡掙扎。他張開手，她摔了出去。歌曲正好結束。

白色花冠掉在地上。阿孟去撿了起來。

亞妮特開始邊哭邊笑，鼻涕還流到唇邊。她吸了吸鼻涕，口中冒出幾句瑞典話。阿孟從沒見過有什麼東西，像她用手背擦拭鼻涕這麼美。馬格努斯走出廚房，將他女兒抱在懷裡安慰她。之後，亞妮特在廁所裡待了好久。沒有任何人發覺有異樣，除了阿孟以外。所有人都以為她上樓去找她丈夫了。

正當大夥兒邊喝洋蔥湯，邊聽亞倫講笑話，逗得所有人——尤其是他弟——哈哈大笑時，換阿孟起身去廁所。亞妮特剛剛從廁所出來。她剛才在裡頭怒翻了郵購雜誌，把擦過眼淚的舒潔衛生紙丟進利伯提小垃圾桶。衛生紙濕濕的，上面還沾著她的淚水。阿孟把衛生紙全放進口袋裡，

60 王子（Prince Roger Nelson，一九五八—二〇一六）：美國歌手、音樂創作者、專輯製作人、舞者，《Sign o' the Times》（時間的印記）於一九八七年發行，為其第九張專輯。

61 滾石樂團（The Rolling Stones）：英國搖滾樂團，於一九六二年成立。〈Angie〉（安琪）一曲收錄在一九七三年的專輯《Goats Head Soup》（羊頭湯）中。

裝起亞妮特的悲傷。

他在馬桶前面站立許久，他想在那裡站到死為止。這兩平方公尺大的位置，是她剛才待了一個小時的地方，也會是他意料之外的墓地。

他褪下褲子，在依然溫熱的馬桶座上坐下。他沒想到座上這麼溫暖，仍有她留下的溫度。他閉上眼，眼淚潸然落下。

55

一九五三年。

今天早晨下著雨，海倫的雙眼因悲傷而浮腫。天氣很冷，她在肩上裹著披肩，往壁爐裡添柴。她在六點三十分開門營業咖啡館，看著「待出售」的招牌，上頭的油漆已經剝落，還是沒有人想買咖啡館。她不自覺往天空瞄一眼。她已經不再等呂西恩，而是在等她的海鷗。

像每天早晨一樣，波特萊爾是第一位客人。隨著年紀增長，他逐漸駝背，走路時眼睛看著地上，嘴裡不斷唸他的詩，彷彿從地上讀到了詩。

七點，紡織廠的工人會來喝咖啡，所有人靜悄悄的。這一批人會在中午十二點整回到咖啡館午休，這時，他們會變得聒噪不休。

八點，他們全部再回去工廠上班。

接近九點，換退休的人來咖啡館。那些在壁爐旁玩牌的人，他們大約十一點三十分左右就離開，正好在第一組人——從清晨四點工作到中午十二點的人——回到咖啡館之前離開。

海倫打開大收音機，旁邊擺著咖啡沖煮壺，壺上有珍妮・蓋諾在微笑。她習慣看一下牝狼在哪，才想起牠昨天晚上過世了，而且是在咖啡館關門後才走，好像牠在等著不希望打擾到誰。海倫踢到牠吃飯用的碗，便把碗丟掉。她感覺像失去一位安靜不說話的妹妹，心裡很難過。

她聽見十點那班火車進站的聲音。火車站，若慢慢走，步行只需五分鐘。只有旅客不是咖啡館的常客，有時候，他們會到咖啡館取暖，一邊等轉車。今天早上，咖啡館裡有五位旅客。

旅客和克勞德同時走進咖啡館。克勞德走靠近海倫，問她是否一切都好。她向他示意還好，還過得去。昨天夜裡，是他幫忙埋葬牝狼的。現在，既然克勞德來了，她就能去工作室，回到縫紉機後面的座位工作。

中午，她會回來幫忙他，那是咖啡館最多人的時候。他們摩肩擦踵，就像在火車站月臺一樣。有人準備去上班打卡，有人準備下班，退休的人準備回家吃中飯，農夫、砌磚工和送貨員則來這裡喝咖啡休息。

所有人離開後，海倫習慣把門窗全部打開，讓空氣流通。香菸冷卻的味道讓海倫想起了那天，德軍上門殺死了西蒙，帶走了呂西恩。

西蒙，是呂西恩溫柔的教父，也是身體裡藏著呂西恩的人。為什麼呂西恩要叫自己西蒙？

海倫留著他的小提琴、帽子和樂譜。萬一有人來找他，東西都還收在她工作室的層架上。有時候，她會試著拉幾個音，把琴弓放在弦上拉得嘎吱作響，但拉出的聲音，很像動物掉進陷阱發出的叫聲。

她時常想起西蒙的微笑，也會想起他額頭上的疤，但不常。她還是不曉得，西蒙被處決的那一天，後來被葬在哪裡。有人跟她說過好多地方，但都是隨便說說的：在教堂後面、在一九四九年發現過許多人骨的某處荒煙蔓草裡、在當年她曾經騎腳踏車去過的德軍總部附近、在酩意鎮低處道路挖的洞內，而且據說在下葬前，德國軍官在屍體上撒滿了生石灰。她多希望能夠帶他回去波蘭，幫他和他家人葬在一起。

下午一點〇七分的火車進站。雨停了，陽光灑在咖啡館的外牆。

正當她準備回工作室，完成一件複雜的西裝背心時，一位女客人在咖啡廳叫住她。女客人想修改一件長褲褲腳，因為她先生有長短腳問題。多虧她縫紉的手藝，鎮上女人們愈來愈常光顧咖啡館，而且不只是週日，也不只有年輕的女生會來。頭幾年，她們只會在週日彌撒結束後，順道將要修改的衣服拿到咖啡館。現在，她們隨時會來，會跟朋友約在咖啡館，坐下來慢慢喝一杯。

克勞德排著露天咖啡座的椅子。十月的天氣很晴朗。

海倫走過教堂廣場，陪著頭疼的波特萊爾回家。她不想讓他自己單獨回去。她幫他把窗扉打開通風，清理廚房，重新鋪床，然後泡了一杯咖啡。

當她回到咖啡館時，她瞥見牠。原本，她只是瞥見一道白色身影閃過，但很快的，她便感覺到自己內心的雀躍：她的海鷗停在咖啡館屋頂上。

海倫駐足不動。

教堂廣場上，離咖啡館幾公尺的地方，有一個小女孩正丟著石頭玩跳房子。她單腳跳著自己想像中的格子，一邊哼著黛莉達[62]的那首〈小男孩〉：「我知道你喜歡她，小男孩呀，小男孩，也知道她的眼睛很漂亮，小男孩呀，小男孩。」

小女孩年紀還太小，不記得歌詞只記得旋律。她隨性唱著。

陽光反射在咖啡館的玻璃窗上，亮得海倫無法從外面看見裡頭的客人。

她全身在顫抖，目光從小女孩的方向往咖啡館屋頂上的白點望去。

「他」在那裡。他回來了。

海倫一步一步的走到門前臺階，彷彿生平第一次學步那樣。

他路過嗎？他走了八百公里來喝一杯？他來向她問清楚嗎？他回來會待一個小時、一個禮拜，或是永遠待著？

她後悔今天早上沒有打扮得漂亮一點，身上還穿著這件稍微破舊的洋裝；她後悔昨天為了牝狼過世，哭了一整夜而眼睛浮腫；她後悔自己竟然冒出這些愚蠢的想法。

她卸下身上的圍裙。

對於這一刻的來臨，她曾經想過千百種可能：白天、黑夜、傍晚、冬日、正午、星期日或夏天，但她沒想過竟然會是她在咖啡館外面，而他在裡面。怎麼會是她推開咖啡館的門，而不是他呢？她的想像是她會奔向他，投入他懷裡。然後他會抱起她在空中旋轉，四周綻放著光芒和喜悅。為什麼事情總是發生在我們已經沒有期待的時候呢？為什麼一切都與時機有關？

她走進咖啡館，目光尋找著他。他坐在窗戶旁邊，雙腿交疊，像客人一樣光顧自己經營的咖啡館。他身上穿著黑色套頭毛衣與黑色長褲，看起來像個鰥夫，但海倫明明還活得好好的。他微彎著頭，看著小女孩在玩跳房子。海倫注意到他腳邊的藍色行李箱。他抽著菸，但呂西恩以前從來不抽菸。陽光和香菸氤成光圈圍繞著他，這一刻看起來好不真實。他藍色的目光停在了她身上。

*

雅德娜自從對海倫說出真相以後，她不再害怕看見呂西恩的肖像。她離開學校的工作，重新回到醫院，回到真正需要她的人身邊。

一號病房裡，一位病患陷入瀕死邊緣，撐不過今晚。他的名字叫亞利安，下個月就滿二十五歲。雅德娜推著針筒，將嗎啡注入他血管。她看見他的表情放鬆了，但那其實很難察覺，或許只是她的想像罷了。她用手在他額頭上比畫十字聖號。

雅德娜在觀察死亡吞蝕亞利安，絲毫不感到羞恥，有點像觀察觀光客在八月湧入芬尼斯泰爾省的海灘一樣。她的皮膚蒼白如蠟，散發不出一絲活力，她兩邊鎖骨十分突起，彷彿輕輕觸摸就會被劃傷。

62 黛莉達（Dalida，一九三三－一九八七）：法國女歌手及演員。《小男孩》（Bambino）是黛莉達於一九五六年發行的第三張迷你專輯。Bambino 為義大利文，意思是小男孩，而小女孩的義大利文為 Bambina。

她見過許多男人死去，甚至見過有人復活，像她的男人一樣。

深夜回到家，雅德娜坐在壁爐旁邊的座椅，她沒有勇氣走上樓到房間，睡在她丈夫和五斗櫃後面的藍色行李箱旁邊。

她等到清晨六點才上樓回房間。看著他熟睡，她把手放到他肩上。他睜開眼睛，一時間沒有認出是她，因為他在夢裡忙著與海倫相處。

雅德娜告訴他，跟著我，跟著我走，就像從巴黎東站那天開始一樣，跟著我。

*

那天，客人走進咖啡館，一看到他紛紛都說：「是他。」「不可能。」「我跟你們說，真的是他。」「不會吧。」沒在戰前見過他的人問著老客人：「他是誰呀？」有聽說過他的人則說：『他的名字已經刻在紀念碑上了。這個人一定是騙子。』

波特萊爾又回到咖啡館，打量了他一會兒後，在他桌旁的位子坐下，對著他唸〈異鄉人〉[63]：

「喏，謎樣的男子，你最愛誰？你的父親，母親，姊妹，還是兄弟？」

「我沒有父親、母親，也沒有姊妹、兄弟。」

「你的朋友？」

「您言詞間想說的，我始終不明白意思。」

「你的祖國？」

「我無視它所在的方位。」

「美？」

「我情願愛它，愛女神與永不凋零的花。」

「黃金？」

「我對它的恨，如同您恨上帝。」

「欸！出奇的異鄉人，你究竟愛什麼？」

「我愛雲……飄零的浮雲……在那兒……還有那兒……多麼美好的雲！」

63〈異鄉人〉（L'étranger）為波特萊爾的散文詩，收錄於一八六九年出版的《巴黎的憂鬱》（Le Spleen de Paris）。

56

「爺爺？」

「嗯。」

「你這輩子最美的耶誕節是什麼樣子？」

離酩意鎮還有三公里。我們從醫院回家，已經開了三個小時的車。

他的側臉隱沒在黑暗中，眼睛看著路，很專注。擋風玻璃外飄的不是雪，是像霜的東西。

我感覺剛才的問題，讓他緊繃了起來。不過，他就只是等著。我不曉得他在等什麼，但我看見他肩膀放鬆了。

我故意問這個問題讓他難過，為自己報仇，為家人報仇，也報復他一直用可惡的沉默應對，保護他見不得光的愛情。我這個小孫女可是會一直問他蠢問題，最後毀掉他的人生，而他也會毀掉我，因為他從來不曾回答過我。

「明天你可以載我去醫院嗎？」

「要去就載。」

爺爺把車開進車庫。曲樂出現在車燈前。

「如何？」

「腦部受損。」

曲樂愣了一下。

「她會死嗎？」

「我不知道……會吧。」

我看見爺爺在瞪曲樂。

「都幾點了，你還在做什麼？」爺爺問曲樂。

「我在等你們。」

「你明天還要上學。」

「阿孟，我們在放寒假啦，而且我提醒你，明天就耶誕節了。」

爺爺聽到「耶誕節」時，做了個鬼臉，接著就像生蠔的殼一樣閉上了嘴巴。

曲樂把我摟在他懷裡。他至少比我高三個頭。

「妳會難過嗎？」

「不會。呂西恩會在那兒等她。」

他馬上鬆開我。

「妳在編故事哩。沒有誰在等誰，都是鬼扯，死就死了。這些說法都是為了安慰人生失敗組……人生只有一回，曲絲汀……現在不做，永遠都不會做。所以妳得有所行動，離開這個鬼地方！」

我不想回答曲樂，也不想回答任何人。

呂西恩會在某個地方等海倫，而羅曼跟名字很難聽的人結婚。就除了名字很難聽的人之外，其他都很美好。我不想再為羅曼寫小說了，因為我知道他一定會把藍色筆記本唸給他妻子聽。但我不為任何人而寫，只為了他寫。

「妳要跟我睡嗎？」曲樂問我。

「如果你想的話……但我得寫完一個東西，不可以煩我。」

「妳買什麼耶誕禮物給我？」

「就算逼我，我也不會告訴你，。」

「不用一個小時，我就讓妳從實招來。」

一九八九年十二月二十四日傍晚六點，亞妮特戴上毛帽，對歐珍妮說，她去超商買點東西，很快回來。

歐珍妮雙手忙著準備餡料，堅持叫阿孟陪她去，還列了一張清單要他買：趁超商還沒關門前，你們趕快去！

這一次，阿孟沒有找藉口避開亞妮特，也許，因為她的金髮被毛帽遮住，對他來說有避雷針的效果。

而且天色昏暗，天氣寒冷，一年總算要結束。這一年他試著不去想她，這一年他害怕她來到家裡，這一年他避開她、刻意在工廠加班，這一年他有好多事情。他累了。

亞妮特想要走路去，但阿孟說不要。他們一起去開車。他發動引擎，暖氣轉到最強。亞妮特打開廣播，換了頻道，正好在播放伊天．達荷[64]的歌曲〈為法蘭西捐軀〉。

亞妮特問阿孟，「為法蘭西捐軀」是什麼意思。阿孟答道，這與公民行動有關，是某種很英雄與軍人的東西。亞妮特說，可是男主唱的歌聲聽起來不像軍人。她的看法讓阿孟露出了微笑。

那幾秒鐘的光景裡，他心想：「我要綁架她，但不要贖金，也再不把她還給任何人。」但是他卻開口問：「妳到超商要買什麼？」

「女生的東西。」她答道。

他覺得自己好老。人家是個少女，而我是個老頭。況且，她還是我兒子的老婆。

他把車停好。

當他們走在人行道時，他忍不住看她美麗的小嘴不斷冒出白煙，那是她的呼吸留在冷空氣裡的痕跡。

櫥窗裡，他們看見自己肩並肩的模樣，倒映在陳列的耶誕節特價商品上。他覺得倒影看起來

64 伊天．達荷（Étienne Dah，一九五六－）：法國歌手，於一九八五年以同名迷你專輯發行歌曲〈為法蘭西捐軀〉（Tombé pour la France）。

比自己年輕，他原本覺得自己很老，但其實看起來還好。

超商在他們走進去後，搖身換成了車行。不過，不是賣車的車行，不，只是換換機油、零件和檢查胎壓的地方。

他們是今天最後一批走進超商的客人，等他們離開，超商就打烊關門。所有人準備回家過耶誕夜。

阿孟流覽著歐珍妮的清單。她在一小張包裝紙上寫著：粗鹽、蘑菇、棉花棒。她要做什麼，需要在耶誕夜買棉花棒？

在某個商品區裡，阿孟遇見亞妮特一臉困惑的站在一盒盒衛生棉條的前面。阿孟漲紅了臉。平常，他太太的衛生棉和其他東西，都收在抽屜的最裡面，連買東西時，也會藏在購物籃最底部。

歐珍妮跟阿孟說過，亞倫和亞妮特試過生小孩，可是一直沒成功。他覺得亞妮特應該很難過……愈想愈尷尬，阿孟趕緊移步回到調味品區。他最後找到粗鹽後，就往櫃檯結帳。

離開超商前，阿孟跟收銀員說了聲「耶誕快樂」。之前，他從來不說這類話，他從來不是那種友善的人。

亞妮特已經在車裡等阿孟。她剛才拿了衛生棉條就直接去結帳，免得讓阿孟又像個傻瓜似的在收銀檯前臉紅。她已經脫掉毛帽，一看見阿孟走來，她對他露出微笑。他不想要上車，他聽見自己內心在吶喊：「快走，有多遠走多遠！」眼前，大馬路與教堂被一片漆黑籠罩。

阿孟上車，把鑰匙插入孔裡，暖氣轉到最強，接著將剛才買的東西整袋丟到後座上。他鬆開手剎車，往他手裡呵氣，然後轉頭吻她，沒有發動車子。他邊吻，兩隻手邊在她髮間游移，並且慢慢將舌頭伸進她嘴裡。亞妮特舌上的味蕾像一畝草莓園。他閉上眼睛，好讓自己看得更清楚。她傾身向他。亞妮特的吻讓他想起了吃酸糖果的時候，糖果在舌尖與味蕾上迸流，唇齒充滿果香的感覺。雙胞胎小的時候，他經常會偷拿他們的糖果吃。

57

雅德娜已沒有任何感覺，她不覺得熱，也不覺得冷。

她搭上下午兩點〇三分開往巴黎的火車。就在剛剛，她將羅絲、呂西恩及她的提袋全留在老路易咖啡館了。

一切恢復秩序。

頓時間，雅德娜成為沒有孩子的寡婦。

一名未亡人，她的男人從來不曾存在。

沒有媽媽的孩子叫孤兒，但沒有孩子的媽媽叫什麼呢？自己的孩子不是自己的媽媽。

雅德娜曾愛過一個男人，那是她跟命運借來的男人。她花了好多年時間，用拖布把另一個人的痕跡擦掉，但她永遠無法完全拭去。如今，她終於能放下心中的罪惡感。

奇怪的是，雅德娜並不感到難過，也不覺得開心。她只是感覺身體像被灌滿了空氣，彷如羅絲去市集時手裡拉著的氣球一樣，裡頭已空無感覺。

想著她女兒清澈的雙眼，她似乎感覺到一滴眼淚從臉龐滑落，流至唇邊。雅德娜將淚水吞下。一顆氣球裡面滴下了眼淚。

等火車抵達巴黎，她會下車，剪斷她與世間連繫的線，然後飛到很遠的地方去。她不會忘記感謝上蒼，在巴黎東站那天，送了她這麼美的禮物。

58

到了醫院停車場，我跟昨天一樣四處張望尋找牠。這一次，我很快就發現牠停在醫院右側的屋頂，在某個玻璃天棚與天窗之間。牠周圍還有其他鳥，各個種類都有，分別四散在樹上、天空、小橡樹與屋脊。

訪客探病的時間從下午兩點開始。羅絲已在醫院櫃檯。我希望羅曼跟他太太別在。老天吶，讓我這一輩子都別再遇見克勞蒂爾。

羅絲站在咖啡機前。從她杯子裡裝的液體看來，沖出來的東西比較像茶。她看見我和爺爺也到醫院，便對我們微笑。爺爺為了不想打招呼，跟往常一樣找藉口去上廁所。羅絲遞了一個信封給我。

「喏，要給您的。」

「這什麼？」

「一封信。」

「什麼信？」

「您看過就會明白……羅曼跟我說，您在寫我父母親的故事。您應該會有興趣讀這封信。」

我把信放進包包裡。

「她的情況如何？」

「還是在昏迷中。」

我仍抱著一絲希望，雖然各種跡象顯示一切即將告終。但我仍相信海倫會回來「繡球花」，會坐在躺椅上看窗外的風景。羅曼會來幫我拍照，而我難得一次會把頭髮好好整理。羅絲望著我在做白日夢，然後對我說：

「我得走了，我的火車要到了。」

她把剩下半杯的咖啡扔進垃圾桶。我不敢問她羅曼和他太太是不是也來了。

我走去搭電梯。電梯裡，一對老夫老妻手牽著手。不曉得為什麼我忽然想到，大家愈來愈少因為長輩過世而落淚了。他們說世事如此，花開花落，這就是人生。那我為什麼在流淚？

我跟昨天一樣又搞錯樓層，找不到要去的走道。我推開一扇又一扇的門，同時希望別在門後遇見羅曼，偏偏走道永無止盡地延伸。耶誕彩帶掛滿走道，在日光燈管下，顯得非常怪異。這讓我想起百貨公司那些收銀員，每到十二月都得戴上聖誕老人的帽子。算了，這就像結婚一樣，並非每一對都匹配。

我走去搭另一臺電梯。當電梯總算在六樓開門時，我意外撞見「我不記得什麼名字」。他身上穿著白色長袍。這是我第一次看他穿得那麼正式。

幾支筆插在他外側的口袋上，正好擋住我，讓我看不見「公立醫院」名牌上他的名字。一開始，我實在無法聯想到是他，所以啞口無言。

「曲絲汀？」

「你在這裡做什麼？」

「我是這裡的實習醫生。」

「噢……」

「妳呢？」

「我來看……一位朋友。」

「妳在哭嗎？」

「沒事啦。」

「妳還好嗎？」

「還好。」

「妳確定？」

「……」

「我大概留了，」他想了一下，「四十通留言給妳吧。」

「對不起……」

「去斯德哥爾摩還好嗎？」

「很冷。」

「如果妳需要取暖的話。」

他親一下我的嘴，就消失在電梯裡。他剛才親我的嘴，但我連他的名字都不知道……他之前親我頭髮，現在親嘴。搞不好哪一天我又發現，其實我們已經結婚了。

我沒有收到他的留言，我連手機藏在哪裡都忘了。我上一次見到手機，記得是在櫥櫃的抽屜裡，櫥櫃上有張雙胞胎看著鏡頭微笑的相片，兩個人的太太還緊貼著他們的臂膀。

在五八八號病房裡的這位女子，跟我這三年來，在「繡球花」十九號房裡握著她手的女子比起來，一點都不像。她瘦得不成人形，從被子上也幾乎看不見她身體的形狀。她比昨天又更加消瘦了。

我翻開藍色筆記本，繼續將她的人生唸給她聽：

他們如兄妹般一起生活。海倫睡在他們原本的房裡，呂西恩則睡在另一個房間裡。

海倫感覺呂西恩變了。他稚氣的眼神已完全消失，他身上像被戰爭動過一場整體刪減的手術。她不後悔等他，但她卻對他感到失望。她在心裡怪他不再那麼完美，怪他忘了所有的事，就連看著他臉上像是藉口的傷痕，她都無法原諒他。不過他看報紙時，會用下嘴唇抿上嘴唇。對於這個舊習慣，海倫倒是很喜歡。呂西恩的行為與走路習慣沒有遭戰爭損壞，而且他永遠是教會她閱讀的人。

如今，他帶了一個女兒回來送她。那是她在戰爭前渴望擁有的孩子，卻已不抱希望能懷上的孩子。羅絲來到咖啡館的這一天，海倫無須強迫自己愛她，因為她早已愛上這個孩子。當她把羅絲抱在懷裡，她馬上認得這熟悉的味道、肌膚、呼吸、頭髮、聲音與指甲。她感覺自己認識她很久了，很像一種連續或延伸，源自於相同的實體、器官或部分的自我。海倫無須強迫自己接受，因為她已心裡有數。

早上，他們照常在六點三十分開門營業咖啡館。

八點，海倫帶羅絲去上學。她要羅絲答應，如果她感到難過，一定要告訴海倫。羅絲答應她。隨後，海倫便回到咖啡館，到縫紉機後頭工作，而呂西恩則負責招呼客人。客人裡，總是會有人跟他聊起他被逮捕前的事。呂西恩會專心聽這些鼻上有痘疤的男人，講他年輕時的事，雖然他現在還是很年輕。

海倫不再是寡婦。自從呂西恩回來後，有些客人不再來咖啡館。因為到咖啡館喝一杯不過是一種藉口，不是為了看她一眼，就是對她還有所期待。另外，有些客人也開始打量他們，開始迴避這名聲不好的咖啡館，因為裡頭住著一對傷風敗俗的夫婦。在他們口中，羅絲變成「可憐的孩子」，海倫則是「蕩婦」，克勞德是「情夫」，而呂西恩成了「逃兵」。

現在，呂西恩回來了。克勞德便向海倫自請離職，而海倫回答他：「留下來吧，他並沒有真的回來。」海倫不能沒有克勞德，因為他已經是咖啡館的一部分，也是她生命的一部分。在她眼中，他和太陽一樣重要，他彷如三月到十月間的陽光，穿過咖啡館玻璃窗，照亮酒瓶、酒杯、木頭地板，以及客人的臉龐。

每天上午十點，克勞德到咖啡館幫呂西恩一起準備午餐。午休鐘聲一響，早上那批工人會魚貫湧入咖啡館。克勞德不只是羅絲的乾爹，也是最熟悉每個東西收在哪裡的人，不管是家裡、吧檯底下、抽屜裡面、房間、層架、地窖或縫紉桌，他都一清二楚。他也知道哪塊木頭地板會嘎吱作響，要去哪裡找水電表、油桶、燈泡、水塔、鑰匙、通往頂樓的門、煤炭、儲油槽、除草劑、活動扳手、儲備啤酒，以及羅絲幫洋娃娃穿的藍色洋裝。還有，他也清楚每一臺機器的操作，哪邊要踢一腳才會正常運作。最後，他對於每個牆面、地板、水管、客人或當地足球隊成員的優點和弱點全都瞭若指掌。

下午，呂西恩去接羅絲放學。兩個人手牽著手回咖啡館。到家時，海倫為羅絲準備點心。傍晚，呂西恩督促她寫功課，而海倫則難過自己在這項工作上幫不上忙。呂西恩看在眼裡，但假裝沒在注意她，不想讓她又一次受傷。

他們仨一起吃晚餐時，羅絲會講一些學校發生的事，海倫聊著裁縫，呂西恩談起客人。有時候，他們三個人會把事情全攬在一起。

*

海倫開始跟呂西恩講一些關於他的故事，像在讀報紙新聞給人聽那樣。他的父親是盲人、他母親離開他們、點字書、巴哈、婚禮、老路易，還有逮捕、西蒙、洗禮、抽籤、鎮上居民、戰爭後、烈士紀念碑、裁縫、牝狼，那些年、節慶、等待，還有夏日的露天咖啡座、克勞德、流行樣式的改變，以及皇家地、布亨瓦德集中營、朵拉勞動營、巴黎東站、信、肖像畫、雅德娜到咖啡館來。

呂西恩相信她說的話，但他什麼都不記得了。他聽她講述他的人生，他很喜歡她的嗓音、目光，還有兩隻手沒弄濕，卻不時抹著洋裝的模樣。他看著她的美，內心卻沒有任何感覺，也找不到方法重拾他對美的感受。有時候，他很想摸她的頭髮與臉頰來了解原因，但他不敢。他很想重新認識這個女人，這個他在布亨瓦德時，拿報紙為她刺點字信的人。

他在吧檯後面工作，很快便重拾從前的動作。他雖然還記得動作，但他不再是那個從前的他。

他內心的私事所剩無幾。

他無法再感受到一絲快樂，只覺得自己被幽黑的寧靜吞沒。也因為這樣，他發現自己不會想念雅德娜。

他反而鬆了一口氣，慶幸自己不必再被監視，逃開了她窺伺的目光。雅德娜緊迫盯人的方式讓他覺得可怖。老路易咖啡館的生活，倒給了他自由。

海倫不會監視他，不會躲在門後窺伺，不會去翻他的東西，也不會逐一檢視他行為有沒有背叛她的意圖。海倫不害怕面對他，不害怕知道他的真相，也不害怕他的過去。

隨著時間過去，他後來才了解，原來雅德娜得知他不叫西蒙而叫呂西恩時，是多麼難過與驚恐，及至痛心拋棄他們倆的孩子。

繫著他們倆的線還沒有斷，只是海倫不曉得如何重新織起。她開始把他的故事範圍縮小，慢慢提及他們之間的親密關係，也就是那些在西蒙死前，他們倆在房間裡營造的事情。

她把他們倆在教堂相遇、他試穿法蘭絨西裝、海鷗，以及他們的婚禮，全告訴他。

*

某一天晚上，她沒有跟呂西恩說晚安，反倒灌了一大杯蘇茲龍膽香甜酒壯膽，然後拉著他的手，帶他回到已經關門休息的咖啡館。

她把蠟燭點燃擺在吧檯上，然後對呂西恩說，他不在的這段時間，她跟其他男人上過床。那是吉普賽人、市集攤販和旅行商人，因為他們不會留下任何痕跡。她講這件事的時候，不感到羞恥也不懊悔。她不是在認錯，也不期待他的原諒。

他一點都不覺得嫉妒、憎恨或自尊心受傷。他只是在心中低喃，自己之前也成了海倫生命中的旅行商人，跟其他人一樣只是個過客，一個進到她家裡面的陌生人。

她把頭髮鬆開，全身赤裸。只有燭光照亮她的身體，她的乳房與腹部如羽毛般隨燭火搖曳。她的骨盆寬大，雙腿結實，乳白色的肌膚豎起了雞皮疙瘩。呂西恩在她皮膚上看見了幾條藍色的血管。

他跟其他人不同，他不是過客。他曾經是她的男人，是她的初戀。

咖啡館裡，呂西恩的喘息聲漸漸蓋過發電機的聲音。

當他想摸她時，她會攔下他的手。他只好繼續久久地盯著她。

他彷彿又重新認識了她。

呂西恩對她開始有慾求。他內心升起一股想舔她的衝動，舔她的全身，洗掉她身上的其他男人，洗掉那逝去的時光，洗掉她生命裡的寂靜、缺席、被遺棄與遺忘。

他愈是欣賞她的美，海倫的眼神愈是散發光芒。

她在原地慢慢轉圈，讓他細看她的後頸、背部、腰身、屁股，然後讓他開始產生期待。自從他被捕那天之後，這是他第一次開始有所期待。

海倫看見呂西恩的雙眼又燃起光芒，變得有神。她一邊轉圈，一邊告訴呂西恩，他之前如何撫摸她、又如何將她摟在懷裡、最喜歡她身上哪一個部位，以及她是如何蜷起身子、如何幫他套弄，還有他如何邊唸書給她聽，邊跟她做愛。那是一九三六年的夏天。接著，她便把衣服穿上，對他說：「明天晚上同一時間見。」

一位護士走進病房。我闔上藍色筆記本。護士跟我打完招呼，便幫海倫量血壓，量體溫，換點滴，然後對我微笑。

我很想問她「我不記得什麼名字」的事……但怎麼跟她開口？怎麼打聽一個連名字都不知道的人？

護士提醒我，今晚是耶誕夜了。今天是十二月二十四日。

爺爺！

離開前，我彎下身親了海倫一下。我希望這不會是最後一次親她。反正呂西恩可以再等一等。

這時，羅曼到了，他一個人來。他看起來非常好，沒有受悲傷影響。

「我來唸書給她聽。」他邊說邊將大衣放到椅子上。

「謝謝。」

我竟然只跟他說了聲「謝謝」。我把攤在手裡的藍色筆記本闔上。

「這本是我外公外婆的故事嗎？」

「是。」

我靠近他，湊上去吻了他的唇。他放開手裡的小說，緊緊抱住我。他的雙手很冰，繞在我頸後，摸著我頭髮。我閉起雙眼，好害怕眼睛一睜開就醒了。從來沒有人這麼溫柔摸我頭髮，我能感覺他指尖在我髮上撫過。我不再是曲絲汀，我與另一個樣子的我邂逅。這個吻嚐起來，有稍縱即逝及愛情故事將要結束的苦澀味。我感到偌大的悲傷，幾乎像死亡、像生命走到盡頭的感覺。

我悄悄說了聲「耶誕快樂」，接著便走出病房。我步履蹣跚，沒有回頭。我不想知道這吻是不是真的發生過。我在走道裡迷路，頭暈了好久，直到我走出醫院大門。

59

點唱機在同一天早上送到，裡頭有十二張七十八轉的黑膠唱片，二十四顆紅色按鈕的旁邊寫著歌曲名稱。

這天來了好多人，所有客人都被點唱機的機械構造吸引。它啟動時，兩排燈一閃一閃。就是所謂的進步！只要按一至二十四中任一數字就能選歌。連克勞德和呂西恩都放下吧檯不管，跑來跟客人一起讚嘆唱盤起舞。

是呂西恩下訂點唱機的，他想給海倫一個驚喜。她看不懂標籤上用打字機打的歌曲名稱，不過她自己做了一個祕密記號在八號歌曲按鈕上，那是席尼・貝雪[65]的〈愛的小花〉。

一天內，克勞德就把一整個月的小費投光。點唱機在咖啡館引起一陣混亂卻也帶來歡樂。克勞德連客人都不招呼了，只要點唱機一安靜下來，他馬上跑去投幣孔投錢，然後盯著玻璃內的黑膠旋轉，整個人著迷似的。

接近傍晚時，波特萊爾和克勞德差點打了起來，因為波特萊爾只想聽提諾・羅西[66]的〈媽媽是世上最美的〉，而克勞德只想聽馬里亞諾[67]的〈美妙無比〉。於是，海倫便替他們兩個決定，按下了八號按鈕。

至於呂西恩，他巴不得所有人趕快離開，他才能跟海倫與點唱機獨處。自從那晚，她第一次褪去衣衫後，他每天醒來只在等一件事：回到關門休息的咖啡館，看她在燭光下裸體。因為每晚，她都會這麼做。呂西恩會看著她解下羅裳，但不會觸碰她。他們沒有跨越那條將他們倆分開的隱形線。

今晚，他將喬治．巴頌的《海倫的木鞋》翻面播放，然後邀請海倫共舞。這是從巴黎東站那天起，他第一次有計畫做一件事。先前，他開始有了期待，而現在，他開始懂得去計畫。

奇怪的是，他跟一個女人同住一個屋簷下卻沒碰過她，或是，每當有客人或有生意往來的人跟他聊起她時，他們會稱她為「您的太太」或「您的夫人」。更奇怪的是，他沒有回憶能跟她分享，或者說，他們除了現在，沒有其他共同點，然而他卻能感受她內心的感覺、知道她喜歡什麼、預見她的反應、猜到她的想法。好像他大腦的情感層，將她留在記憶裡。就好像那天，她提著藍色行李箱到布列塔尼找他時，他雖然沒認出她，但卻能背出她所有的事情。沒錯，這就是海倫，一個他背得出所有事情的人，一段他只記得韻腳的詞。

---

65 席尼．貝雪（Sidney Bechet，一八九七－一九五九）：美國爵士樂手，〈愛的小花〉（Petite Fleur）是他於一九五二年為完成的樂曲。

66 提諾．羅西（Tino Rossi，一九〇七－一九八三）：法國歌手，他詮釋的〈媽媽是世上最美的〉（Maman la plus belle du monde）翻唱自義大利同名歌曲〈La più belle del mondo〉。

67 馬里亞諾（Luis Mariano，一九一四－一九七〇）：西班牙男高音、輕歌劇歌手，他詮釋的法語版〈美妙無比〉（C'est magnifique）翻唱自一九五三年百老匯音樂劇《康康舞》（Can-Can）裡的歌曲。

這天晚上，客人們得用趕的才願意離開。就連克勞德都離不開點唱機，甚至在擦拭時，都像在擦一匹純種馬，準備隔天去參加凱旋門大賽。

現在，咖啡館終於關門休息。他們吃了晚餐，羅絲也已入睡。呂西恩按下十九號按鈕，選了重複播放，然後跟著唱。海倫第一次聽見他唱歌。雖然他都唱錯，但他仍繼續唱著。當她把燭火點燃，正準備褪下衣服時，被呂西恩拉著。今晚，他會為她褪去衣衫。但在那之前，他們要先一起跳舞。

他又投了一枚硬幣到點唱機裡：

海倫的木鞋
弄髒成泥鞋
三個大隊長
說她又醜又不和諧
海倫真可憐
天天顧影自憐
別再花時間找泉源
你要的只是水
別再找：海倫的淚漣漣

趕緊裝滿你要的水

就在點唱機抵達咖啡館的這天，他們找到彼此互通的那條線了。

60

醫院停車場空蕩蕩的。天色已入夜許久，天氣變冷了。爺爺在車上睡著。我從擋風玻璃觀察他，覺得他很帥，表情很放鬆。他在做夢嗎？我輕輕敲了車窗。他睜開眼，以他的方式對我微笑，稍微皺眉頭、噘嘴。他憂鬱的表情又回到了臉上。他把車發動，一句話也沒說。

我翻包包想找張面紙擦我的眼睛和嘴巴，為這個吻留下一點痕跡。通常，我找的東西，包包裡都不會有，不過卻正好看見那封羅絲在醫院咖啡機前交給我的信。我把信唸了出來：

一九七八年十月五日

雅德娜，

關於妳離開老路易咖啡館，把提袋留在桌子上那天的事，我已經記不得了，畢竟當時的我年紀還太小。反正，失憶就像家族遺傳一樣，其實蠻省事的。那天，我大概以為，妳把我父親、妳的提袋和我留在那裡度假吧。

我記得最清楚的是，每個星期天下午，海倫會讓咖啡館提早打烊。那是她唯一化妝的日子，而且會穿上她星期天的洋裝。我們會到河邊玩水，把麵包和水煮蛋裝進籃子裡帶去。我們倆大口吃東西，一邊看著玩水的父親恢復健康。以前，我似乎對父親身體的印象不是駝背，就是穿得一身黑。漸漸的，我發現他是個高大的男人，膚色黝黑，生來面帶微笑。

咖啡館的客人對我很好，時常送我小禮物：肥皂泡泡、彈珠或彩色蠟筆，他們也會拿糖果給我。有時候，我無意間會聽見有人在小聲討論父親「不在」時的事情，還有些人會喚海倫「老闆娘」，但我一點都不在意。我是裁縫師的繼女，我身上的洋裝跟童話故事的主角一樣美。我會穿著我的公主裝走在小鎮上，腦袋瓜一邊想像幾百種不同的生活。妳也在我想像的那些生活裡嗎？在我十歲以前，從來沒有人跟我提過妳。妳悄然無息。我還記得，父親把頂樓整理成我房間的那天，我問他：「爸爸，我們要繼續住在這裡嗎？」他面帶微笑回答我：「不然妳希望我們去哪呢？」他要我選一款壁紙，而我挑了上面有帆船圖案的。雖然酪意鎮不靠海，可是我很確定自己見過，就像一個人失聯的姊姊一樣。

我沒有妳的照片。妳像鬼魂一樣，沒有在任何地方留下畫面。我偶爾思忖著，妳是不是真的存在。

我猜，我當初喜歡海倫，就像開心自己有了繼母。直到有一天，我第一次看見父親吻了她的唇，我就開始討厭她，還為此離家出走。

從那天起，他們不會在我面前親吻。他們兩情相悅，其實我都看在眼裡，但他們並不曉得。雖然我叫她海倫，從不曾叫過她一聲母親，她仍對我視如己出。我想，她跟妳一樣，都把我當成自己的女兒，當成那個，如果父親沒被押走，她會跟他一起懷上的女兒。

第一個跟我聊起妳的人是克勞德。他是咖啡館的服務生，雖然天生行動不便，但他是我遇過最正直的人。我視他為兄長，一個永遠不會騙我的兄長。他告訴我，我父親的人生因為戰爭被分成兩段。在第二段人生裡，妳將爸爸藏了起來，藏在離第一段很遠的地方。

我不曾等過妳，也不抱任何期待。我父母付出了一切，讓我有幸福的童年，那是充滿陽光的童年，沒有任何一隅陰暗的角落要我等妳。我現在是繪圖師。在我的畫裡，背景總有一位女士，這位女士就是妳。

上週五，克勞德找到妳了，他找了好幾年，一直沒讓我知道。妳現在似乎在倫敦生活，依然是個護士。妳照顧病童時是否會想起我？妳聽病人的心跳時是否會想起呂西恩呢？我寫信來想告訴妳，他心跳在上週五停止了，就在克勞德找到妳的那一天。父親到另一個世界去了，不是海倫，也不是妳的世界。

他離開時，我也在那兒。我去陪他們幾天，順便幫忙他們招呼突然來咖啡館的一整車觀光客。當時，父親正在幫客人倒薄荷糖水，但他忽然倒下，就再也沒醒過來。剛開始，我還以為他跌倒。但海倫立刻明白，她心愛的人這一次真的走了，而妳也不會再帶他回來。那是我第二次看見她親吻他。

我失去父親那天，有人找到了妳。人生有失就有得。但我不曉得自己得到了什麼。人生好像經常就是這樣。

我知道妳永遠不會讀這封信，所以把信放在妳的提袋裡，掛在我房門上。父親一直留著提袋，直到我十八歲時，他才交給我。我一直不敢打開，因為很像去翻陌生人的袋子，也有可能因為父親與海倫把我教得太好。我將提袋留在我兒時的房間裡，因為牆上的帆船還在，或許有一天，我會搭上其中一艘帆船去找妳。

最後，我想告訴妳，妳將父親帶回海倫身邊是對的。他走得很安詳。

羅絲

我一口氣將羅絲的信讀完。

爺爺繼續開車。路程應該還有五十公里。他沒說話，也沒表示任何想法。

「爺爺，你知道後續嗎？」

「……」

「爺爺，你知道後續嗎？」

「什麼後續？」

「呂西恩死後，海倫把老路易咖啡館讓給克勞德，然後搬去巴黎生活。」

「那羅絲呢？」

我從來沒聽爺爺問過我關於別人的問題，連我小時候，他也沒問過我刷牙了沒。

「羅絲跟她兒子羅曼，曾到倫敦去找雅德娜。他們在那兒待了一陣子。」

起初，我沒看見他流淚，只在儀表板的光線下瞥見他的側臉，聽見他默默在喘息。

當我發現他其實在哭，還來不及開口，他立刻把車停在路肩，握著方向盤崩潰。他哭到抽搐，連嗚咽聲都讓我的心快碎了。

這輩子，我沒經歷過這麼難熬的時刻。我完全愣住。幾分鐘過後，或是幾小時過後，我不記得了，我才顫顫巍巍伸手搭在他的肩膀上。

他身上廉價的羊毛大衣摸起來刺刺的。自從有了曲樂和我以後，爺爺奶奶只穿廉價服飾。在他們以前的照片裡，他們看起來時髦多了。我不曉得是因為孩子的過世或是孫子的關係，才讓他們變得貧窮，但直到這一刻，我才明白他們吃了多少苦。

「爺爺，你還好嗎？」

我的聲音似乎讓他驚醒。他立刻挺直身，一邊嘀咕著：

「妳有衛生紙嗎……？」

我又翻了一次包包，說不定會有，但偏偏我不是身上會帶衛生紙的女生。我每次說要放，結果包包一打開，只有一塊乾掉的蛋糕、一些麵包屑、一條過期的護唇膏硬得像塑膠、一個空零錢包，還有一隻皮卡丘，那是曲樂小時候送我的。我的包包真是沒用。我滿心沮喪打開車裡的手套箱找，結果發現一條抹布就遞給了他，真是抱歉。他用力擤著鼻涕，然後擦他的臉。

我們還坐在車裡，在一片黑暗之中。引擎聲轟轟作響，根本不埋爺爺現在的心情。天空飄起了雨。爺爺啟動雨刷，打方向燈，然後重新出發。

接著，我們都沒說話。

當我鼓起勇氣，準備把心中盤旋的問題拋出時，車子已經又開了二十多公里。我心想，機會來了，這輩子不會再有這樣的機會：耶誕夜，他跟我單獨在車裡，聽我讀完羅絲的信，他像經歷一場暴風雨，從浩劫歸來一樣。

「爺爺，亞妮特是什麼樣的人？」

他忽然緊繃起來。這很難察覺，只有我看得出來。

他抿了嘴，宛如答案會讓他口乾舌燥一樣。

「她散發著光芒……說不定能把我照亮……她喜ㄏㄨㄤ說話簡ㄉㄤ的人。」

「那她應該很喜歡你。」

沉默了一會兒。

「她喜ㄏㄨㄤ我。」

他說這句話，很像臨終前說的最後一句話，很像他出生在世，就是為了等這一刻在車裡把話說出口，好完成他的人生目標。如果他現在死在我面前，我可是一點也不意外。

他想超過一輛卡車，但他花了十分鐘超車。老人真的是公共災害。為了轉移注意力，我接著跟他說：

「亞妮特愛著亞倫伯父，曲樂是他們愛的結晶，這很清楚啊。感覺就是這樣，看得出來，呼吸也聞得到。」

他看著我，眼神帶著笑意。我敢說他在偷笑。忽然間，我覺得自己身邊坐著一個不認識的人，好像有魔術師把我爺爺變成另一個人似的。我觀察他，感覺他一切全變了。從他說出臨終前的最後一句「她喜歡我」之後，他整個人變年輕了。如果再繼續下去，等我們到家，難不成要慶祝他變回二十歲。

「曲樂不是愛的結晶，他本身就是愛。世界ㄕㄢˋ有鍍金首飾，有ㄏㄨㄢˊ金首飾。曲樂就是ㄏㄨㄢˊ金本身。」

他語畢。換我崩潰，開始翻包包找衛生紙，說不定會有，但偏偏只翻出那一整隻褪色的皮卡丘，而我的眼淚偏偏在這個時候潰堤。

我看見一個景象。那是發生車禍以後，爺爺去了太平間，爺爺獨自一人，爺爺在確認那四具屍體。他從誰開始？其中一位兒子？其中一位媳婦？

我看見他從太平間走出來，上了他的車，然後離開。他應該是很愛我們，那天晚上才有勇氣回家。他回到家跟奶奶說了什麼？「是他們沒錯，他們四個人都死了？」為什麼奶奶沒有一起去認屍？隔天，我看見他在後院把兩棵果樹燒了。他眼眶泛著淚，而我，還只是個孩子。「妳爸媽出了車禍。」

「爺爺，我愛你。」

「希望如此。」

61

海倫朝著海鷗丟石子，她要牠快離開去找呂西恩。但是牠沒有動，因為海鷗是屬於她的，牠不會離開她。

她完成了準備給呂西恩穿去天上的衣服，那是亞麻質料的夏裝，一件是打褶褲，另一件是有口袋的短袖襯衫，口袋夠放一包藍色吉普賽香菸與他的受洗證書。她還挑了他最喜歡的鞋子和褐色皮革涼鞋。

海倫把咖啡館上鎖，然後將鑰匙交給克勞德，一邊跟他說：「我用一塊錢法朗把我們咖啡館象徵性賣你。你去代書那裡準備文件。我會簽名。反正我也看不懂文件，就讓你全權負責。」

三十年來，她第一次把存錢筒裡的錢拿出來。那是她靠縫紉攢下來的，大概有兩萬法朗。

接著，她也要開始準備。她不想穿治喪的衣服，她要用去派對的方式來紀念呂西恩。她穿上了她最美的衣服，那是一件白色雙層歐根紗洋裝，背後的小鈕扣散發著珍珠般的光澤。以前，呂西恩總會幫她扣鈕扣。星期天早上，她會裸著後背走到他面前，挽起頭髮，然後身體稍微前傾。洋裝扣子有十八顆，他每扣一顆就對她說一聲我愛妳，「我愛你。」「我愛你。」「我愛你。」直到第十八顆才停止。扣完後，他會留一個吻在她頸後。

星期天晚上，他幫她解扣子時，會從她頸後的第一顆開始，然後往下，慢慢解開直至腰際，他鼻息呼出的熱氣會不斷撫過她髮間。他每解一顆扣子，就低喃一聲「愛瘋了。」「愛瘋了。」「愛瘋了。」

今天早上，她不想請羅絲幫她扣鈕扣，便一個人把連身鏡拖到衣櫃鏡子前，好看見自己的背。她兩手往後伸，身體向前傾，手腕反轉，但她還是扣不到中間那些鈕扣。她心想，現在我只剩自己一個人了。接著，她搽了一點口紅，但沒有太紅，只是合乎她的悲傷而已。

最後，她踩上板凳，把藍色行李箱搬下來，接著便去找羅絲。羅絲已經在駕駛座等她。一個女人有汽車駕照是很了不起的事。

呂西恩雖然沒有駕照，但他還是買了一輛雪鐵龍Ami 6。每個星期天，他們仨會開車去郊遊，帶羅絲去玩。他們通常很早出門，不過為了不被警察發現，晚上時，他們會等到天黑才回家。一九七〇年初，這輛車子正式告終。呂西恩也沒有再買別輛車，他跟海倫說：「我們搭火車就好。」不過這件事，他們一直沒有機會實現。

每個星期天，咖啡館固定關門休息。

從咖啡館開往火葬場的路上，羅絲告訴她媽媽，她患的病叫失讀症，這有專門的醫生在做治療。因此，她的問題並非出在眼睛，而是大腦的某個部位，但她能重新訓練而得到改善，就像斷掉的腿能復健而重新走路那樣。

海倫心想著，她的病竟然有這麼複雜的名字，而且要痊癒，竟然還得等到呂西恩過世後才有可能。

呂西恩不會葬在酩意鎮，也不會葬在其他地方。幾年前，呂西恩在墓園裡，站在雜草叢生的波特萊爾墳前，他請海倫以後幫他火葬，讓他徜徉在永恆之中。海倫答應了他。

火葬場提供的唱片都是古典音樂。海倫多希望能放巴頌、布瑞爾[68]或費雷[69]的歌。最後，她在追思會上選了巴哈的《前奏曲》。她吻了好幾次棺木，不是為了隔著木頭吻他，而是想確認他是不是還有動靜，是不是在呼喚她，因為這一次，沒有雅德娜，也沒有其他人會再帶他回來了。

兩名穿深色西裝的男子抬起棺木。棺木裡，有穿夏裝的呂西恩，還有西蒙的帽子與小提琴。之前，西蒙沒能舉辦葬禮，而呂西恩又曾在雅德娜的生命裡或多或少當過西蒙，所以她心想，那正好。

這天，羅絲不是叫她海倫，而是輕輕喚了她一聲媽，然後一隻手邊摸著她的頭髮。

海倫在火葬場院子裡等待。院子很淒涼，裡頭的黃楊修剪得不好，而且有多處泛黃，彷彿大地盡力維持低調，不讓未亡人因美麗花朵而觸景傷情。羅絲也在那裡，她長得比海倫還要高了。有時候，海倫會思忖，為什麼她長得這麼高，隨後，她才想起她不是她親生的。

「我不意外我不孕，」海倫看完醫生回來對呂西恩說。他們試過幾百次想生第二個小孩，「一個眼睛不識字的女人，肚子不可能有小孩。在人的身體裡，肚子和腦是一起運作的。如果我的肚子跟眼睛一樣，那一定也會有問題。」呂西恩沒有回答，因為海倫一旦認定，就不會改變心意。而他又不可能教海倫的肚子學點字，讓肚子懷上孩子。

其中一位穿深色西裝的男子將呂西恩的骨灰罈交給海倫。她道謝後，將骨灰罈放進藍色行李箱闔上。羅絲沒作聲，也沒問，她只是靜靜看著海倫將父親收進行李箱，然後她心想，該上路帶海倫回酩意鎮了。海倫拒絕，她說她要跟呂西恩去旅行，還說老路易咖啡館從今以後就是克勞德的了。

我在藍色筆記本上睡著了，手裡還握著筆。曲樂剛從「天堂」回來，全身酒味、菸味，整個倒在我旁邊。我躺在床上幾乎被彈了起來。

「靠，曲樂，你很煩吶！」

我剛才在做夢，我夢見自己走在海倫的海灘上。她已經不在那兒。我遇見了羅曼，他穿著白色長袍告訴我，呂西恩已經來接走海倫了。一隻海鷗在我們的頭上盤旋。羅曼把我摟在他懷裡，正準備要親我……

曲樂放了個禮物在我肚子上。

「剛在『天堂』，有個男的要我拿給妳的禮物。」

68 賈克．布瑞爾（Jacques Brel，一九二九－一九七八）：比利時歌手、作曲家、演員與導演。

69 里歐．費雷（Léo Ferré，一九一六－一九九三）：摩納哥詩人、歌手與作曲家。

「誰？」

「妳男人啊。」

「我又沒有男人。」

「呃……有啦，妳男人不就那個醫生。」

「你怎麼知道他是醫生？」

「呃——他說的啊。」

「難道你跳舞時，他就直接來跟你說，『嗨，我是醫生。』嗎？」

「沒有啦，他在停車場等妳。」

「他在等我？」

「是他載我回來的。我實在醉到不行，但我一看就知道。伊喜歡妳唷。」

曲樂又冒出一串嘰哩咕嚕後，便倒頭呼呼大睡。我努力搖醒他，但怎麼都叫不醒。

我掂了掂禮物，輕輕把包裝紙撕開。包裝好美，看起來像絲絨做的。裡頭是一只方形的首飾盒，很明顯比戒指盒還大，約莫三十公分。我把盒子打開，發現裡面放了一隻白金做的小海鷗，上頭還掛著項鍊。

從來沒有人送過我這麼美的禮物。「我不記得什麼名字」問過我許多問題，他知道我許多事。我光著腳，三步併兩步跑下樓。我要把手機找出來打電話給他，謝謝他，了解他。這次，換我很著急想問他問題。

飯廳裡，時針指著七點鐘。爺爺奶奶還在睡。我很少見他們在這個時間還沒起床。不過，昨天晚上是耶誕夜，他們直到凌晨才睡下。餐桌上收拾得乾乾淨淨。廚房裡打掃得整整齊齊。奶奶絕不可能先去睡，然後說我明天再收這種話。這輩子，我第一次發現原來可以明天再收，那是在喬兒家。那一年，我十九歲。

一如往常，我們四個會一起過耶誕夜，從來也沒有朋友來過。想必是因為爺爺奶奶的哀傷，還有他們身上的悲味所致。我呢，想必是因為沒有女生想跟老氣的人來往，而且她還對弟弟放心不下。

曲樂和奶奶在人造小耶誕樹前等我們。每年，我們都從地下室把這棵耶誕樹再拿出來用。幾年過後，我們連樹上的裝飾品也懶得拆了，就直接用沒下過海的漁網把耶誕樹捆起來，然後收回層架上。之後，爺爺固定把它從地下室拿出來，在十二月二十二日早上拆開。有時候，我們換掉老舊的彩帶。奶奶會用海綿清洗玻璃球，拿小刷子撣去塑膠樹枝的灰塵，並往整棵樹上噴除臭劑。電影裡看到的神奇耶誕節，絕不可能在我家出現。

我們從醫院回到家時，奶奶正在看綜藝節目，裡頭的來賓全扮成了耶誕老人的樣子，曲樂則在旁邊滑自己的手機。奶奶一眼就發現爺爺跟平常不同，整個人看起來心慌意亂。她應該心裡在想，或許他是為了海倫和我，整個下午待在醫院裡，又勾起了不好的回憶吧。

家裡很熱，熱到連奶奶端出來的麵包片料理都快融化。暖氣被開到最強，就像氣泡酒快要冒出來，得趕緊大口喝掉。曲樂說，我看起來很奇怪。我說，哪有。其實，我心裡在想，從今以後，我應該都會看起來很奇怪。我曉得了太多大家不知道的事，有種回到未來的感覺。幸好曲樂長得像亞妮特，而亞妮特長得像馬格努斯。一定是他們長得像才救了曲樂，讓他避免去追究錯誤的問題，或是對的問題。也幸好爸爸與亞倫伯父只是彼此相像，沒有再遺傳給別人。最可憐的是奶奶，她一直期待我們長得像她的兩個兒子，特別是曲樂。不過現在，我終於明白原因。

媽媽曉得這個祕密嗎？亞妮特會告訴她嗎？如果亞妮特沒死，事情會變得如何？這幾週好不容易找到了答案，卻又冒出其他問題。真是沒完沒了。

奶奶好像有讀心術，她送我法雅客禮券當作耶誕禮物。她也送同樣的東西給曲樂，而送家樂福禮券給爺爺。自從奶奶發現禮券這種東西後，她高興極了。這個二十一世紀的發明應該有加速改善了她的毛病。

我又喝了一杯氣泡酒，感覺開始微醺。但我覺得很放鬆，甚至一聽到曲樂開口講低能的笑話，我就忍不住咯咯大笑。接著，我們又吃了熱食，雖然盤子裡有些原本應該是冷食……

我翻遍櫥櫃裡所有抽屜，最後發現我的手機被奶奶放在說明書上，那是一本一九七五年的中文或日文說明書。為什麼爺爺奶奶都無法把東西「真的」丟掉？

我關上抽屜。雙胞胎兄弟的結婚照就貼在抽屜上方。爺爺每次經過時，他有什麼感覺？他會經過這裡嗎，還是會避開從廚房繞過？

我利用手機充電的時間去洗澡。正好現在，沒有人會跟我搶。我們家有兩間浴室，呃，浴室是比較豪華的說法。一間在一樓的洗衣房裡，是個老舊的淋浴間；另一間在樓上，是個浴室。如果很不幸，樓下有人在用熱水，而樓上同時有人在洗澡，那麼水量就只會剩下涓涓細流可以用。

我洗完澡，把衣服穿上，然後聽我的手機留言。「我不記得什麼名字」沒有騙我，他留了四十通留言，也沒留下他的名字。但這一次，我很確定他是故意的。

每天，「我不記得什麼名字」會打電話給我，一天打好幾通。他的留言很好笑。有時候，他會唱歌；有時候，他只是為了跟我說，他在喝咖啡、天空下起雨了、天氣變冷了、他今天穿我最討厭的紅色套頭毛衣、他經過花店時想起了我、他有個弟弟，改天想介紹我認識、他今天值班、如果我著涼，他會過來照顧我。

三個小時前，他留下最後一通留言：

「曲絲汀，我剛值完夜班，準備要去『天堂』。馬的……我今天晚上好想躺在妳懷裡呀……好啦……耶誕快樂。」

62

這是海倫第一次到巴黎。

拉雪茲神父公墓的火葬場前，海倫準備上計程車之前，她親了一下羅絲，把一封信交給她並告訴她，如果她要去倫敦看雅德娜，請順便拿給她。她遞出信封時說，這是當天早上她唸給克勞德聽，由他代筆寫的。

裡面是一張白紙，完好如初，也許雅德娜幾週後收到就會發現了。羅絲沒說什麼，只是把信收下。

海倫仔細想過，克勞德在呂西恩走的那天找到了雅德娜在倫敦的蹤影，這一定不是巧合。看來，羅絲有必要到那裡跟她見面。她的信會指引她方向。

海倫對計程車司機說：

「先生，請到機場。」

「哪個機場？」司機問。

「有飛機能去炎熱、靠海國家的機場。」

從火葬場前往機場的路上，海倫把藍色行李箱與存錢筒放在腿上，一邊唱著呂西恩最愛的歌：

海倫的木鞋
弄髒成泥鞋
三個大隊長
說她又醜又不和諧
海倫真可憐
天天顧影自憐
別再花時間找泉源
你要的只是水
別再找：海倫的淚漣漣
趕緊裝滿你要的水

「您唱得真好。」

天空很低，灰濛濛的。秋天來了，呂西恩走了。太陽只會繼續為別人升起，海倫心裡是這麼想的。

司機問她是哪裡人。

「酩意鎮。」海倫回答。

「那在哪裡？」

「在法國的中部。」

「那裡的人吃得很好，不是嗎？」

「要看是誰做的菜。」

快到機場時，司機把廣播音量調大。他驚呼道：

「天吶，布瑞爾死了！」

呂西恩很喜歡布瑞爾。海倫心想，他們幾乎是同時間走的，所以很有可能會在天上碰面。他們到天堂門口時，應該會排在同一列等候隊伍裡頭。

最近這幾年，呂西恩把某些咖啡館的客人搞得頭很暈。他們不是因為喝吧檯的酒才暈的，而是被呂西恩用點唱機播的音樂弄得很暈，尤其是布瑞爾的歌曲：〈費南爾〉、〈芙烈達〉、〈瑪德蓮〉、〈凡妮特〉[70]。點唱機裡有一百張四十五轉的唱片，其中十五張是布瑞爾的專輯。

呂西恩跟她說：「我的寶貝，如果沒有他，這些名字該如何是好？沒有人能像布瑞爾把這些名字唱得這麼好。」。

他叫她我的寶貝，她喚他呂呂。

一九五四年的某天早上，當她正在用縫紉機縫東西時，呂西恩趁著服務客人的空檔到工作室看她。她抬頭對他說：「我愛你。」「我知道。我失去記憶，但沒有忘記妳的愛。」他回答道。

遠處有班機起飛與降落。

海倫請計程車司機等她，不會太久。

「您要去找人嗎？」

「不是，我陪我先生。您可以等我一下嗎？」

她從存錢筒拿出一張一百法朗。司機跟她說，給這個價錢，若要他等到下一次大選都沒問題。

「噢，我不懂政治。我只會倒茴香酒和做洋裝。」

「那您做的洋裝一定很美。」他回答道，一邊覬覦著那張鈔票。

她走下計程車，手拎著藍色行李箱，把存錢筒抱在懷裡。她盯著大看板上的航班資訊、目的地，以及那些遙遠的首都名稱，那是她可能一輩子也去不了的地方。不過，文字在她眼裡卻全混成了一團，也被她唸成聞所未聞的城市。

呂西恩跟她解釋過什麼是時差。他說，當他們就寢時，地球另一端的人正要起床。他還跟她說，在撒哈拉沙漠，天上的星星比地上的沙粒還多。為此，她深愛著他，因為所有事情都是他教會她的。如果她沒有遇見他，她就只是一個在裁縫室裡，什麼都不懂的小女孩。

70 賈克．布瑞爾（Jacques Brel）的歌曲原文為：〈費南爾〉（Fernand）、〈芙烈達〉（Frida）、〈瑪德蓮〉（Madeleine）、〈凡妮特〉（La Fanette）。

她問了一位旅客，有沒有看見下一班飛機的時間，是準備飛往炎熱、靠海的國家？她藉口說自己忘了帶眼鏡。

呂西恩申請護照從未成功過，他在法國行政機構眼中就像無國籍人士。對法國政府而言，呂西恩・貝涵早在送往布亨瓦德集中營後遭到處決。他回到酩意鎮時，一切已經太遲，來不及取消他的死亡證明。不過，他隨時會把受洗證書放在口袋裡。對海倫而言，這等同能通行各國的護照。

呂西恩死過兩次。而第二次，他決定獨自離開。當時，他正在準備薄荷糖水，那是要給一位只比吧檯高一點點的小男孩。他才剛倒完薄荷糖漿，連冰塊都還沒來得及放，他的心跳就停止了。

她隨機買了一張機票，把海倫・希爾的身分證拿出來。遞給地勤小姐前，她瞧了一眼身分證上的照片，一邊納悶著，羅絲長得跟自己真像。呂西恩應該是愛著她，才能跟另一個女人生出長得跟她很像的女兒。

「您需要買回程嗎？」

「不用，謝謝。」

隨後，海倫把藍色行李箱放到行李輸送帶上。

「您只有一件行李嗎？」

「對。」

「祝您旅途愉快。」

「謝謝。」

海倫目送藍色行李箱消失在幽暗的過道裡。

當她再回到計程車上時，司機問她怎麼沒見到她先生。她回答道，他去環遊世界了。

「您怎麼沒跟他去？」

「我之後再跟他會合。」

63

昨晚，羅絲打電話到「繡球花」，她說海倫還是暫時穩定的狀態。我卻把「暫時穩定」聽成「海水浴場」。

我回到家時，客廳正響起「午夜經典電影」的片頭音樂。我趕緊過去看，我從來沒有見過這麼美的片頭，演員們的臉在黑白影像裡輪番出現、消失。

我到爺爺對面的沙發坐下，但他幾乎沒注意到我。當我見到片頭字幕出現《小鎮姑娘[71]》主演是珍妮・蓋諾時，我大叫了一聲。爺爺抬起頭看我。

「怎麼回事？」

「沒事。我只是很常見到珍妮・蓋諾。」

他看了我幾眼，又重新回到他的黑白電影世界去。半個小時過後，他睡著了。我想，他看老電影是為了做夢，在夢裡到他想要去的地方。

我的目光離不開電視，我一邊想，海倫與呂西恩有沒有在電影院看過珍妮・蓋諾演的影片。

我沒睡好。我曉得不久後電話會響起，有人會打電話來說，海倫死了。

在法國，這個字很難被接受，尤其在「繡球花」，我們更不能提這個字。房客一提到死，都會用揶揄的方式帶過：翹辮子、玩完了、掛了、回老家去、嗝屁、去領便當了、去蘇州賣鴨蛋。不過，護理人員會用比較莊重的字眼來說：消失、離開、殞落、去世、安詳睡去。

依照海倫的習慣，她做事情向來不疾不徐，也從來不喜歡被人家注意。她應該不會很唐突的死掉，應該會墊著腳尖，悄然無聲離去。

奶奶已經在廚房裡拿好燙髮用具等我，而爺爺剛才出門去老布斯特雜貨店買濾紙。盒子裡的咖啡濾紙快用完了，偏偏爺爺受不了家裡有東西即將用罄。可想而知，我們家裡什麼都有備份：咖啡、糖、沙拉油、醋、芥末、鹽、肥皂、牙膏、洗髮精、火柴、奶油、麵粉，全都是兩份，從來不會不夠。真是有強迫症。

幫奶奶上髮捲時，她注意到了我的墜子。她跟我說很美，還問我誰送的。

「我不記得什麼名字。」

「妳不會動腦想嗎。」她說。

她的反應讓我笑了一下。我用扁梳將她細軟的頭髮分流，然後繞上彩色髮捲。可是我心不在焉，一心想著自己沒有打電給「我不記得什麼名字」，跟他說謝謝。我聽完他的留言，有按「2」回撥，但是電話響兩聲，就馬上掛斷了。我實在畏懼去討好誰，而且如果我打電話給他，不也就

71《小鎮姑娘》（Small Town Girl）：美國電影導演威廉．惠曼（William A. Wellman）執導的黑白電影，於一九三六年上映。

讓有些事名正言順了。

突然，奶奶讓我回過神。「突然」還只是客氣的說法。

「我昨天整理妳房間時，發現了妳去斯德哥爾摩的機票。」

我感覺滿臉漲紅，手心在流汗。我努力把她的頭髮繞上髮捲。早知道，我一回到家，就該把那該死的機票丟進壁爐裡燒掉。可是，我明明在房間裡藏得很好。她和她的打掃的習慣，真的是不願放過任何的祕密空間與隱私代碼。

「我把它丟了。妳沒有要留吧。」

「沒有。」

「如果被曲樂看到，妳能想像嗎？」

「嗯。」

「妳見到他們了？」

「嗯。」

「兩個都見到了？」

「嗯。」

沉默了一會兒。

「妳捲太緊了。」

「抱歉。」

又沉默了一會兒，而且是很長一會兒，連髮捲都上完了。我拿髮網包住她頭髮時，一個髮捲不小心掉到一塵不染的磁磚上。我撿起髮捲，把最後一撮頭髮再繞上，然後去拿烘罩。通常，她會邊烘邊打盹。但今天早上，我覺得烘罩的溫度應該無法讓她入睡。我感到她不斷在觀察我，應該是想知道馬格努斯和愛妲跟我說了什麼關於亞妮特和曲樂的事。我感覺到她的眼神直盯著我不放。

我什麼都不能說，畢竟我不曉得她是否知情，也不曉得她知道什麼。

是的，經過我們家的小房子，如果光看院子裡她的菜園、雜物間和水泥圍牆，有誰想得到，她可憐的腦裡竟然封存了一些祕密？

我調整好烘罩的溫度與時間，準備烘二十五分鐘，能暫時鬆一口氣。我有二十五分鐘的時間去編一則美麗的謊言，但我卻沒有靈感。就在我喝第三杯咖啡的時候，計時器鈴響，烘罩的時間結束。我嚇了一跳，她果然沒有睡著。若按照往例，我打開烘罩時，她都還在輕聲打呼，頭向前傾，而且嘴巴會微微張開。可是現在，她用懷疑的眼神直盯著我。我拿起髮網，把髮捲一個個拆掉，然後盡量不發出任何聲音地去拿鬃毛梳。但她沒有要放過我：

「曲樂長得很像馬格努斯，妳不覺得嗎？」

「嗯，長得一模一樣⋯⋯我是去看看他們，讓他們安心，跟他們說，曲樂和我們住在一起很開心。也說他快考高中會考了，明年準備要搬去巴黎。」

我曉得她一定覺得我在撒謊，所以我又加油添醋一番：

「曲樂跟我說，他想念建築學校，學費很貴，所以我去跟他們要錢。」

奶奶臉色不變，瞬間轉紅。

「妳去瑞典跟人家伸手要錢！」

「我沒有伸手要錢，我只是在保護曲樂，沒別的意思。」

爺爺走進廚房，跟平常一樣安靜。我拜託奶奶別說了，她也是要我住嘴。這一次，她相信我了。我看她的臉就知道，就算把全世界的咖啡濾紙都拿來，也擋不住她譴責我的眼神。我只希望她別跑去自殺就好。

爺爺看了我們一眼，嗅了嗅，把咖啡濾紙收好，然後打開水龍頭倒水喝。

「我跟你講過幾百次，不要喝水龍頭的水，水裡很髒。」奶奶對他吼道。

爺爺看著她，準備開口說話，但又忍了下來。他究竟吞了多少話？接著便轉頭離開廚房。為了不讓奶奶繼續跟我搭話，我也學爺爺，跟她說我上班快遲到了，趕緊溜走。

其實，我提早了將近一個小時出門。我先到墓園來，站在我兒時常來的墓碑前。我想我不會再來了，我想曲樂說得對，這裡已經沒有我的事了。

手機在我口袋裡震動。我猜是「我不記得什麼名字」打來的。我實在很不貼心，連他送我墜子的事，都沒有跟他好好道謝。我這個人，沒興趣去談可能發生的感情，只會對不可能發生的事情感興趣。

我決定接起電話，因為在這一刻，在二十一歲這一刻，在我爸媽墳前的這一刻，我總算允許自己跟一個三十歲不到的人類，談談「幸福」的可能。不過手機顯示的不是「我不記得什麼名字」的電話，而是家裡的電話。

「喂？」

「是我。」

「奶奶？」

64

一九九六年十月五日至六日，凌晨。

歐珍妮夜裡醒來，口乾舌燥，她昨天晚上下手太重，加了兩次鹽巴進去庫斯庫斯。昨天，她因為洗衣機壞掉，整個人被打亂。她得硬把洗衣機門蓋扳開——水流得滿地都是，然後在桶子裡把一件一件衣服擰乾。維修人員也修不好。洗衣機就是壞了。正因為這些煩惱，害她在庫斯庫斯的湯裡放了太多的鹽巴。這十五年來，她可是從來沒有發生過這樣的事。

通常，她不會在夜裡醒來。但自從雙胞胎會在週末帶孫子回家，她就被曲樂的哭聲吵醒過兩次，兩次都是因為他找不到奶嘴。她不喜歡給嬰兒吸奶嘴，她以前也沒讓自己的兒子們吸過。克里斯都吸吮大拇指，而亞倫都咬絨毛兔子的耳朵。在亞倫年滿三歲的那天，她讓絨毛兔子從世界上消失。亞倫四處在找的時候，她跟他說，兔兔回森林去找牠媽媽了。歐珍妮覺得，絨毛兔子很臭，雖然她很常洗，不過是時候該讓他習慣一個人睡覺了。她拿塑膠袋把絨毛兔子裝起來，然後，在某天晚上上樓就寢前，拿到附近的垃圾桶丟掉。夜裡，她差一點要起床再去把牠找回來，但阿孟的手忽然伸過來挑逗她左乳頭，這表示她得先完成夫妻間的義務。之後，她睡著了，頸後有阿孟的氣息呼著，直到清晨五點，她被垃圾車的聲音吵醒。太遲了，兔兔已經被載走了。

時間過得好快。小孩剛出生的那幾年，她實在吃不消。一個小孩剛睡著，另一個就醒了要喝奶。她每天還得趕去買菜、洗衣服、煮飯和打掃。小孩感冒一次就是兩個，兩個還隔幾天發病：一個開始長水痘，過兩天，又換另一個。直到那幾個夏日的星期天，她才明白原來這就是幸福。兩個孩子長得很快，就像院子裡的兩顆果樹一樣，那是阿孟在他們出生那天種下的。

她為了孩子，付出各種他們需要的關注與照顧，唯獨缺少了溫柔。她從來沒學過如何變得溫柔：吻頰、擁抱、甜言蜜語，也不曉得親密舉動怎麼做。她不懂如何去愛，或如何在行為裡加上愛，像煮菜加鹽那樣……偶爾又加太多。

其實，每天傍晚放學，他們回到家，肚子餓得咕嚕叫時，她多麼想抱緊他們，直到他們喘不過氣來，或多麼想把他們吞掉，但她沒有這麼做過。她只是克盡母職，讓他們吃飽穿暖，藉此掩飾身為母親的冷淡。而她，是農家出身的女孩，是家裡七個小孩的長女，也是父親口中「家裡唯一的男丁」。她像隻駝獸一樣什麼都會：煮飯、打掃，還有照顧弟弟妹妹、機械設備與家畜。她什麼事情都會，除了親吻以外。

她一直都無法真心喜歡她兩個兒子，對待他們總是冷淡。但看著孫子出世，她竟然有種見到情人的感覺，好像被人施了魔法一樣。而且，她差一點就要伸手撫摸他們。

她沒聽到他的呼吸聲，伸手摸了摸阿孟的枕頭，是冰的。黑暗中，她睜開雙眼，接著把床頭燈捻亮，瞇起眼睛。鬧鐘時針指著一點鐘。

她把襪子套上，她討厭光著腳走路，然後下樓到廚房喝水。她喝的不是水龍頭水，因為她討厭水裡的氯味。她都是打開礦泉水，取水杯來倒，從來不整罐拿起來喝。而且她是那種，在外面吃飯時，會用手背去擦杯子的人。她一年一度去參加阿孟工廠舉辦的年終聚會時，都是這麼做。

離開廚房前，她瞄了洗衣機一眼，眼神裡帶著責難。

她跟阿孟是在舞會上相遇的。是他來邀請她跳舞。他走向她時，她還以為他認錯人，心想，這男的應該不是想摟著她跳舞。她當時穿的洋裝，是她父親在她二十歲時送給她的第一套洋裝，一件布滿白點的紅色洋裝。在她生命中，女人味是相當陌生的，是她一輩子不可能有的東西。她試著化過幾次妝，但她的皮膚上不了任何顏色，只讓彩妝變成三流貨色。一直以來，她都明白自己配不上阿孟，在任何方面都配不上。他長得那麼帥，但她卻很普通；他那麼聰明，她卻很木訥；他不碰什麼ＤＩＹ，而她什麼都會修；他不平易近人，她反而唯命是從。不過，她後來明白為什麼他在舞會裡選中她，因為她是那種不過問男人事情的女人，只會默默跟在後面，不會去煩男人。

他們結婚那天，她驕傲地挽著他的手，甚至有點懊悔自己沒什麼女生朋友能讓她們嫉妒。但她的新婚夜卻很粗暴，她完全沒有準備，什麼都不曉得。她只見過動物交配，但不曉得會痛。她媽媽什麼也沒告訴她，只說過，當一位好妻子就要滿足丈夫所有需求。那天晚上，阿孟撕裂了她的下體，而且，每天晚上還繼續對她做同樣的事，直到她的私密處、大腿肌肉與肚子漸漸習慣，不再讓她感到疼痛。

她再度想起這一句話：「貌美不足以相伴一生。」

她分娩雙胞胎的過程非常痛苦，痛到她發誓，絕對不要再有第二次。爾後，她沒有再懷過身孕。事實上，她沒想過要當一位母親。

後來，透過電視與女性雜誌，她才曉得原來做愛能達到高潮。她一直告訴自己，這種事是留給那些漂亮女生的。直到她讀過《O孃的故事[72]》，那是鄰居摻在其他小說裡借她的，她才發現什麼是自慰。最後，她才喜歡在夜裡挨著她的丈夫，她的老爺。

她唯一的朋友是法蒂哈，是她去鎮上醫生家裡工作認識的，當時雙胞胎都已經是青少年。法蒂哈負責煮飯、洗衣及熨燙，她住在醫生家裡，房間就在診療室上方。法蒂哈不只教會她做海鮮庫斯庫斯，也讓她學會放聲大笑。她會一邊品嚐羚羊角[73]，一邊聽著法蒂哈講她從阿爾及利亞帶回來的故事。在歐珍妮的記憶裡，那些日子是如此遙遠，但她這一輩子最美好的時光，就是她在醫生家幫忙家務的那三年。尤其每天早上，她會坐在桌邊喝茶，一邊聽法蒂哈聊著男人、女人及「那裡」的生活，一邊看她模仿肚皮舞。她跟法蒂哈會有女人之間的對話，那是她在學校從來沒有跟其他女生聊過的，因為她的行為被同學視為男人婆。只有法蒂哈會跟她聊愛情、性、恐懼、

72 《O孃的故事》（Histoire d'O）：法國女作家安娜．德克洛（Anne Desclos）以筆名波琳．雷亞吉（Pauline Réage）撰寫的小說，於一九五四年出版。

73 羚羊角（Corne de gazelle）：摩洛哥甜點，彎月狀外形，內餡由杏仁膏、肉桂、橙花水製成。

避孕、感覺與自由，毫無任何禁忌。

可惜，醫生熱愛陽光勝於一切，後來便搬到法國南部去住，把法蒂哈也帶去了。歐珍妮很想跟他們走。雖然醫生有答應，她也去跟阿孟討論，但是阿孟卻訕笑她：「到了那裡，我們就靠妳ㄅㄢ傭的薪水過活嗎？」自從醫生和她唯一的朋友離開，有很長一段時間，她深感絕望與孤單。在那之後，她沒有再找到其他工作。紡織廠也已經很久都不再聘雇人，箇中原因，只要瞧一眼所有衣服背後「Made in Taiwan」的標籤就能明白。

每年，法蒂哈在過年時會打電話給她。「妮妮，新年快樂！」每次聽到，她都會高興回應法蒂哈。直到她的孫子們出生時，對她來說，每個早晨、每一天、每一週、每個月及每年之間就像兩滴水，已毫無區別。一天過一天，唯一改變的，只是她身上的衣服。

她走上樓梯時，差一點滑倒。她在木地板上了太多蠟。連阿孟都說地板滑得像溜冰場一樣。她聽見亞倫及亞妮特的房間傳來聲音。她心想，也許是亞妮特醒來照顧曲樂。那該死的奶嘴。當她推開她房門時，她嚇了一大跳：亞倫正坐在床上，呆若木雞。她上一次在她房裡見到他這樣，大概是他十二或十三歲的時候。當時他得了腮腺炎，痛到險些喪命，一直哭個不停，而且還高燒不退。她卻又找不到溫柔的方法來安慰他。

「老大，你怎麼了？發生什麼事了？」

亞倫沒作聲，整個人眼神渙散，怔怔盯著對面的牆，牆上掛著幾幅全家福相片。

她把壁燈捻亮，問他想不想喝點東西。他臉色蒼白如紙，坐在床邊卻像在懸崖邊。她從來沒見過自己兒子這副模樣。兩兄弟裡，亞倫最開朗、熱情，話也最多。亞倫是她的寶貝，像她的太陽一樣，一回家就會摟著她跳舞。至於阿孟，他向來偏愛克里斯，因為他比較內斂、安靜，沒那麼健談。亞倫是哥哥。阿孟都說，他很懂得找克里斯一起商量兩人要衝刺的目標。

歐珍妮靠近他，先摸他額頭，再摸他的手，發現他雙手冰冷。她便把披肩蓋在他肩上。這景象真逗趣。她的大男孩亞倫穿了一件寫著「涅槃」的T恤，文字上方有張金髮少年的相片，搭上他的條紋內褲和肩膀上的紅色花紋披肩，看起來彷彿神智不清，像見到鬼似的。然後，他像機器人一樣站了起來。關門前，他轉頭向她，低聲問道：

「媽，妳什麼都沒看見嗎？」

她不懂，看見什麼？

她跟著他到走廊上，看他走進房間把門關上。她兀自站著，望著關上的門。她不敢敲門，也不敢進去。曲樂和亞妮特在裡頭睡覺，可別把他們吵醒了。

阿孟在哪？他被失眠困擾，應該是出去走走，但他最近愈來愈嚴重。他變了，變得會失眠、變得很憂鬱。

她躺回床上，但她卻睡不著。她又想起兒子坐在床上，眼神渙散的樣子。昨天晚上，他明明看起來很好，逗得大家哈哈大笑，還抱著曲樂在他膝上跳來跳去。他工作上有困擾嗎？或是，他後悔要去瑞典生活，不想把唱片行一半讓給弟弟？或是，他第一次跟弟弟分開而感到焦慮？

媽，妳什麼都沒看見嗎？

沒看見。她沒事不會自尋煩惱，也不會去思考。可是，若工作或搬家上有困擾，也不會是這個表情。他應該是看到不該看的東西。

媽，妳什麼都沒看見嗎？

阿孟回房間時，已經是凌晨四點。從一點到四點，他在做什麼？她閉著眼不動，屏住呼吸。他在她身邊躺下，全身發燙。他不是從外面回來的。

「你剛才去哪？」

阿孟沒作聲，繼續背對著她。她把床頭燈捻亮，然後看著他。他穿著襯衫而不是睡衣，那是他會在星期天穿的襯衫，挺拔帥氣。大半夜的，他穿成這樣做什麼？阿孟沒有動靜，一句話也沒說。她習慣了他的沉默，因為那一直以來都表示：我很優越。

事實上，他只正眼看過她一次，就是舞會那天，他選中她的那天。一直以來，她只是他的內人，不能給外人看的內人。阿孟從來不必為襪子破洞煩惱，他的衣服永遠燙得平整，摺好收在衣櫃裡。下班回家後，家裡總是有條不紊，還有滿桌菜餚。他從來不曾向她道謝，也不曾好好跟她說話，唯獨幾次卻也是在批評那些政治人物、體育記者、歌手或電視主持人。他總是裝作兩個人沒有住在一起的樣子，過他自己的生活。但是她，有多麼想克服一切，進到他的生活裡。

她仔細端詳他精實的背，做了一件她從來沒做過的事。她倏地把被子扯掉，看見他穿著三角褲，並不是穿睡衣長褲。他轉過身來，雙眼充滿了憤怒與羞辱。雖然他沒有動手打過她，但她對他的深不可測仍感到害怕。

他襯衫領口敞開。她盯著他健碩的胸膛。以前，他們總是在黑暗中做愛，她只能透過觸覺與嗅覺來感受他的身體。做愛。他剛才做過愛，身上還沾染溫存後的味道。他的臉與頭髮，雙手與眼神全散發女人私處的味道。可是，他並沒有出門，也沒有離開家裡。她驚愕地盯著他。

媽，妳什麼都沒看見嗎？

65

我到「繡球花」時，喬兒還在。她正準備要走。剛值完夜班，她滿臉倦容。她一見到我便跟我提海倫的事，跟我說她的東西已經被收拾完了，另一位房客會在下午兩點鐘住進海倫的十九號房。我要求看看她的私人物品。她的東西全被收進紙箱，暫時放在勒卡繆女士的辦公室裡。她女兒今天下午會來拿。

「那妳呢，有什麼消息？」喬兒問我。

「我昨天去了一趟醫院。她還是昏迷中。我想她身體撐不下去了。」

「曲絲汀，她九十六歲了，別指望有奇蹟發生。」

「年紀好煩！海倫的年紀不會變了，跟她在教堂遇見呂西恩那天一樣。」

喬兒問我還好嗎，她說我臉色很差。我回答她沒事，告訴她只是我奶奶剛才跟我講了一個小時的電話，還說，我奶奶傾吐了一些事情，她以前從來不曾對我談起過她的人生，連睡覺前也不會對我講白雪公主的故事，讓我蠻震驚的。

喬兒問我，要不要和她去喝杯咖啡、吐苦水。我很想告訴她，這次不是雞毛蒜皮的小事，可能比房客看的電視連續劇還荒謬。但我沒有說，忍了下來，只是問她，她如何能夠一輩子愛著派崔克。她回答我，她什麼也沒做，只是很幸運罷了。

去更衣室前，我上到頂樓。海鷗果然離開了。我第一次興起離開的念頭，想要辭掉工作，離開家裡，從現在的生活中走出來，去看看別的世界。

下樓時，我經過保羅先生房間，發現他房門微微開著。烏鴉嘴已經好幾個月沒有打電話給那些「被遺忘的人」的家屬。

我瞥見房裡有個身影，彎著腰，在他耳邊說話。我見到這位訪客很溫柔握著保羅先生的手，便悄悄把門闔上。

我準備去更衣室換工作袍，在做手部消毒時，正好遇上瑪莉亞。

「妳跨年要做什麼？」她問我。

「什麼跨年？」

「嘿，曲絲汀，醒醒啊。明天晚上，就換新的一年了。」

我才不在乎跨年，而且對於明年，我一點感覺也沒有。

「瑪莉亞，保羅先生房裡有個人。妳認識嗎？」

「那是他孫子，他很常來啊。」

「是喔？沒見過。我以為都沒有人來探望保羅先生……」

「我倒是蠻常見到他的。通常，他早上很早就來了。」

「是喔，我第一次見到。」

我走進護理室。準備護理車的東西時，我想起羅曼，想起悲傷的愛情故事、想起失去的愛情故事，想起不存在的愛情故事。我準備好面對第一條走道、第一扇門、第一個房間、第一聲早安、第一道疼痛、第一群失憶者、第一波挨罵、第一次的故事、第一組保潔墊時，我好希望死的是我，不是海倫。但我曉得，她會比我先走，早我好幾步離開。

66

呂西恩與海倫為自己訂了互許終身的紀念日。那是一年的第一天，是信守承諾的日子。十二月三十一日，中午時，他們會關上咖啡館，然後出發去度蜜月。

唯獨這一天，呂西恩會到海倫房裡睡。雖然有了點唱機，而且羅絲也已經不住在家裡，他們仍是分房睡。

海倫的房間四十年如一日。一張放在白色鍛鐵床架上的床、一只梳妝檯、一組衣櫃、一面全身鏡。房間牆壁漆成了淡藍色，兩扇窗上掛著緞帶紗簾，其中一扇窗朝向咖啡館後院，另一扇面對教堂廣場。

隨著羅絲逐漸長大，家裡也多了許多新的合照，而相片裡的場景永遠煥然一新。呂西恩每隔十年，總會為牆面重新漆上一樣的顏色。

十二月三十一日下午一點，呂西恩把藍色行李箱放在海倫房間的木地板上。他們接著就出發去重溫一九三六年夏天的那趟郵輪之旅。每年，他們會更換目的地，但每年，呂西恩都因為太陽的緣故，想去炎熱的國家，或是因為大海，想去靠海的地方。

每年旅行，都是呂西恩當船長。他最喜歡的目的地是埃及。一到紅海，他會閉上眼睛跳進被子裡，跟海倫說他看見了美人魚，其中一隻美人魚的眼睛跟她房間牆壁上的顏色一樣，都是淡藍色的。

午夜時，他們會祝對方紀念日快樂。

一月二日早晨，他們準時六點三十分開門營業咖啡館，臉上洋溢著想像中的陽光以及他們溫存後的愛情。他們總是會把現實放進想像裡，反之亦然。

67

一九九六年十月六日星期日。

媽，妳什麼都沒看見嗎？

有，她見過一次，是他們在閃避對方的樣子。歐珍妮原本以為阿孟不喜歡亞妮特，或是他根本不在乎。他對桑德琳比較友善。還有兩年前，曲樂快出世之前，她意外發現阿孟在專心跟亞妮特交談。對於這兩個人突然拉近距離，她感到很詫異。那是一種默契，一種兩個人一見面，立刻對上眼的默契。有點像她和法蒂哈，兩個人在醫生家裡喝茶聊天那樣。只不過，阿孟喝的是迷湯，一口氣喝下。歐珍妮不曾從這個角度看她先生。他的臉，此刻像打上了聚光燈，那模樣跟她去馬貢時，觀賞薩爾瓦多．阿達莫[74]在帳篷的舞臺上唱出「讓妳的手留在我腰間」那句歌詞時一樣。他平常嚴肅、內向的表情，似乎在靠近亞妮特以後完全消失。她像是在自己家裡，發現了一位長

74 薩爾瓦多．阿達莫（Salvatore Adamo，一九四三－）：義大利裔比利時歌手與作曲人。「讓你的手留在我腰間」為阿達莫的歌曲〈讓我的手留在你腰間〉（Mes mains sur tes hanches）裡的一句歌詞。

得帥氣、臉上帶著笑容的男子，一位陌生男子。而這個人，是她的丈夫。

歐珍妮當時不敢打擾他們，只是回廚房看烤箱，確認烤蘋果派的溫度是否正確。

歐珍妮、亞倫與亞妮特坐在餐桌旁。桑德琳和克里斯還沒有下樓吃早餐。

歐珍妮沒看著亞妮特。亞倫也沒有。歐珍妮跟兒子時不時互相對看。

亞倫堅持要帶曲樂去參加洗禮。歐珍妮不答應，她要曲樂跟她留在家裡。小孩發燒，不能著涼。但不管如何，他們傍晚前就會回來了，不是嗎？

亞倫身上還穿著睡衣。亞妮特穿著黑色絲綢浴衣，手指頭緊張得一直在摸著桌巾。歐珍妮則早已將衣服換妥，因為她從來不會衣不蔽體的出現在孩子面前，更不會穿著睡衣出現。

克里斯走進廚房。亞倫挪了個位子給他。亞倫在觀察亞妮特用來喝牛奶的碗，旁邊有支湯匙，剛撈過牛奶上面的膜，被放在防水桌布上。「怎麼今天早上，」歐珍妮心想，「雙胞胎長得不像了。」亞倫的臉色白得令人害怕，口中不停說著要帶曲樂跟他們一起去。亞妮特默不作聲，臉色幾乎同亞倫的一樣蒼白。

「我不會讓你們帶曲樂去的。」

不必再說。歐珍妮從未這麼專橫，也不曾強迫家裡男人做過任何事，但是這一次，她不會改變主意。克里斯好驚訝，怔怔望著她，他從來沒有聽過媽媽講話比別人大聲，但是這一次，她的話就像判決定讞一樣。亞倫起身離桌，上樓回他房間。亞妮特也跟了上去。

克里斯拿麵包片沾咖啡牛奶，一邊問媽媽還好嗎。

「要注意，別讓亞倫把曲樂抱進車子裡。」

克里斯嗅到不對勁，關係明顯很緊繃。他爸爸不高興，可能因為在生氣。反倒是他媽媽，一直以來其實情緒起伏都不大。

阿孟躲在後院的雜物間裡。他好想離開、逃家，但是他的輪胎洩氣，有一道超過兩公分的劃痕。難道是亞倫想報仇，但又不願意殺他，所以劃破輪胎嗎？他罪有應得，就算被兒子殺死也是活該。

今天下午，阿孟就會上吊自殺，離開人世。歐珍妮會拿到一筆給未亡人的保險金，因為他在工廠有投保一份優渥的終身險。亞倫會帶著亞妮特和曲樂到瑞典生活，而其他的都將隨他煙消雲散。自從今天早上，他被歐珍妮羞辱後，他對一切已經感到麻木。他甚至還聽見歐珍妮一邊奚落他，一邊低喃。他不曉得，原來她敢對他低聲啐道「垃圾」，他以為自己會為此咆哮她。她跟他說，她永遠不會原諒他，也不會讓他離開她，他是她丈夫，一輩子都不會改變。她說話帶著恨，恨得表情猙獰，就像一口摻著愛的痰。沒錯，她像啐了一口痰在他臉上，同時對他說我愛你。

剛才，阿孟在樓梯上遇見亞倫，他覺得自己好像挨了一記拳頭。可是，亞倫只是瞟了一眼他腳上穿的鞋子。但阿孟看見了那眼神。

小時候，亞倫喜歡偷穿爸爸的鞋子，他每次放學回家都會拿一雙套上。阿孟的鞋子不多，冬天一雙、夏天一雙，而且一穿就是好幾年。亞倫會穿著爸爸的鞋子走來走去，模仿著他，甚至還會穿著鞋子寫作業。有多少次，阿孟在清晨四點鐘，準備出門上班時找不到鞋，最後發現被放在熟睡兒子的床邊？

亞倫的習慣持續了好一陣子。約莫十四歲的時候，他開始穿不下爸爸的鞋子，十五歲時告終，不再玩這個遊戲，因為爸爸的鞋子已經變太小了。他的鞋碼在一年內大了兩吋，而且他的注意力也漸漸轉移到朋友和女生身上。阿孟一時無法適應，心裡只想著：我兒子再也穿不下我的鞋子。畢竟那代表某些事情的結束，一種令人感傷的結束。

阿孟聽見有人推開柵欄，走進前院，然後按下門鈴。

是他同事馬塞爾。他開著雷諾 Estafette 發財車剛到。阿孟百般不願地離開他的小角落。

「嗨，馬塞爾。」

只要家裡東西壞掉，阿孟都會打電話給馬塞爾，請他來修理或組裝。昨天晚上，他來修過洗衣機，但今天早上，他準備把洗衣機載去家電處理場。不過他在去之前，想再檢查一次馬達某個卡垢的零件，因為他昨天漏掉了……

「您知道嗎，有多少洗衣機因為這該死的零件被送到處理場。」

馬塞爾在洗衣機裡翻找時，歐珍妮去熱咖啡，而阿孟在原地走來走去。馬塞爾不停跟阿孟說著排水馬達、進水閥、水位傳感器、加熱器……還說他要再檢查排水過濾器。但阿孟心不在焉，只用了些擬聲詞虛應，他甚至不曉得洗衣機裡還有排水過濾器。

克里斯上樓回房間準備。亞妮特抱著曲樂回來到廚房。馬塞爾抬起頭，一看見亞妮特，眼神立刻變了樣。馬的，她真美。

「真的壞了，沒辦法修。」馬塞爾結論道。

當阿孟和馬塞爾想拔掉排水管、關掉水龍頭時，他們發現已經有人做好了。阿孟不自覺瞄了一眼歐珍妮，但他一秒也沒想過是她打理了所有的事。兩個男人一起抬起洗衣機。「天吶，怎麼那麼重。」

這個時候，亞妮特把曲樂抱給歐珍妮。歐珍妮接過小孩，把他抱在懷裡，卻沒有親吻他。兩個女人的眼神也沒有交集。

阿孟與馬塞爾在搬洗衣機時，他聽見有聲音從樓上房間傳來，兄弟其中一人正準備下樓。是亞倫或克里斯？阿孟不敢抬頭。他們準備出門去參加洗禮，等他們晚上回到家，他就已經上吊死了。亞妮特永遠不會原諒他，但說到底也不重要了。生活還是會繼續，生活也從未停止。反正，生活不需要他，少了他又如何？

阿孟與馬塞爾將洗衣機搬到門外時，兩人已氣喘吁吁。確實，真的很重。外面天氣很冷。阿孟幫馬塞爾把機器抬上發財車，然後用彈力繩捆緊。忽然，他聽見引擎發動聲，一轉過頭看，他瞥見雷諾 Clio 一溜煙消失在他眼前。兩兄弟坐在前座，桑德琳的頭靠在後方的擋風玻璃上。那一瞬間，阿孟隱約看見亞妮特的金髮，對他，那彷彿夕陽餘暉。

每年，她會到家裡三次：耶誕節住三天、復活節住三天，還有聖母升天日那個週末。然而，十月的某一天，一切就此終止。他其實不常見到她，但她卻佔據了他。他被掏空，連一點縫隙、一分一秒都不留，所有思緒全被她佔據，日日夜夜只想著她。

唯獨那幾次，他們到樓上私會時，在儲藏室堆滿角落的玩具墳場裡，連壁燈都不亮的地方，他才感覺自己的生命已往她流去。

昨天夜裡，亞妮特與他，兩個人都沒有聽見亞倫上樓的腳步聲。他們看見門被打開。接著，亞倫喚了幾聲亞妮特。她緊緊抓著阿孟。他感覺她的指甲陷進他皮膚裡。他們倆躲著，極度恐懼，羞於會被發現。

亞倫愈走愈近，他宛如聽見他們的呼吸聲。走廊微弱的燈光下，他們看起來像兩頭困獸，或像兩道悲慘的身影，在地上挨著彼此，躲在碗盤紙箱之間。

亞倫愣住。他試著想說話，但發不出任何聲音。接著，不知道過了多久，他才慢慢後退，悄悄把門關上，像把剛才看見的一切全部抹去。

阿孟感到一陣暈眩。馬塞爾問他還好嗎，他說他整個人心不在焉。

「沒事，我還有事情要ㄇㄢˊ。」

阿孟從口袋裡掏出幾個十元法朗硬幣給他，謝謝他過來幫忙。

「這給你的小孩。」阿孟說。

馬塞爾大笑。

「我又沒有小孩。」

你真幸運，阿孟在心裡想著，。

歐珍妮抱著曲樂，躲在廚房的窗戶後面觀察他們。

阿孟心想，他動作得快。那控訴的眼神，他一天都無法忍受。

「再見，馬塞爾。下次見。」

白天好漫長。他繼續裝著要活下去的樣子，到菜園去種春季甘藍與冬季生食的葉菜，那是他向來十月例行的老習慣。土地已經結凍，今年冬日來得早。一整天，他都感覺歐珍妮的目光在他背後跟著。

中午，他發現餐桌上只放他的午餐，那是昨天晚上加太多鹽巴的海鮮庫斯庫斯。他猶豫著要不要坐下，但為了不引起懷疑，他還是一切照常。從結婚以來，這是他第一次在星期天中午一個人吃飯。他看著原本放洗衣機的空位，一邊心想，即使他不在了，也不能留下任何空位。

家裡好安靜。她應該是在樓上陪孩子。他吞著海鮮庫斯庫斯，一邊納悶為什麼歐珍妮堅持不讓曲樂去，他也在想，要不要留一封遺書給亞妮特。不行。要對她說什麼？我愛妳？她早就知道。他絕不能留遺書給他老婆與小孩。

昨天夜裡，在亞倫發現他們之前，亞妮特跟他聊起聖母瑪利亞的臉龐，那是她在漢斯附近修復的一幅彩繪玻璃。他感覺到她的淚水流至頸間。而且，當她在描述鈷藍色的樣子時，他也感覺到她雙唇在他耳邊顫抖。

她愈來愈常哭，愈哭愈久。他們「真的」得結束這段關係。

他吞著庫斯庫斯，一邊想起亞妮特的皮膚，由於主教座堂或教堂很冷的關係，她的肌膚變得愈來愈脆弱。他還想起她的雙手與手臂，因為拿取玻璃被劃傷，變得傷痕累累。還有，他也覺得她的手腕如珠寶一樣細緻。匠人的雙手有白皙的皮膚，這畫面彷彿只存在他腦中，而不是真實的。是曲樂將他拉回了現實。

曲樂誕生那天，是他人生中最美，也是最慘的一天。但昨夜更是可怕。

他彎下腰準備把曲樂從搖籃抱起時，歐珍妮指了指寶寶上方的一塊板子：「寶寶很脆弱，只准爸爸媽媽抱。」當下，他只想抱著孩子逃走，帶著他一起消失，就像他第一次吻亞妮特那天晚上一樣。然而，也就像他第一次吻亞妮特那晚一樣，他什麼也沒做，只是乖乖回家。

他把盤子、餐具與水杯洗一洗，然後晾在流理臺旁。反正，歐珍妮還會再洗一次。她不喜歡他洗的方式。她總是說這等同沒洗，或要再洗一次。

他決定去亞倫昨夜發現他們的儲藏室上吊。那裡天花板夠高，門也是家裡唯一能從裡面上鎖的。這一次，他不會再忘記鎖門，像昨晚那樣。除了鎖門，他還會在門上貼一張簡單的告示，不讓人在警察抵達前進來。

後院雜物間裡，綠色大工作梯上綁著一條繩子。他走出去拿。但他先假裝在觀賞自己種的植物，然後稍微回頭，果然，他就知道歐珍妮正在樓上房間觀察他。在雜物間裡，他不敢看他的自行車，就像經過自己太喜歡的人身邊，反而不敢正視。他把繩子解開，丟進垃圾袋，然後把垃圾袋藏在他冬天外套裡。

他打開儲藏室的門，點亮手電筒把屋樑照亮。他站上小工作梯，往屋樑拋了好幾圈繩子，直到繩子繞緊主樑，他才開始打結，還打了好幾個。他一邊綁，一邊想起雙胞胎小時候愛玩魔術，他們會拿絲巾打能瞬間解開的結。他們從來沒有告訴過他打法，所以他只會打真正的繩結。

他走回一樓，他剩下的時間不多。歐珍妮和孫子們坐在沙發上，邊看電視邊打瞌睡。阿孟聽見電視裡傳來睡眠精靈[75]的聲音。孩子們總是喜歡看同一盒錄影帶。他把流理臺下面的瓦斯桶抬起，尋找亞妮特的頭髮。那是他之前用國庫信封裝好的一小撮頭髮，他藏在櫃子深處。他打開信封，把頭髮拿出來放進口袋裡。

他拿出平日在寫購物清單的筆記本，然後在筆記本上寫下告示語：「勿入。先報警。」他拉一小段膠帶，用牙齒咬斷。正準備再上樓時，他瞄到一輛警車停在家門口。阿孟不敢相信自己的眼睛，怎麼這麼快就來了？他在做夢嗎？他看著他們推開柵欄，走進院子裡。

該死，他們來做什麼？而且，看起來表情凝重。阿孟見過兩位其中一人。他是鎮上的人，叫做班奈頓，比他年輕一點。不行，絕對不行，如果他們按鈴就會把歐珍妮與孩子們吵醒。

他把告示揉成一團，放進口袋，然後趕緊下樓開門，正好與他們面對面碰上。班奈頓副局長舉手向阿孟敬禮，接著開口說：

「您好，是奈雪先生嗎？」

75 睡眠精靈（marchand de sable），也稱為睡魔，是法國兒童電視節目《小朋友，晚安》（Bonne nuit les petits）裡的角色，會在小朋友入睡後，往天空撒一把沙子。

阿孟被問題嚇了一跳。班尼頓竟然知道他的名字。

「是。」

「您兒子克里斯和亞倫是不是有一輛雷諾的汽車，車牌號碼是2408 ZM 69？」

68

呂西恩過世後，海倫再也沒回去過老路易咖啡館，就算是想，也無法回去了。三十年過後，當她如願回到酩意鎮度過晚年時，她希望不要經過咖啡館，所以拜託羅絲直接載她到「繡球花」就好。

七〇年代末，這間咖啡館顯得過時了，裡頭盡是些舊點唱機、五〇年代家具、深色木頭地板，以及隔熱玻璃窗。有好幾次，呂西恩與海倫都有機會把咖啡館賣掉，但他們總是託辭自己不願割捨，但其實是為了克勞德。

七〇年代，出現了許多更為摩登新潮的地方。有一些小酒館，裡面是大片的落地窗、白色磁磚、塑膠椅及遊戲機臺，吸引許多年輕人光顧。另一些小酒館，裡頭煙霧瀰漫，能聽到英國樂團的電吉他表演，而不是聽布瑞爾與巴頌在喃喃自語。那是「又回來的」呂西恩整天播的歌，他會站在吧檯後面，抽著一根又一根的藍色吉普賽香菸。

克勞德接手經營老路易咖啡館，直到一九八六年他才收掉。到最後，也只剩一些老人會在早上十點前來喝幾杯酒。

之後，咖啡館換成了一間診所。有位一般科醫生搬進去住了幾年。一樓是醫生看病的地方，而樓上的房間則被重新翻修過，其中一個房間只有醫生一個人住，而另一個房間是給他家裡雇員住的。

海倫很欣慰，她的咖啡館變成了醫生的診間，對她來說，兩者並無差別。「不管是去咖啡館或去診所，人們都是為了去治療孤獨。」她說。

醫生搬走後，沒有其他同業人士再搬進去。克勞德因為愛上診所的女員工，所以跟她一起離開了酪意鎮。

九〇年代初，為了蓋社會住宅，這棟房子被剷平了。然而，社會住宅至今始終沒有下落。

*

一九八六年十月，克勞德將咖啡館賣給醫生後，他去探望了一次海倫，順道將她的私人物品裝進紙箱拿給她。她住在巴黎，已經六十九歲，在帕西街的Franck & Fils百貨裡當裁縫師。

她們一共有十三位裁縫師在百貨公司八樓工作。工作室採光明亮，從那裡還能看見海鷗及眺望整條帕西街。她們負責修改成衣與高級訂製服，而且每次修改完，會先熨燙過，再用薄棉紙包起來。她們全圍坐在大工作檯旁，依照修改需求，或用手縫，或使用裁縫機。

海倫在那兒很幸福，一直不肯退休。人事主管破例讓她待到六十八歲。她就住在十六區，離百貨公司很近，經常會路過去跟老同事們打招呼。

她落腳的公寓是一位住在龐貝街的伯爵夫人借她的，海倫會親自替伯爵夫人和她的三個女兒縫製洋裝作為房租。她們會挑選布料，從雜誌剪一些樣式讓海倫完成。

她住在四樓。克勞德沒有搭電梯。他敲了敲門，懷裡抱著紙箱，心跳得很快，不是因為剛才爬了四層樓，而是他即將跟海倫重逢。

她一打開門，迎面飄來蠟與紙的香味。她的容貌沒有改變，只是戴上了眼鏡，而且穿了長褲。那是他第一次見到她沒穿洋裝。她的頭髮變白了。他們倆緊緊抱著對方許久。

克勞德跟她聊起法蒂哈，還說醫生把老路易咖啡館買下來後，法蒂哈就在醫生家裡工作。她是一位漂亮的阿爾及利亞女生，最大的優點是很愛笑。海倫說法蒂哈聽起來很像一首好歌的名字。

整個下午的時間，海倫每十分鐘會幫他添一次茶，還唸書給他聽，但她唸的已經不再是點字書。她從素樸的書櫃裡隨機挑了一本書，隨意翻到某一頁，跟他說：「仔細聽好。這次換你聽我唸。」

接受過幾堂語言治療師的系列課程後，她的失讀症改善不少。

她唸書的聲音特別大聲，她讀的每一字一句都咬字清楚，讓克勞德很難不聽懂。他看著她像小學生一樣驕傲地唸書，做她當年辦不到的事，克勞德不禁紅了眼眶。

海倫跟他說，她好想趕快去天上找她的爸媽與呂西恩，給他們一個驚喜。

69

每年的十月六日，奶奶會去害死雙胞胎的那棵樹下，擺上一束花圈。五日晚上，她訂的宅配服務送了白百合與紅玫瑰到家裡。距離我們家最近的花店在二十公里外。以前，她都打電話去訂，但現在，她都請曲樂上網訂。只要點選「宅配追悼用花」，然後再選「喪禮花束」、「追思花籃」或「弔唁花禮」就完成了。

每年的十月六日，她在早上八點就從家裡出發，一手拄拐杖，一手抱花，一跛一跛走四十五分鐘，到了樹下後擺上花圈，然後繞上她親手繡的白絲帶，最後再走回家。

爺爺向來不願意陪她去，也不願意開車載她。他一向痛恨這個儀式。

奶奶永遠拒絕曲樂或我陪她去。我們小時候，雖然非得去墓園不可，不過她倒是幫我們省下買花圈的麻煩。而且，她如果在路上遇見有人要載她一程，她也都拒絕。

十月的每週六，當我不用值班，跟曲樂一起去「天堂」時，我們都一定會路過花圈。頭兩週，花圈看起來都還有花的樣子，但接近月底時，花圈就褪去所有顏色。十一月，花圈就變成一團咖啡色的東西。若車開得快一點，會以為那是被人丟棄在路邊的動物或衣服。

直到飄落第一場初雪，花圈才會被清掉。一直以來，我們都以為是修路工人丟掉的。不過，在曲樂十五歲那年，他才偶然得知，原來去清理花圈的人，是爺爺。

去年冬天，爺爺把花圈留在原地腐壞。春天來臨時，只剩下那條白絲帶，上面還隱約能看見模糊的字跡寫著：「原諒我」。

70

接近傍晚時，海倫過世了。

離開前，她留下了一句格言：「世界上的鳥跟人一樣多。而愛，就發生在幾個人願意共同分享同一隻鳥時。」

*

羅絲問克勞德，他想不想留些她的東西作紀念，例如：洋裝、絲巾或其他東西。他回答：「珍妮・蓋諾的照片。」

71

一九九六年十月六日星期天

清晨五點至六點間，那畜生還躺在那兒假裝睡覺時，而且就在她的旁邊，她滿腦子仍不停在轉著。

羞辱他之後，她的心臟從來沒有跳得這麼快過，連她生雙胞胎那天也不曾如此。歐珍妮動過念頭，趁他在睡夢中，朝他膝蓋開槍，讓他一輩子躺在輪椅裡動彈不得。但這痛苦太輕了，他還是照樣能吃喝睡，而且還被當成受害者。不行，不能再跟以前一樣。可是她不想去坐牢，沒有人可以逼她離開這個家，他更沒資格，這個與媳婦有染的垃圾。她為了這垃圾奉獻一生，但這垃圾卻用最骯髒的方式糟蹋她，竟然還是跟自己兒子的老婆上床，而且是「他們的」兒子。

她要想辦法讓他夜夜惡夢纏身，直到斷氣為止。那一刻，她決定讓他從地球上消失，不只是肉體上的消失。不，不行斃了他，要讓他受盡折磨。一槍斃命太便宜他了，要折磨他，直到他精盡人亡。她要想辦法讓他一點一滴死去，想死也死不了。她要幫他找個地獄，專門為他打造的地獄，把他軟禁在看不見的圍牆裡，囚禁在那堵名為羞辱及罪惡感的圍牆裡。

她曾經在書中讀過，納粹會凌遲囚犯的父母或至親，測試他們生理與心理上的痛苦。她也讀過，若要讓一個人感到痛苦，讓他飽嘗最瘋狂、最無法忍受的痛苦，不能直接對他下手，反倒要從他生命中最心愛的人下手。她的腦子開始滋生邪惡念頭，那是一切厄運的源頭。

傷害亞妮特來毀掉他。

鬧鐘顯示六點鐘。她的動作得快。

歐珍妮出門走到馬路上。外頭很冷，天色很暗，她穿著安哥拉山羊毛浴衣，是那垃圾在去年耶誕節的時候送她的。一如往常，阿孟的車子停在對面的人行道旁。

她只花幾分鐘就拆掉一個輪胎，因為她對機械非常在行。以前在農地時，都是她負責換曳引機的機油，連弟弟都會嫉妒她。在她眼中，沒有任何車子難得倒她。她爸爸全教過她，連阿孟都不曉得她懂，但她也不想讓人知道她是男人婆。她開始拿削皮刀刮煞車油管。她在雙胞胎小時候，都用這把削皮刀削馬鈴薯。她從來不買冷凍薯條，總是會自己精選夏洛特馬鈴薯、削皮，然後切成細細的長條狀。她一邊刮著煞車油管的外層橡膠，一邊想起阿孟躺回床上時的模樣，想起他的身體上有另一個女人私處的味道。

正是那具身體讓她破處。是那具身體害她付出一生，生了兩個小孩。是那具身體讓她害怕、受傷，最後才又逐漸喜歡。也是那具身體在這三十年多來壓著她、磨蹭她或挨著她發抖。他的襯衫會沾滿他身上的味道，而她在洗之前都會悄悄拿起來聞。她曾照顧過他的水泡，幫他在傷口上包紮紗布，為他磨指甲，剃他頸後的頭髮，在他痠痛處塗鎮痛藥膏，調止咳糖漿給他喝。

她刮著煞車油管，開始發熱流汗，她的恨更隨著陣陣的熱氣上升。她雙手沒有發抖。她的人生毀了，像洗衣機一樣。早在馬塞爾來檢查「最後一個東西」之前，她就已經知道它沒救了。而當一個人的人生已經沒救時，這個人是不會發抖，也不會哭的，就只會有恨。

她鎖上第二個輪胎的螺帽，收起千斤頂，然後放回原位，跟後院雜物間裡的其他工具與物品放在一起。除草劑、木質黏著劑、電鑽、螺絲槍、鐵槌、砂磨機、活動扳手、螺絲起子。這些全是她假裝不會用的工具，但其實是她悄悄拿來修好家裡東西時會用上的，尤其是因為排水孔太小而一直堵塞的浴室。

「那個人」從未問過任何問題，每天從工廠回家，一臉渾然不覺的樣子。家裡從來不曾有水管堵塞，不曾有門栓軋軋作響，不曾有釘子要釘，掛毯不曾有某一邊掉落，不曾有家具要組，家裡不曾發過霉，沒有牆面要補漆，沒有燈泡要換，沒有熱水器壞過，沒有板子要釘，沒有螺絲要拆，牆面也不曾出現裂縫，家裡更完全沒有東西生鏽。

她走進她的廚房。整個過程前後只花了她十五分鐘而已。她洗著削皮刀。

但熱水讓她的手指很痛。接著，她把削皮刀收起來，跟其他餐具放在一起。

她上樓回房間睡覺時，內心其實由衷感謝阿孟：她終於感覺到某種堅強。最後，她讓自己被一股強烈的感覺牽著走，即使是恨也無所謂。她曾經在書裡讀過，愛與恨只有一線之隔。

72

接近傍晚時分，呂西恩游了回來。他從地中海上岸，氣喘吁吁的。

沙灘與海面上都還有人。夕陽已西斜，但天氣仍然炎熱。沙灘上布滿紋理與腳印，沙子變得溫涼。空氣裡飄著貝涅餅的甜味及薯條餐車的鹹味，而風把歡樂的笑聲與叫聲吹向了天空，像一曲交響樂，彷彿只有大海才曉得如何讓孩子們在假期的黃昏裡盡興演奏。

海倫在陽傘下，躺在海灘巾上閱讀小說，她身上穿著橘色的兩件式泳衣。他靠近她躺下，躺在她身旁的海灘巾上。他乾爽的衣服已經捲好三十五年放在旁邊。他把身體擦乾，套上一件皺皺的襯衫。她看著他微笑。她的肚臍上有些沙粒，他便用指尖幫她撥掉。她的皮膚很燙，帶點黏膩，像是莫諾依油混著了汗水。她打了個顫，然後跟他說：「我現在會識字了，你聽。」他回答道：「我聽妳唸，然後我們再一起離開。」她點點頭，用食指沾一沾口水，翻了好幾頁，選定小說的某一段，開始唸。

73

一九九六年十月六日星期天。

早上七點左右，亞妮特應該已經悄悄下樓，小心不發出聲音吵醒別人。她應該會去熱一點牛奶，用寫著她名字的碗喝。那是她跟亞倫還在「約會」時，歐珍妮送給她的生日禮物。在他們家裡，歐珍妮習慣用「約會」一詞來界定還沒結婚的情侶。

亞妮特應該會穿禦寒外套與運動鞋，把阿孟的車鑰匙從門口鉤子上取下，走出家門，發動車子，開九公里往夏曼山上的老教堂去——那是勃艮地某個很像加拿大的地方，然後準備開始晨跑。每次，都像重複的儀式。當她抵達山上，她會把車子停在小教堂底下，然後往上跑，一直跑到大門永遠敞開的教堂，然後隔著彩繪玻璃觀賞日出。那是一幅十五世紀的彩繪玻璃，上頭畫著安葬抹大拉的馬利亞。教堂裡沒有蠟燭，也沒有長椅，只剩下幾堵牆、布滿灰塵的地板，以及這幅奇蹟似被保存下來的彩繪玻璃。那深深吸引著亞妮特。

一個鐘頭後，她就會回到家，然後去洗澡，餵曲樂喝奶，接著在吃早餐的時候講抹大拉的馬利亞煩他們。根本沒有人曉得這個女人究竟是耶穌的情婦，或是祂兒子們的母親，或只是祂忠心的朋友。像個賤人吧，跟她一樣。賤人，賤人—賤人—賤人—賤人—賤人—賤人—賤人—賤人。歐珍妮這輩子沒說過髒話，但她現在滿腦子都是。

依照歐珍妮的盤算，亞妮特應該過第一個紅綠燈時沒有煞車，因為在早上這個時段不會有人。接著，她應該會繼續沿著河開，一直到離家兩公里的平交道，那裡有個急轉彎，她一定得煞車，然後就，砰——。她美麗的小臉就會化成煙灰。

偶爾，歐珍妮會朝「那個人」瞄幾眼。他背對著她，繼續假裝在睡覺。她躺在床上，腦中來回了十幾趟亞妮特從家裡出發去教堂的過程。她兩眼直盯著天花板上搖曳的光影，那是街燈透進房間紗簾的倒影。

她起床準備去做孩子們的早餐。誰會來通知他們亞妮特出車禍的消息呢？亞妮特毀容？亞妮特受重傷？亞妮特死了？亞妮特回歸塵土了？會是誰呢？

我們會幫她辦一場隆重的喪禮，四周有華麗的彩繪玻璃。在她的靈柩上，我們會放白玫瑰。也許阿孟就此一蹶不起，亞倫則展開新生活，而她，歐珍妮，會在這段時間照顧曲樂，她絕不准有人把小孩送去那裡，送去那些觸霉頭的瑞典人家裡。

當亞妮特抱著曲樂出現在廚房時，歐珍妮像死人一樣臉色刷白，兩眼通紅。她低下眼、沒有說話。也沒有人開口說早安。亞妮特幫小孩泡完牛奶後，就離開廚房。

這是第一次，亞妮特沒有在星期天早上開阿孟的車子去慢跑。她從來不開雙胞胎的車子去小教堂，有可能是阿孟的車子比較能爬坡，可以開到上面去。這些，是在昨晚之前，歐珍妮自己認為的理由。剛才，她終於了解為什麼亞妮特喜歡開阿孟的車子，因為她的心是屬於阿孟的。即使下雨或下雪，她還是會開車去，就像有雙隱形的手強迫她一樣。

歐珍妮看著窗外。車子沒被移動。她還注意到兩輛車停在一前一後，一輛是阿孟的寶獅，另一輛是雙胞胎的雷諾。這也是，以前沒有發生過的事。兩兄弟通常會把雷諾停在人行道的斜坡道，那是阿孟為他們鋪的，就在家裡院子的正對面。每當雙胞胎不在家，斜坡道的位子便空著。有時候，他們太久沒回家，車子無法為斜坡道遮蔭，她還得去拔縫隙間長出的雜草。但昨天晚上，應該是有種些原因才讓他們無法去停。

歐珍妮想起馬塞爾的麵包車……他修完洗衣機後，有留下來喝一杯再走。她走到馬路上，將阿孟車子的左前輪洩氣，讓大家今天都無法用這輛車。她心想，她明天再修煞車油管。

她趕緊回家，因為她要去確認亞妮特與亞倫沒有把曲樂帶去參加那惱人的洗禮。她實在太害怕他們倆會大吵一架。

而且受洗完，大家還會去喝一杯。太危險了。

74

羅曼對我說：

「我真痛恨星期大。」

「您還是可以來看我。」我對著自己的腳說，因為今天早上，我又變得不敢直視他了。海倫過世後，我也回到初次見到他眼神的模樣。

「您會繼續住在這裡嗎？」

「我還能去哪？」

「對了，我正好有個禮物要送您。」

他對著他的啤酒說。我臉上應該有東西，讓他也不敢直視我。

我們在高鐵站又冷又普通的大廳裡，正是從酩意鎮開車過來要四十分鐘的火車站。車站角落擺著幾張桌子，旁邊有個臨時吧檯，有三名旅客正靠著吧檯喝咖啡。我們倆坐在靠近出口的自動門旁邊。雖然沒有人經過，但自動門仍不停開開關關。有時候，我們的對話會被疾駛進站的火車轟隆聲給打斷。那些是開往里昂、馬賽或巴黎的火車。

早上，羅曼打電話到「繡球花」給我。他想跟我見面，但不要在那裡。那裡是指「繡球花」，因為他短時間內還無法再踏入一步。他把一個信封袋交給我，一個很大的信封袋。

「等我離開，您再打開來看。」

他看著我的眼睛對我說話。這一次，我們的眼神正好互相對上。

「好。我也有東西要給您。」我彎腰把包包從地上拿起來。喬兒總會說，不要把包包放地上，會衰，而且把包包放地上，會一輩子沒錢。我想起了喬兒對派崔克的愛，一邊把藍色筆記本交給羅曼。

「這本是您外公外婆的故事，我寫完了。」

「謝謝。」

他摸著筆記本封面，像在撫摸女人的身體。他沒看著我，只是隨意快速翻著書頁，一邊低喃著：

「我請您把海倫的故事寫下來的那天，您有根睫毛掉在臉頰上……我當時叫您許個願。」

「對，我還記得。」

「那……您的願望有實現嗎？」

「有，願望就是它。」

我對他指著藍色筆記本。我的願望就是把它寫完，不要中途放棄。

沉默了好一會兒。這幾分鐘裡，連高鐵都沒有經過，就像罷工一樣。他喝了一口啤酒，指尖摸著藍色筆記本封面，然後說：

「這書名很美，《海灘夫人》。」

「海倫的骨灰放在哪？」我問道。

「我母親撒進地中海了。」

「海倫總說地中海是她的藍色行李箱。」

他把啤酒喝完。

「那雅德娜呢？」

「她人在倫敦，住在她小女兒家。她下個月就滿九十四歲了。她在……羅絲之後，又生了兩個小孩。」

「妳見過她？」

「見過幾次。」

一旁響起了女子的廣播聲，列車即將發車。他站起身，握住我雙手，在我手上吻了一下後，便往月臺走去。

他離開了，把我留在原地。

我像電影裡演的那樣，去點了一杯威士忌。我討厭那種酒，但我實在太想進入別人的電影情節裡。我一口吞下威士忌。酒在我體內灼燒，讓我開始有飄飄然的感覺。我想起海倫與呂西恩，還看見他們倆站在車站吧檯後面，不再是他們的咖啡館。我甚至看見牝狼，正趴在木糠上睡覺。

我還想起地中海，想起海鷗，想起在那之後，想起爺爺與亞妮特。

羅曼給我的信封袋還放在桌上。那是個牛皮紙袋，裡頭應該不只裝明信片而已。我把信封袋打開，發現裡面裝了些文件，感覺很嚴肅，像是會收在抽屜裡一輩子不丟掉的那種文件。那是所有權狀。

我反復讀了好幾次，因為文件上四處都有我的名字。我一時間反應不過來這究竟是什麼。整份文件全是義大利文。

我差一點要再去點一杯威士忌，因為我發現信封袋裡還裝著另一個白色的小信封。信封上用鋼筆寫了「曲絲汀」，字跡跟留在《熾戀》書上的一樣美。

打開信封，裡面有張紙條，也是羅曼的筆跡：「曲絲汀，薩丁尼亞的那間房子現在屬於您的。我家人與我都希望轉讓給您。」

我環顧一下四周，捏了一下自己的手臂，然後站了起來。

我正準備跑出車站大廳時，吧檯的服務生忽然拉住我手臂，而且是我剛才捏自己的那一隻。

「小姐，您忘了這個。」

他伸出食指，往一個巨大包裹指去。包裹被放在書報亭拉下的鐵門旁邊。

「那不是我的。」

「是啦。剛才跟您一起來的先生告訴我，這是要給您的。它好重。」

包裹上，也有用藍色墨水寫的「曲絲汀」。

我向服務生借了剪刀。他沒有剪刀，不過他從口袋裡掏出小刀，小心翼翼把捆線割斷，口中不斷重複講了三次：「我看是很貴重的東西。」確實，這很像從博物館直接送過來的一幅畫，包得很仔細。這畫又大又重，我一個人扛不回去的，而且一定放不進去爺爺的車子裡。

服務生拆著神祕的包裹時，我不斷往自己的包包裡瞄幾眼，確認兩個信封是不是還在，有沒有飛走，確定這一切不是夢。就算這只是一場夢，但我，曲絲汀．納雪，身為孤兒，今年二十一歲，即將滿二十二，也因為聽了一位女子講故事，在夢裡變成了一棟房子的主人。

吧檯旁的四名旅客也湊了過來。當服務生拿出包裹裡無數個紙箱與保護紙後，我才發現那不是一幅畫，而是一張巨幅的黑白相片，裱褙在玻璃框裡。

我倒退了幾步。我竟然沒發現自己被跟蹤。

相片裡，主要拍攝的是海倫的海鷗。我很確定是牠，我一眼就認出來。牠在我去餵「胖貓」的那一條路上，背著光，從我背後飛過。

相片美得令人屏息。

四位旅客交頭接耳，發出讚嘆。服務生的目光也離不開相片，接著他將相片翻面，看見背面有羅曼的落款，寫著名稱與日期：「曲絲汀與鳥，二〇一四年一月十九日」。

原來，海倫過世後的第三天，海鷗來向我道別，而羅曼將那一刻化成了永恆。

75

十九號房裡，新房客叫做伊凡，八十二歲，股骨頸骨折，是一位目光慈祥的人。所有照服員都很愛他。有時候，他會默默用手背擦眼淚，因為他不想住在這裡。他常跟我說：「曲絲汀，我沒想到自己會在這種地方度過餘生。」

為了讓他跟我都能轉念，我都繼續讓他講。他只要一開口，整個人的神情都會變得不一樣。我很想動筆寫下來，就算他沒有藍眼睛的孫子也沒關係。

我去老布斯特書店買了一本新的筆記本。

我把伊凡跟我講的故事全寫下來。有時候，我會唸給他聽，逗得他笑呵呵。他跟我說，這很像在聽別人的故事，還說我的文字比他的人生精彩。正因為我常聽別人說，一位長者逝世，等於一座圖書館消失，所以我正在努力搶救中。

我結束一天的工作後，伊凡就開始跟我講故事，然後我就寫下來：

我第一次去艾琳舅媽與蓋比爾舅舅家時，我住了一個月，那是在我六歲的時候。當時是冬天，我摔斷了手，但我父母整天都在製革廠工作，他們不希望我一個人待在家裡。而艾琳和蓋比爾有個農場，位在孚日山脈裡比較偏僻的地方，靠近勒蒂約鎮[76]北邊。

我通常都跟舅媽睡，而舅舅會睡在樓上的房間。晚上，天氣真的很冷，我們都戴著登山毛帽睡覺。我最喜歡被寒流包圍。我不只愛上我的舅媽，也愛上了那裡的生活。在我十五歲以前，每次只要一到星期天或是放長假，我就會跑去他們家玩。

艾琳，她像我的第二個母親一樣。她膝下無子，但我不曉得原因。我們家有四個兄弟姊妹，我的父母沒時間照顧我們。但在舅媽家，我等於是他們的獨生子。

我舅舅蓋比爾在第一段婚姻時有個兒子，他叫亞利安，比我大二十歲。他的年紀應該跟艾琳舅媽差不多。不過那時，我對這件事情還是一知半解，畢竟小時候覺得大人們全是老人。

在那兒，我就是過著山居生活，從來不曾幫他們工作。他們唯一會請我做事，就是在夏末時分，幫忙把稻草整理好，收進穀倉。我們會拿兩條大被子，把四個角對綁，將稻草全放進去。那味道好香。

艾琳，她是個天使。我對她的記憶只剩下味道，那是把杉枝丟進爐子裡燒的味道。直到現在，我都很慶幸那天摔斷了手。

76 勒蒂約鎮（Le Thillot）：位於法國東部的孚日省（Vosges）。

76

一九九六年十月六日

晚上十點鐘，阿孟在憲兵的陪同下，剛從太平間回到家。他其實是假裝認屍，一下就轉身背對驗屍官，然後閉起眼睛。

「是他們沒錯。」他說。他只瞄了一眼亞倫腳上的那雙鞋。

阿孟什麼話也沒對歐珍妮說。但從他的沉默中，她也聽得見是他們沒錯。一切都結束了。他們四個人全都死了。

歐珍妮瑟縮在沙發上。她無法為兩個兒子哀悼、哭喊，無法去撞牆、暈厥，讓自己死掉。她整個人被一個念頭佔據，甚至淹沒了悲傷，令她顫抖，無法進行一切追悼：她一心在想，自己是不是弄錯車子。

她重新在腦中想一遍那夜的經過。她走到路上，又冷又暗，身上裹著安哥拉山羊毛浴衣，手裡扛著千斤頂。她走到一輛車子旁邊，拆掉車輪，然後拿出口袋裡的削皮刀刮煞車油管，一邊不斷聞到丈夫手指上有媳婦的味道。

難道是因為恨意與匆忙，害她犯下致命的錯誤，讓她搞混寶獅二〇六與雷諾Clio？只是巧合罷了，可怕的巧合。她是對寶獅動手腳，但他們是開雷諾出事死掉的。

這是意外，就只是意外。可是，她現在連做白天例行的事情，也不是那麼確定了。有時候，她會去把寶獅的輪胎拆掉，有時候，又會去拆雷諾的。如果當時她有走到馬路上，趴下來確認就沒事了。如果當時她有這麼做就好了。

克里斯或亞倫不曾把車停在別的位置。從來不曾。在他們家裡，位置是很神聖的，每個人都有自己的位置，不管是衣帽架、廚房吧檯、飯廳餐桌、客廳沙發、床或停車位。每個人都有自己的位置。

為什麼馬塞爾的麵包車會停在那，停在雙胞胎從以前就停的車位？從以前，是從他們有駕照那一天開始嗎？為什麼洗衣機會壞掉？為什麼亞妮特沒有去夏曼山去看抹大拉的馬利亞？

如果當時她有……

*

一九九六年十月六日

晚上十一點，他們死了，四個全死。戶口名簿得更新。他額頭靠在落地窗上，眼睛陷入黑暗中、深夜裡。雙腳依偎著暖爐，下體灼熱，眼淚酸鹹，襯衫還有太平間的味道，頭皮發涼。他看見歐珍妮走到馬路上，看起來冷得發抖、精疲力竭的樣子。歐珍妮像那輛毀掉的車，四分五裂，血肉模糊，撞上樹幹，歐珍妮，她的身影，悲痛令人發瘋，扭曲視覺，不可能，不可能，他妻子的身影在人行道上，不可能，像個小偷。遺產、棺材、墓碑、喪禮，他妻子在馬路上，懊悔，頭髮反射街燈慘白的光，葬儀社、鎮公所、死亡證明、明早、保險公司、銀行、關戶頭、幻覺、壽險，站在車子前，她老婆站在車子前面，好久，像個幽魂。土葬、改地址，她趴下來在找什麼東西，無情，突然拆掉了輪圈蓋，追思歌曲、宗教儀式、螺帽，她順時鐘鎖緊千斤頂，我妻子跟男人一樣，一小撮金髮、國庫信封、翻車、他的車、我的車，手裡扛著輪胎，他妻子，我妻子，輪胎，不動，結算計費錶、通知供水、瓦斯、電力公司，她跪下，轉過身，抬頭看房間窗戶看，節哀，看著我，無情，她無情的眼神，像受刑者，彩繪玻璃、亞妮特的肌膚、是他們沒錯、那雙鞋，她逆時鐘鬆開千斤頂，反方向、死者，她站起身、她老婆在馬路上，訃聞，她走進屋裡，回到家，輪胎，輪胎裝好，進屋前，死亡證明、申報死者年收入、燒兩株果樹，為什麼他妻子，為什麼歐珍妮在馬路上，跪在他的車子前，車子，我的車子，今天早上輪胎洩氣，今天早上，馬塞爾，洗衣機壞掉，該死。

77

我是那些選擇留下來的人，也是那些不打算離開的人。其他人——我班上其他的男女同學——每年回老巢一次探望爸媽，若遇見我，總是會跟我說：「曲絲汀，妳一點都沒變。」。

我是那些不受歲月影響的人，有點像教堂廣場或鎮公所前面的雕像那樣，屬於那些看起來很面熟，卻怎麼也想不起來的人。

我是那些小時候住在家裡，長大後也住在家裡的人。

我永遠不會離開酩意鎮到別的地方生活。

我永遠不會離爺爺奶奶住的地方太遠，也不會離爸媽墳墓太遠。

我依然每週幫奶奶燙一次頭髮。我每次摸著她的頭，用扁梳幫她頭髮分流時，我都避免去想那厄運的源頭。

爺爺坐在我們旁邊。他會看著我們，然後讀《巴黎競賽週刊》，偶爾批評個幾句。這都是他之前不會做的事，也就是我們倆在耶誕夜單獨在車裡相處之前，還有「她開始疼我」之前。

我不再跟爺爺提起亞妮特，我也永遠不會再提。我不再問奶奶十月六日的事，我也永遠不會再問。

我繼續扮演著乖小孩，就像發現爸媽其中一人是戰爭罪犯，但卻始終守口如瓶。為了曲樂，我得守口如瓶。

曲樂的高中會考低分飛過。去年八月二十七日，他離開了酩意鎮，搬到巴黎生活。剛開始，我經過他關了燈的房間，都感覺像他已經死掉一樣，但現在我已經習慣了。曲樂平常不會回酩意鎮，除了耶誕節、復活節及八月十五日那個週末之外。

學校放假時，我會把鑰匙給曲樂，讓他去薩丁尼亞的房子度假。

去年夏天，我拿鑰匙打開了我的家門，是曲樂陪我去。當我喜極而泣時，是他握住我的手。

那是我第一次喜極而泣，泣到連看向窗外都看不見海。

曲樂瘋狂愛上穆拉韋拉當地的人，尤其是是古銅色肌膚的女生。這座島嶼簡直美得像另一顆星球。另外，在那兒，海的名字叫第勒尼安海。

我的房子是毗鄰而建的。鄰居是一對姊妹花，她們叫施雲娜與亞爾娜。兩位都是孀婦，長得很像《熾戀》的作者米蓮娜．亞格斯的祖母。她們有著一頭灰白的長捲髮。

每次曲樂去那裡，施雲娜和亞爾娜都很照顧他，送他鮪魚子與薄麵包餅。曲樂就像她們這輩子沒生的兒子。不過，曲樂是很多人的兒子，而且至今他都還以為自己是靠亞倫伯父的遺產在生活，殊不知亞倫伯父只剩墓碑上的相片，繼續在老婆與弟弟的旁邊微笑罷了。他繼續相信也好，畢竟有信仰的人最強大。這是「繡球花」的牧師告訴我的。

自從高鐵站那日一別，羅曼寄了一張明信片到「繡球花」給我。那是史塔斯基拿給我的。從他看我的眼神，我曉得他已經看過內文。羅曼的字句被他的眼神碰過，讓我有被強暴的感覺。

最親愛的曲絲汀，
從科西嘉島捎來一直對您的想念。
我反復讀了放在我毛衣裡的藍色筆記本，
若早些讀到，我也許不會送您房子，而是飛鳥的王國。
溫柔的問候。

羅曼

P-S：繼續寫作……

明信片有六十四個字，七十六個母音，六十一個子音，我都能背了。在穆拉韋拉的房子裡，我把明信片掛在窗戶下方，作為另一扇窗。

我時常想起海倫、呂西恩與他們的海鷗，我很想念他們，想念他們的愛情故事。我有時候會覺得，羅曼把穆拉韋拉的房子送我，是為了讓我看他們在玩水。

「繡球花」終於有了創舉：我們養了一隻米克斯。牠的名字很好笑，叫做底迪。牠體重五公斤，從動物保護協會過來的。所有房客都愛瘋了，而我更不用說。底迪完全改變了伊凡的生活，也就是十九號房的先生。他每天只想帶牠去「繡球花」的公園散步。總之，狗兒就像好天氣，會轉變人的想法。

烏鴉嘴又重出江湖了。上週有三通電話從二十九號房撥出去，害得院裡所有工作人員全被監視。除了史塔斯基和亨奇之外，這件事已經引不起報紙和電視臺的興趣。老人囉，只在熱浪來襲，才值得關注，之後誰還會記得。

史塔斯基和亨奇屆齡退休，「鎮民服務處」正準備關閉，所有的文件——包含我爸媽的車禍資料——全部都已送到馬貢去。

再過幾年，也許史塔斯基和亨奇會到「繡球花」來住。如果他們變成了星期天被遺忘的人，一直沒被逮到的烏鴉嘴會打電話給他們的家人嗎？

我動搖了，我也讓喬兒看我的手相了。那天晚上，派崔克不在家，我和瑪莉亞到她家去吃飯。我們喝了不少，然後，我最終還是把手伸了出去。她跟我說，我會有彩色的人生，還會生兩個小孩，一個男的，一個女的。

還有二分之一的運氣不會變成星期天被遺忘的人。

78

昨晚，我發現誰是烏鴉嘴了。

所有房客都已經入睡，連郝好女士也是。平時，她得要我握著她的手，她才能入睡。那是因為她經歷過「戰爭轟炸」，時不時會感到焦慮。

就寢前，郝好女士又跟我說了一次她的故事。那是她會對喬兒、瑪莉亞和我講的，而且幾個月來都是同一則：她出生於一九四一年，她跟家人為了躲避戰爭的轟炸，全都搬去地窖生活。每次，只要有飛機劃過天空，她就會聽見空襲警報。某天早上，她在一個陌生的房裡醒來。房間牆上掛著花紋壁毯，陽光自大面的窗戶灑落。她以為自己死了，來到了天堂。實際上，是戰爭終於結束，她的爸媽在她熟睡時，將她抱上樓。

我人在辦公室，當時應該是晚上十一點。除了底迪在睡窩裡打呼，四周靜悄悄的。忽然，有人從保羅先生的房間按了緊急求助鈴。我馬上衝過去。當時護士們還在四樓。

從辦公室跑到二十九號房之間，我想起了烏鴉嘴，腦中想了一輪會是誰，就像克勞德・梭特[77]的電影《生活瑣事》裡的情節，腦中浮現出許多人的臉，爺爺、奶奶、曲樂、羅曼、瑪莉亞、喬兒、派崔克、史塔斯基、羅絲、勒卡繆女士、牧師、物理治療師，以及我自己。我不斷想像，這些臉正從保羅先生的房間，打電話給星期天被遺忘的人的家屬。

一推開二十九號房的門，我馬上看見自己在鏡子裡的倒影，我的分身，我的雙胞胎姊妹。也許我曾經有個邪惡的雙胞胎姊妹？比起最近家裡頭發現的事，沒有什麼能嚇得倒我了。還是說，我其實有雙重人格，某個人格凌駕於另一個之上。

保羅先生睡得很安穩，一切並無異樣。我把緊急求助鈴關掉。

鏡子裡，烏鴉嘴就站在我的倒影旁邊，離床鋪很近，他正在跟郝好女士的兒子講電話。可憐的郝好女士被轟炸所擾，我才在二十五分鐘前安撫她入睡。

「先生晚安，這裡是酩意鎮的繡球花安養院。很遺憾通知您，郝好女士過世了。是的。不是，她是剛才離開的。她心跳停止，走得很安詳。不——不用現在，太平間已經關了，明早八點再到服務處就好。是——真的很抱歉。我謹代表繡球花全體照護團隊向您致上哀悼之意，節哀順變。晚安。」

我坐在床上，雙腿癱軟。烏鴉嘴按緊急求助鈴，因為他知道我在辦公室，我今天值晚班。他知道，打電話給郝好女士的兒子時，我會到二十九號房，而他想讓我知道他是誰。

烏鴉嘴把變聲器從話筒上摘除，然後掛上電話。

---

77 克勞德．梭特（Claude Sautet，一九二四－二〇〇〇）：法國電影導演，其執導的長片《生活瑣事》（Les Choses de la vie）於一九七〇年上映。

他走近我。我摸著他的臉，像初次見面那樣。這也是我第一次看見他，看見他做自己，而不再是我所期待的樣子。他露出微笑。我把手指放在他臉頰的酒窩上。

每次，當我在跟他講星期天被遺忘的人時，我都以為他沒在聽，以為他只是在敷衍我。而且，那經常是在「天堂」結束後，我喝得爛醉時，所以隔天早上很多事情都想不起來，只記得些隻字片語。但是他卻全幫我記下來了。

他一直沒有開口說話。我也是。

他身上穿著條紋毛衣，果然跟他威爾斯格紋長褲一點都不搭。他還是老樣子。我想，看來得教教他怎麼配色才行。

這是我第一次開始盤算未來的事，而且想的竟然是真正存在的人。

他將我項鍊上的海鷗放在他指間，親了一下我的頭髮，就像他載我去聖修伯里機場那天一樣。

「你當烏鴉嘴很久了嗎？」

他微笑。

「從我認識妳開始。」

「我們認識很久了嗎？」

他沒有回答，只是溫柔地摸著保羅先生臉頰，輕聲說：「他是我爺爺。」

我閉上雙眼，然後問他：

「你叫什麼名字？」

感謝我的祖父母：呂西恩．貝涵、瑪莉．潔安、雨果．富帕，以及瑪德．希爾。

感謝老人醫學的照服員艾洛伊．凱汀提供無私的分享。

感謝對我個人很重要，有活力又珍貴的小說試讀成員：亞萊特、凱薩琳、媽媽、爸爸、寶琳、莎樂美、莎拉、文森、泰絲、亞尼克。

感謝瑪艾爾．吉兒。

最後，再多千言萬語，都無法表達我對克勞德．雷路許[78]的感謝。

---

78 克勞德．雷路許（Claude Lelouch，一九三七－）：法國導演、編劇、製作人暨攝影師，代表電影作品有《男歡女愛》（Un homme et une femme）、《戰火浮生錄》（Les uns et les autres）、《偶然與巧合》（Hasards ou coïncidences）等。

國家圖書館出版品預行編目（CIP）資料

星期天被遺忘的人 / 瓦萊莉・貝涵（Valérie Perrin）著；
黃聖閎譯. -- 初版. -- 臺北市：商周出版：英屬蓋曼群
島商家庭傳媒股份有限公司城邦分公司發行, 2021.04
　面；　公分
譯自：Les oubliés du dimanche.
ISBN 978-986-5482-72-5（平裝）

876.57　　　　　　　　　　　　　　110004267

星期天被遺忘的人

Les oubliés du dimanche

作　　者　瓦萊莉・貝涵（Valérie Perrin）
譯　　者　黃聖閎
責任編輯　劉憶韶

版　　權　黃淑敏、吳亭儀
行銷業務　王瑜、賴晏汝、劉治良、周佑潔、周丹蘋
總 編 輯　劉憶韶
總 經 理　彭之琬
事業群總經理　黃淑貞
發 行 人　何飛鵬
法律顧問　元禾法律事務所 王子文律師
出　　版　商周出版 台北市104民生東路二段141號9樓
電話：(02)25007008 傳真：(02)25007759
Email：bwp.service@cite.com.tw
發　　行　英屬蓋曼群島商家庭傳媒股份有限公司城邦分公司
台北市中山區民生東路二段141號2樓
書虫客服服務專線：02-25007718 02-25007719
24小時傳真專線：02-25001990 02-25001991
服務時間：週一至週五 9:30-12:00 13:30-17:00
劃撥帳號：19863813 戶名：書虫股份有限公司
讀者服務信箱Email：service@readingclub.com.tw
香港發行所　城邦（香港）出版集團有限公司 香港灣仔駱克道193號東超商業中心1樓
Email：hkcite@biznetvigator.com
電話：(852)25086231 傳真：(852)25789337
馬新發行所　城邦（馬新）出版集團 Cite(M)Sdn Bhd
41, Jalan Radin Anum, Bandar Baru Sri Petaling, 57000 Kuala Lumpur, Malaysia.
Tel:(603)90578822 Fax:(603)90576622 Email：cite@cite.com.my

設　　計　廖韡（日央設計）
排　　版　黃雅藍
印　　刷　卡樂彩色製版印刷有限公司
總 經 銷　聯合發行股份有限公司 新北市231新店區寶橋路235巷6弄6號2樓

2021年4月3日初版
定價400元

 ISBN 978-986-5482-72-5